RECKLESS
STEINERNES FLEISCH

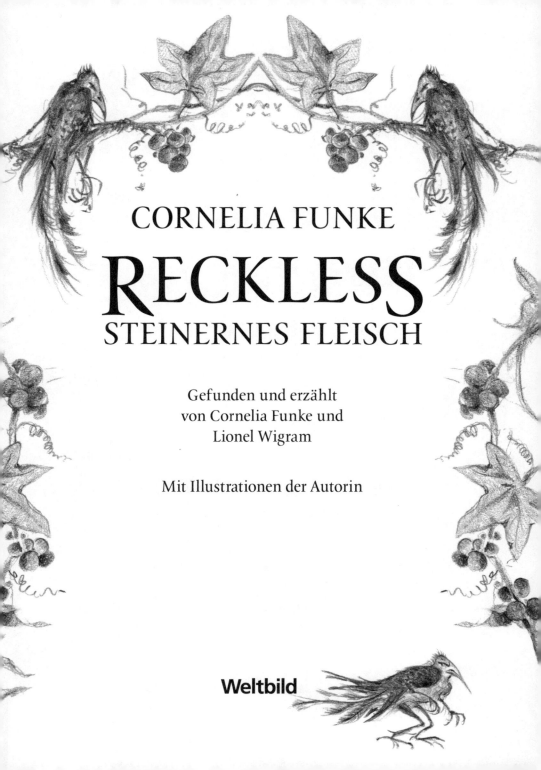

CORNELIA FUNKE
RECKLESS
STEINERNES FLEISCH

Gefunden und erzählt
von Cornelia Funke und
Lionel Wigram

Mit Illustrationen der Autorin

Weltbild

Besuchen Sie uns im Internet:
www.weltbild.de

Genehmigte Lizenzausgabe für Verlagsgruppe Weltbild GmbH,
Steinerne Furt, 86167 Augsburg
Copyright der Originalausgabe © 2010 by Cornelia Funke
und Lionel Wigram
Copyright der deutschsprachigen Ausgabe © 2010 by
Cecilie Dressler Verlag GmbH, Hamburg
Umschlaggestaltung: Nele Schütz Design, München
unter Verwendung eines Designs von Alison Impey
Umschlagmotiv: Jacket photography © Simon Marsden,
The Marsden Archive / Frame details © www.shutterstock.com
Gesamtherstellung: GGP Media GmbH, Pößneck
Printed in the EU
ISBN 978-3-86800-814-2

2014 2013 2012 2011
Die letzte Jahreszahl gibt die aktuelle Lizenzausgabe an.

Für Lionel, der die Tür zu dieser Geschichte fand
und oft mehr über sie wusste als ich,
Freund und Ideenfinder,
unersetzlich auf beiden Seiten
des Spiegels

Und für Oliver,
der dieser Geschichte immer wieder
englische Kleider schneiderte, damit der Brite und
die Deutsche sie zusammen erzählen konnten

1
ES WAR EINMAL

Die Nacht atmete in der Wohnung wie ein dunkles Tier. Das Ticken einer Uhr. Das Knarren der Holzdielen, als er sich aus dem Zimmer schob – alles ertrank in ihrer Stille. Aber Jacob liebte die Nacht. Er spürte ihre Dunkelheit wie ein Versprechen auf der Haut. Wie einen Mantel, der aus Freiheit und Gefahr gewebt war.

Draußen ließen die grellen Lichter der Stadt die Sterne verblassen und die große Wohnung war stickig von der Traurigkeit seiner Mutter. Sie wachte nicht auf, als Jacob in ihr Zimmer schlich und die Nachttischschublade aufzog. Der Schlüssel lag gleich neben den Pillen, die sie schlafen ließen. Das Metall schmiegte sich kühl in seine Hand, als er wieder auf den dunklen Flur hinaustrat.

Im Zimmer seines Bruders brannte wie immer noch Licht – Will hatte Angst im Dunkeln –, und Jacob überzeugte sich, dass er fest schlief, bevor er das Arbeitszimmer ihres Vaters aufschloss. Ihre Mutter hatte es nicht mehr betreten, seit er verschwunden war, doch Jacob stahl sich nicht zum ersten Mal hinein, um dort nach den Antworten zu suchen, die sie ihm nicht geben wollte.

Es sah immer noch so aus, als hätte John Reckless erst vor einer Stunde und nicht vor mehr als einem Jahr zuletzt an seinem Schreibtisch gesessen. Über dem Stuhl hing die Strickjacke, die er oft getragen hatte, und ein benutzter Teebeutel vertrocknete auf einem Teller neben dem Kalender, der die Wochen eines vergangenes Jahres zeigte.

Komm zurück! Jacob schrieb es mit dem Finger auf die beschlagenen Fenster, auf den staubigen Schreibtisch und die Scheiben des Glasschranks, in dem immer noch die alten Pistolen lagen, die sein Vater gesammelt hatte. Aber das Zimmer war still und leer und er war zwölf und hatte keinen Vater mehr. Jacob trat gegen die Schubladen, die er schon so viele Nächte vergebens durchsucht hatte, zerrte in stummer Wut Bücher und Zeitschriften aus den Regalen und riss die Flugzeugmodelle herunter, die über dem Schreibtisch hingen, voll Scham über den Stolz, den er empfunden hatte, als er eins davon mit rotem Lack hatte bepinseln dürfen.

Komm zurück! Er wollte es durch die Straßen schreien, die sieben Stockwerke tiefer Schneisen aus Licht zwischen die Häuserblocks schnitten, und in die tausend Fenster, die leuchtende Quadrate aus der Nacht stanzten.

Das Blatt Papier fiel aus einem Buch über Flugzeugtriebwerke, und Jacob hob es nur auf, weil er die Handschrift darauf für die seines Vaters hielt. Aber er erkannte seinen Irrtum schnell. Symbole und Gleichungen, die Skizze eines Pfaus, eine Sonne, zwei Monde. Nichts davon machte Sinn. Bis auf einen Satz, den er auf der Rückseite des Blattes fand.

DER SPIEGEL ÖFFNET SICH NUR FÜR DEN, DER SICH SELBST NICHT SIEHT.

Jacob wandte sich um und sein Spiegelbild erwiderte seinen Blick.

Der Spiegel. Er erinnerte sich noch gut an den Tag, an dem sein Vater ihn aufgehängt hatte. Wie ein schimmerndes Auge hing er zwischen den Bücherregalen. Ein Abgrund aus Glas, in dem sich verzerrt all das spiegelte, was John Reckless zurückgelassen hatte: sein Schreibtisch, die alten Pistolen, seine Bücher – und sein ältester Sohn.

Das Glas war so uneben, dass man sich kaum darin erkannte, und dunkler als das anderer Spiegel, aber die Rosenranken, die sich über den silbernen Rahmen wanden, sahen so echt aus, als würden sie im nächsten Moment welken.

DER SPIEGEL ÖFFNET SICH NUR FÜR DEN, DER SICH SELBST NICHT SIEHT.

Jacob schloss die Augen.

Er kehrte dem Spiegel den Rücken zu.

Tastete hinter dem Rahmen nach irgendeinem Schloss oder Riegel.

Nichts.

Er blickte immer wieder nur seinem eigenen Spiegelbild in die Augen.

Es dauerte eine ganze Weile, bis er begriff.

Seine Hand war kaum groß genug, um das verzerrte Abbild seines Gesichts zu verdecken, aber das Glas schmiegte sich an seine Finger, als hätte es auf sie gewartet, und plötzlich war der Raum, den er hinter sich im Spiegel sah, nicht mehr das Zimmer seines Vaters.

Jacob drehte sich um.

Durch zwei schmale Fenster fiel Mondlicht auf graue Mauern, und seine nackten Füße standen auf Holzdielen, die mit Eichelschalen und abgenagten Vogelknochen bedeckt waren. Der Raum war größer als das Zimmer seines Vaters und über ihm hingen Spinnweben wie Schleier im Gebälk eines Daches.

Wo war er? Das Mondlicht malte ihm Flecken auf die Haut, als er auf eines der Fenster zutrat. An dem rauen Sims klebten die blutigen Federn eines Vogels, und tief unter sich sah er verbrannte Mauern und schwarze Hügel, in denen ein paar verlorene Lichter glimmten. Er war in einem Turm. Verschwunden das Häusermeer und die erleuchteten Straßen. Alles, was er kannte, war fort, und zwischen den Sternen standen zwei Monde, von denen der kleinere rot wie eine rostige Münze war.

Jacob blickte sich zu dem Spiegel um und sah darin die Angst auf dem eigenen Gesicht. Aber Angst war ein Gefühl, das ihm schon immer gefallen hatte. Sie lockte an dunkle Orte, durch verbotene Türen und weit fort von ihm selbst. Sogar die Sehnsucht nach seinem Vater ertrank in ihr.

Es gab keine Tür in den grauen Mauern, nur eine Luke im Boden. Als Jacob sie öffnete, sah er die Reste einer verbrannten Treppe, die in der Dunkelheit verschwand, und für einen Augenblick glaubte er unter sich einen winzigen Mann an den Steinen hinaufklettern zu sehen. Aber ein Scharren ließ ihn herumfahren.

Spinnweben fielen auf ihn herab und etwas sprang ihm mit einem heiseren Knurren in den Nacken. Es klang wie ein Tier, doch das verzerrte Gesicht, das die Zähne nach seiner Kehle bleckte, war so bleich und faltig wie das eines alten Mannes. Er war sehr viel kleiner als Jacob und mager wie eine Heuschrecke. Seine Kleider schienen aus Spinnweben gemacht, das graue Haar hing ihm bis zur Hüfte, und als Jacob seinen dürren Hals packte, gruben sich gelbe Zähne tief in seine Hand. Mit einem Aufschrei stieß er den Angreifer von seiner Schulter und stolperte auf den Spiegel zu. Der Spinnenmann kam erneut auf die Füße und sprang ihm nach, während er sich Jacobs Blut von den Lippen leckte, doch bevor er ihn erreichte, presste Jacob schon die unverletzte Hand auf sein verängstigtes Gesicht. Die dürre Gestalt verschwand ebenso wie die grauen Mauern und er sah hinter sich wieder den Schreibtisch seines Vaters.

»Jacob?«

Die Stimme seines Bruders drang kaum durch das Klopfen seines Herzens. Jacob rang nach Atem und wich vor dem Spiegel zurück.

»Jake, bist du da drin?«

Er zog sich den Ärmel über die zerbissene Hand und öffnete die Tür.

Wills Augen waren weit vor Angst. Er hatte wieder schlecht geträumt. Kleiner Bruder. Will folgte Jacob wie ein junger Hund und Jacob beschützte Will auf dem Schulhof und im Park. Und verzieh ihm manchmal sogar, dass ihre Mutter ihn mehr liebte.

»Mam sagt, wir sollen nicht in das Zimmer.«

»Seit wann tue ich, was Mam sagt? Wenn du mich verrätst, nehme ich dich nie wieder mit in den Park.«

Jacob glaubte, das Glas des Spiegels wie Eis im Nacken zu spüren. Will lugte an ihm vorbei, aber er senkte den Kopf, als Jacob die Tür hinter sich zuzog. Will war vorsichtig, wo sein Bruder leichtsinnig, sanft, wo er aufbrausend, ruhig, wo er rastlos war. Als Jacob nach seiner Hand griff, bemerkte Will das Blut an seinen Fingern und blickte ihn fragend an, aber Jacob zog ihn wortlos zu seinem Zimmer zurück.

Was der Spiegel ihm gezeigt hatte, gehörte ihm. Nur ihm.

2
ZWÖLF JAHRE SPÄTER

Die Sonne stand schon tief über den Mauern der Ruine, aber Will schlief immer noch, erschöpft von den Schmerzen, die ihn seit Tagen schüttelten.

Ein Fehler, Jacob, nach all den Jahren der Vorsicht. Er richtete sich auf und deckte Will mit seinem Mantel zu.

All die Jahre, in denen er eine ganze Welt sein Eigen genannt hatte. All die Jahre, in denen aus der fremden Welt das Zuhause geworden war. Vorbei. Schon mit fünfzehn hatte Jacob sich für Wochen hinter den Spiegel gestohlen. Mit sechzehn hatte er nicht einmal mehr die Monate gezählt und trotzdem hatte er sein Geheimnis bewahrt. Bis er es einmal zu eilig gehabt hatte. *Hör auf, Jacob. Es ist nicht mehr zu ändern.*

Die Kratzwunden am Hals seines Bruders waren gut verheilt, aber am linken Unterarm zeigte sich schon der Stein. Die blassgrünen Adern trieben bis hinunter zur Hand und schimmerten in Wills Haut wie polierter Marmor.

Ein Fehler nur.

Jacob lehnte sich gegen eine der verrußten Säulen und blickte hinauf zu dem Turm, in dem der Spiegel stand. Er war nie hindurchgegangen, ohne sich zu vergewissern, dass Will und seine Mutter schliefen. Aber seit ihrem Tod gab es auf der anderen Seite nur noch ein leeres Zimmer mehr, und er hatte es nicht erwarten können, die Hand wieder auf das dunkle Glas zu pressen und fortzukommen. Weit fort.

Ungeduld, Jacob. Nenne es beim Namen. Eine deiner hervorstechendsten Eigenschaften.

Er sah immer noch Wills Gesicht hinter sich im Spiegel auftauchen, verzerrt von dem dunklen Glas. »*Wo willst du hin, Jacob?*« Ein Nachtflug nach Boston, eine Reise nach Europa, es hatte viele Ausreden im Lauf der Jahre gegeben. Jacob war ein ebenso einfallsreicher Lügner, wie sein Vater es gewesen war. Doch diesmal hatte seine Hand sich schon auf das kühle Glas gepresst – und natürlich hatte Will es ihm nachgetan.

Kleiner Bruder.

»Er riecht schon wie sie.«

Fuchs löste sich aus den Schatten, die die zerstörten Mauern warfen. Ihr Fell war so rot, als hätte der Herbst es ihr gefärbt, und am Hinterlauf sah man noch die Narben, die die Falle hinterlassen hatte. Fünf Jahre war es her, dass Jacob sie daraus befreit hatte, und seither wich die Füchsin ihm nicht von der Seite.

Sie bewachte seinen Schlaf, warnte ihn vor Gefahren, die seine stumpfen Menschensinne nicht wahrnahmen, und gab Rat, den man besser befolgte.

Ein Fehler.

Jacob trat durch den Torbogen, in dessen verbogenen Angeln immer noch die verkohlten Reste des Schlossportals hingen. Auf der Treppe davor sammelte ein Heinzel Eicheln von den zersprungenen Stufen. Er huschte hastig davon, als Jacobs Schatten auf ihn fiel. Spitznasig und rotäugig, in Hosen und Hemden, die sie aus gestohlenen Menschenkleidern nähten – die Ruine wimmelte von ihnen.

»Schick ihn zurück! Deshalb sind wir hergekommen, oder?« Die Ungeduld in Fuchs' Stimme war nicht zu überhören.

Aber Jacob schüttelte den Kopf. »Es war falsch, ihn hierher zu bringen. Es gibt nichts auf der anderen Seite, das ihm helfen könnte.«

Jacob hatte Fuchs von der Welt erzählt, aus der er kam, aber sie wollte nicht wirklich davon hören. Ihr reichte, was sie wusste: dass es der Ort war, an den er allzu oft verschwand und mit Erinnerungen zurückkam, die ihm wie Schatten folgten.

»Und? Was glaubst du, was hier mit ihm passieren wird?«

Fuchs sprach es nicht aus, doch Jacob wusste, was sie dachte. In dieser Welt erschlugen Männer ihre eigenen Söhne, sobald sie den Stein in ihrer Haut entdeckten.

Er blickte hinunter auf die roten Dächer, die sich am Fuß des Schlosshügels in der Dämmerung verloren. In Schwanstein flammten die ersten Lichter auf. Die Stadt sah von fern aus wie eines der Bilder, die man auf Lebkuchendosen druckte, aber seit ein paar Jahren durchzogen Eisenbahngleise die Hügel dahinter, und aus Fabrikschornsteinen stieg grauer Rauch in den Abendhimmel. Die Welt auf der anderen Seite des Spiegels wollte erwachsen werden. Aber das Steinerne Fleisch, das seinem Bruder wuchs, hatten nicht mechanische Webstühle oder andere moderne Errungenschaften gesät, sondern der alte Zauber, der in ihren Hügeln und Wäldern hauste.

Ein Goldrabe landete auf den zersprungenen Fliesen. Jacob scheuchte ihn fort, bevor er Will einen seiner finsteren Flüche zukrächzen konnte.

Sein Bruder stöhnte im Schlaf. Die Menschenhaut machte dem Stein nicht kampflos Platz und Jacob spürte den Schmerz wie seinen eigenen. Nur aus Liebe zu seinem Bruder war er immer wieder in die andere Welt zurückgekehrt, auch wenn seine Besuche von Jahr zu Jahr seltener geworden waren. Ihre Mutter hatte geweint und ihm mit der Fürsorge gedroht, ohne je zu ahnen, wohin er verschwand, aber Will hatte ihm die Arme um den Hals geschlungen und gefragt, was er ihm mitgebracht hatte. Heinzelschuhe, die Mütze eines Däumlings, einen Knopf aus Elfenglas, ein Stück schuppige Wassermannhaut – Will hatte Jacobs Mitbringsel unter dem Bett versteckt und die Geschichten, die er ihm dazu erzählte, schon bald für Märchen gehalten, die er nur für ihn erfand.

Nun wusste er, dass sie alle wahr waren.

Jacob zog ihm den Mantel über den entstellten Arm. Am Himmel waren schon die zwei Monde zu sehen.

»Pass auf ihn auf, Fuchs.« Er erhob sich. »Ich bin bald zurück.«

»Wo willst du hin? Jacob!« Die Füchsin sprang ihm in den Weg. »Es kann ihm niemand mehr helfen!«

»Wir werden sehen.« Er schob sie beiseite. »Sorg dafür, dass Will nicht in den Turm hinaufgeht.«

Sie blickte ihm nach, als er die Treppe hinunterstieg. Die einzigen Stiefelabdrücke auf den vermoosten Stufen waren seine eigenen. Kein Mensch kam hierher. Die Ruine galt als verflucht und Jacob hatte schon Dutzende von Geschichten über ihren Untergang gehört. Aber nach all den Jahren wusste er immer noch nicht, wer den Spiegel in ihrem Turm hinterlassen hatte. Ebenso wenig, wie er je herausgefunden hatte, wohin sein Vater verschwunden war.

Ein Däumling sprang ihm in den Kragen. Jacob bekam ihn gerade noch zu fassen, bevor er ihm das Medaillon vom Hals riss, das er trug. An jedem anderen Tag wäre er dem kleinen Dieb auf der Stelle gefolgt. Däumlinge horteten beachtliche Schätze in den hohlen Bäumen, in denen sie hausten. Doch er hatte schon viel zu viel Zeit verloren.

Ein Fehler, Jacob.

Er würde ihn wiedergutmachen. Aber Fuchs' Worte folgten ihm, während er den steilen Hang hinunterstieg.

Es kann ihm niemand mehr helfen.

Wenn sie recht hatte, würde er schon bald keinen Bruder mehr haben. Weder in dieser noch in der anderen Welt.

Ein Fehler.

3
GOYL

Das Feld, über das Hentzau mit seinen Soldaten ritt, roch immer noch nach Blut. Der Regen hatte die Gräben mit schlammigem Wasser gefüllt, und hinter den Mauern, die beide Seiten zur Deckung errichtet hatten, war der Boden bedeckt mit herrenlosen Flinten und zerschossenen Helmen. Kami'en hatte die Pferde- und Menschenleichen verbrennen lassen, bevor sie zu verwesen begannen, aber die gefallenen Goyl lagen noch dort, wo sie gestorben waren. Schon in wenigen Tagen würden sie nicht mehr von den Steinen zu unterscheiden sein, die aus der zertretenen Erde ragten, und die Köpfe derer, die in vorderster Linie gekämpft hatten, waren, wie es Goylsitte war, in die Hauptfestung gebracht worden.

Noch eine Schlacht. Hentzau war sie leid, aber diese würde hoffentlich für eine Weile die letzte gewesen sein. Die Kaiserin war endlich bereit zu verhandeln und selbst Kami'en wollte Frieden. Hentzau presste sich die Hand vors Gesicht, als der Wind Asche von der Anhöhe herabwehte, auf der sie die Leichen verbrannt hatten. Sechs Jahre über der Erde, sechs Jahre ohne schützenden Fels zwischen ihm und der Sonne. Die Augen schmerzten ihm von all dem Tageslicht, und die Luft wurde mit jedem Tag kälter und machte seine Haut spröde wie Muschelkalk. Hentzaus Haut glich braunem Jaspis. Nicht die feinste Farbe, die ein Goyl haben konnte. Er war der erste Jaspisgoyl, der je in die obersten Militärränge aufgestiegen war, aber die Goyl hatten vor Kami'en auch noch nie einen König gehabt, und Hentzau gefiel seine Haut. Jaspis war eine wesentlich bessere Tarnfarbe als Onyx oder Mondstein.

Kami'en hatte unweit des Schlachtfelds Quartier bezogen, im Jagdschloss eines kaiserlichen Generals, der, wie die meisten seiner Offiziere, gefallen war. Die Wachen vor dem zerstörten Tor salutierten, als Hentzau auf sie zuritt. Den Bluthund des Königs nannten sie ihn, seinen Jaspisschatten. Hentzau diente Kami'en schon, seit sie gemeinsam die anderen Anführer bekämpft hatten. Zwei Jahre hatten sie gebraucht, um sie alle zu töten, aber danach hatten die Goyl zum ersten Mal einen König gehabt.

Die Straße, die vom Tor zum Schloss hinaufführte, war gesäumt von marmorweißen Statuen, und während Hentzau an ihnen vorbeiritt, amüsierte er sich nicht zum ersten Mal darüber, dass Menschen ihre Götter und Helden durch Abbilder aus Stein verewigten, während sie seinesgleichen für ihre Haut verabscheuten. Selbst die Weichhäute mussten es zugeben. Stein war das Einzige, was blieb.

Die Fenster des Schlosses waren zugemauert, wie die Goyl es bei allen Gebäuden taten, die sie besetzten, doch erst auf der Treppe, die in die Vorratskeller hinabführte, umgab Hentzau endlich die wohltuende Dunkelheit, die man unter der Erde fand. Nur wenige Gaslampen erleuchteten die Gewölbe, die nun statt Vorräten und verstaubten Jagdtrophäen den Generalstab des Königs der Goyl beherbergten.

Kami'en. Sein Name bedeutete in ihrer Sprache nichts anderes als Stein. Sein Vater hatte eine der untersten Städte befehligt, aber Väter zählten bei ihnen nicht viel. Die Mütter zogen sie auf, und mit neun war ein Goyl erwachsen und auf sich gestellt. Die meisten erkundeten danach die Untere Welt auf der Suche nach unentdeckten Höhlen, bis selbst steinerne Haut die Hitze dort nicht länger ertrug. Doch Kami'en hatte immer nur die Obere Welt interessiert. Er hatte lange in einer der Höhlenstädte gelebt, die sie über der Oberfläche gebaut hatten, weil es in den unteren Städten zu voll wurde, und dort zwei Menschenangriffe überlebt. Danach hatte er begonnen, ihre Waffen und Kriegstechniken zu studieren, und sich in ihre Städte und Militärlager geschlichen. Mit neunzehn hatte er ihre erste Stadt erobert.

Als die Leibwachen Hentzau hereinwinkten, stand Kami'en vor der Karte, die seine Eroberungen und die Positionen seiner Gegner zeigte. Die Figuren, die ihre Truppen verkörperten, hatte er nach seiner ersten gewonnenen Schlacht anfertigen lassen. Soldaten, Kanoniere, Scharfschützen, Reiterfiguren für die Kavallerie. Die Goyl waren aus Karneol, die Kaiserlichen aus Silber, Lothringen trug Gold, die Armeen im Osten Kupfer und Albions Truppen marschierten in Elfenbein. Kami'en blickte auf sie herab, als suchte er nach einem Weg, sie alle gemeinsam zu schlagen. Er trug Schwarz, wie immer, wenn er die Uniform ablegte, und seine rote Haut schien noch mehr als sonst aus Feuer gemacht. Nie zuvor war Karneol die Hautfarbe eines Anführers gewesen. Bei den Goyl war Onyx die Farbe der Fürsten.

Kami'ens Geliebte trug wie immer Grün, Schichten aus smaragdfarbenem Samt, die sie einhüllten wie die Blätter einer Blüte. Selbst die schönste Goylfrau verblasste neben ihr wie ein Kiesel neben geschliffenem Mondstein, aber Hentzau verbot seinen Soldaten immer wieder, sie anzusehen. Nicht umsonst gab es all die Geschichten über Feen, die Männer mit einem Blick in Disteln oder hilflos zappelnde Fische verwandelten. Ihre Schönheit war Spinnengift. Das Wasser hatte sie und ihre Schwestern geboren, und Hentzau fürchtete sie ebenso sehr wie die Meere, die an den Steinen der Welt nagten.

Die Fee streifte ihn nur mit einem Blick, als er eintrat. Die Dunkle Fee. Selbst ihre eigenen Schwestern hatten sie verstoßen. Es hieß, dass sie Gedanken lesen konnte, aber Hentzau glaubte das nicht. Sie hätte ihn längst getötet für all das, was er über sie dachte.

Er kehrte ihr den Rücken zu und beugte den Kopf vor dem König. »Ihr habt mich rufen lassen.«

Kami'en griff nach einer der Silberfiguren und wog sie in der Hand. »Du musst jemanden für mich finden. Einen Menschen, dem das Steinerne Fleisch wächst.«

Hentzau warf der Fee einen raschen Blick zu.

»Wo soll ich da suchen?«, erwiderte er. »Davon gibt es inzwischen Tausende.«

Menschengoyl. Früher hatte Hentzau seine Klauen zum Töten benutzt, doch nun ließ der Zauber der Fee sie Steinernes Fleisch säen. Wie alle Feen konnte sie keine Kinder gebären, also schenkte sie Kami'en Söhne, indem jeder Klauenhieb seiner Soldaten einen seiner Feinde zum Goyl machte. Niemand kämpfte mitleidloser als ein Menschengoyl gegen seine früheren Artgenossen, aber Hentzau verabscheute sie ebenso sehr wie die Fee, deren Zauber sie erschaffen hatte.

Auf Kami'ens Mund hatte sich ein Lächeln gestohlen. Nein. Die Fee konnte Hentzaus Gedanken nicht lesen, aber sein König schon.

»Keine Sorge. Der, den du finden sollst, ist leicht von den anderen zu unterscheiden.« Kami'en stellte die silberne Figur zurück auf die Karte. »Die Haut, die ihm wächst, ist aus Jade.«

Die Wachen wechselten einen raschen Blick, aber Hentzau verzog nur ungläubig den Mund. Die Lavamänner, die das Blut der Erde kochten, der augenlose Vogel, der alles sah – und der Goyl mit der Jadehaut, der den König, dem er diente, unbesiegbar machte ... Geschichten für Kinder, um die Dunkelheit unter der Erde mit Bildern zu füllen.

»Welcher Kundschafter hat Euch das erzählt?« Hentzau strich sich über die schmerzende Haut. Schon bald würde sie durch die

Kälte mehr Risse haben als zersplittertes Glas. »Lasst ihn erschießen. Der Jadegoyl ist ein Märchen. Seit wann verwechselt Ihr die mit der Wirklichkeit?«

Die Wachen senkten nervös die Köpfe. Jeden anderen Goyl hätten solche Worte das Leben gekostet, aber Kami'en zuckte nur die Schultern.

»Finde ihn!«, sagte er. »Sie hat von ihm geträumt.«

Sie. Die Fee strich über den Samt ihres Kleides. Sechs Finger an jeder Hand. Jeder für einen anderen Zauber. Hentzau spürte, wie der Zorn in ihm erwachte. Der Zorn, der ihnen allen im steinernen Fleisch nistete wie die Hitze im Schoß der Erde. Er würde für seinen König sterben, wenn es nötig war, aber es war etwas anderes, nach den Traumgespinsten seiner Geliebten zu suchen.

»Ihr braucht keinen Jadegoyl, um unbesiegbar zu sein!«

Kami'en musterte ihn wie einen Fremden.

Euer Majestät. Hentzau ertappte sich immer öfter dabei, dass er Scheu hatte, ihn beim Namen zu nennen.

»Finde ihn«, wiederholte Kami'en. »Sie sagt, es ist wichtig, und bisher hatte sie immer recht.«

Die Fee trat an seine Seite, und Hentzau malte sich aus, wie er ihr den blassen Hals zudrückte. Aber nicht einmal das brachte Trost. Sie war unsterblich und irgendwann würde sie ihm beim Sterben zusehen. Ihm und Kami'en. Und dessen Kindern und Kindeskindern. Sie alle waren ihr Spielzeug, ihr sterbliches, steinernes Spielzeug. Aber Kami'en liebte sie, mehr als die beiden Goylfrauen, die ihm drei Töchter und einen Sohn geschenkt hatten.

Weil sie ihn verhext hat!, flüsterte es in Hentzau. Doch er beugte den Kopf und legte die Faust ans Herz. »Was immer Ihr befehlt.«

»Ich habe ihn im Schwarzen Wald gesehen.« Selbst ihre Stimme klang nach Wasser.

»Der ist sechzig Quadratmeilen groß!«

Die Fee lächelte, und Hentzau spürte, wie Hass und Furcht ihm das Herz erstickten.

Ohne ein Wort löste sie die Perlenspangen, mit denen sie ihr Haar hochsteckte wie eine Menschenfrau, und fuhr mit der Hand hindurch. Schwarze Motten flatterten ihr zwischen den Fingern hervor, mit blassen Flecken auf den Flügeln, die aussahen wie Schädel. Die Wachen öffneten hastig die Türen, als sie auf sie zuschwärmten, und auch Hentzaus Soldaten, die draußen auf dem dunklen Korridor warteten, wichen zurück, als die Motten an ihnen vorbeiflogen. Sie alle wussten, dass ihre Stiche selbst durch Goylhaut drangen.

Die Fee aber steckte sich die Spangen zurück ins Haar.

»Wenn sie ihn gefunden haben«, sagte sie, ohne Hentzau anzusehen, »werden sie zu dir kommen. Und du bringst ihn sofort zu mir.«

Seine Männer starrten sie durch die offene Tür an, aber sie senkten hastig die Köpfe, als Hentzau sich umwandte.

Fee.

Verflucht sollte sie sein, sie und die Nacht, in der sie plötzlich zwischen ihren Zelten gestanden hatte. Die dritte Schlacht, der dritte Sieg. Und sie war auf das Zelt des Königs zugegangen, als hätte das Stöhnen der Verwundeten sie geboren und der weiße

Mond, der über den Toten stand. Hentzau war ihr in den Weg getreten, aber sie war einfach durch ihn hindurchgegangen, wie Wasser durch porösen Stein – als gehörte auch er schon zu den Toten –, und hatte seinem König das Herz gestohlen, um sich die eigene herzlose Brust damit zu füllen.

Selbst Hentzau musste zugeben, dass die besten Waffen nicht halb so viel Schrecken verbreiteten wie ihr Fluch, der das weiche Fleisch ihrer Gegner in Stein verwandelte. Aber er war sicher, dass sie den Krieg auch ohne sie gewonnen hätten und dass der Sieg so viel besser geschmeckt hätte.

»Ich werde den Jadegoyl auch ohne Eure Motten finden«, sagte er. »Falls er tatsächlich mehr ist als ein Traum.«

Sie antwortete ihm nur mit einem Lächeln. Es folgte ihm bis hinauf ins Tageslicht, das ihm die Augen trübte und die Haut springen ließ.

Verflucht sollte sie sein.

4

AUF DER
ANDEREN SEITE

Wills Stimme hatte so anders geklungen. Clara hatte sie kaum erkannt. Erst all die Wochen ohne ein Lebenszeichen von ihm und dann dieser Fremde am Telefon, der nicht wirklich sagte, warum er anrief.

Die Straßen schienen noch voller als sonst und der Weg endlos lang, bis sie endlich vor dem alten Apartmenthaus stand, in dem er und sein Bruder aufgewachsen waren. Von der grauen Fassade starrten Gesichter aus Stein, die verzerrten Züge zerfressen von Abgasen. Clara blickte unwillkürlich zu ihnen hinauf, als der Portier ihr die Tür aufhielt. Sie trug immer noch den blassgrünen Krankenhauskittel unter dem Mantel. Sie hatte sich nicht die Zeit genommen, sich umzuziehen, sondern war einfach losgelaufen.

Will.

Er hatte so verloren geklungen. Wie ein Ertrinkender. Oder jemand, der sich verabschiedet.

Clara zog das Gitter des alten Aufzugs hinter sich zu. Sie hatte den Kittel auch getragen, als sie Will zum ersten Mal begegnet war, vor dem Zimmer, in dem seine Mutter gelegen hatte. Sie arbeitete oft an den Wochenenden im Krankenhaus, nicht nur, weil sie das Geld brauchte. Fachbücher und Universitäten ließen allzu oft vergessen, dass Fleisch und Blut sehr wirkliche Dinge waren.

Siebter Stock.

Das kupferne Namensschild neben der Tür war so angelaufen, dass Clara unwillkürlich mit dem Ärmel darüberwischte.

RECKLESS. Will machte sich oft lustig darüber, wie wenig der Name zu ihm passte.

Hinter der Wohnungstür stapelte sich die ungeöffnete Post, aber im Flur brannte Licht.

»Will?«

Sie öffnete die Tür zu seinem Zimmer.

Nichts.

In der Küche war er auch nicht.

Die Wohnung sah aus, als wäre seit Wochen niemand zu Hause gewesen. Aber Will hatte gesagt, dass er von dort anrief. Wo war er?

Clara ging vorbei an dem leeren Zimmer seiner Mutter und

an dem seines Bruders, den sie noch nie zu Gesicht bekommen hatte. *»Jacob ist verreist.«* Jacob war immer verreist. Manchmal war sie nicht sicher, ob es ihn überhaupt gab.

Sie blieb stehen.

Die Tür zum Arbeitszimmer seines Vaters stand offen. Will betrat das Zimmer nie. Er ignorierte alles, was mit seinem Vater zu tun hatte.

Clara trat zögernd hinein. Bücherregale, ein Vitrinenschrank, ein Schreibtisch. Die Flugzeugmodelle, die darüberhingen, trugen den Staub wie schmutzigen Schnee auf den Flügeln. Das ganze Zimmer war verstaubt und so kalt, dass sie ihren Atem sah.

Zwischen den Bücherregalen hing ein Spiegel.

Clara trat darauf zu und strich über die silbernen Rosen, die den Rahmen bedeckten. Sie hatte noch nie etwas Schöneres gesehen. Das Glas, das sie umfassten, war so dunkel, als wäre die Nacht darin ausgelaufen. Es war beschlagen, und dort, wo sich Claras Gesicht spiegelte, war der Abdruck einer Hand zu sehen.

5
SCHWANSTEIN

Das Laternenlicht füllte die Straßen von Schwanstein wie verlaufene Milch. Gaslicht und hölzerne Kutschräder, die über holpriges Kopfsteinpflaster rollten, Frauen in langen Röcken, die Säume nass vom Regen. Die feuchte Herbstluft roch nach Rauch, und Kohlenasche schwärzte die Wäsche, die zwischen den spitzen Giebeln hing. Es gab inzwischen einen Bahnhof gleich gegenüber der Postkutschstation und ein Telegrafenbüro. Ein Fotograf bannte steife Hüte und berüschte Röcke auf Platten aus Silber, und Fahrräder lehnten an Hauswänden, an denen Plakate vor Wassermännern und Goldraben warnten. Nirgendwo ahmte die Spiegelwelt die andere Seite so eifrig nach wie in Schwanstein, und Jacob hatte sich natürlich schon oft gefragt, wie viel von alldem durch den Spiegel gekommen war, der im Arbeitszimmer seines Vaters hing. Im Museum der Stadt gab es ein paar Dinge, die verdächtig nach der anderen Welt aussahen. Ein Kompass und eine Kamera kamen Jacob sogar so bekannt vor, dass er sie für das Eigentum seines Vaters hielt, aber niemand hatte ihm sagen können, wohin der Fremde verschwunden war, der sie hinterlassen hatte.

Die Glocken der Stadt läuteten den Abend ein, als Jacob die Straße hinunterging, die zum Marktplatz führte. Vor einem Bäckerladen verkaufte eine Zwergin geröstete Kastanien. Der süße Duft mischte sich mit dem Geruch der Pferdeäpfel, die überall auf dem Straßenpflaster lagen. Die Idee des Automotors war bislang nicht durch den Spiegel gedrungen, und das Denkmal auf dem Marktplatz war das Reiterstandbild eines Fürsten, der in den umliegenden Hügeln noch Riesen erschlagen hatte. Er war ein Vorfahre der derzeitigen Kaiserin, Therese von Austrien, deren Familie nicht nur Riesen, sondern auch Drachen so erfolgreich gejagt hatte, dass beide in ihrem Herrschaftsgebiet als ausgestorben galten. Der Zeitungsjunge, der neben dem Denkmal die neuesten Nachrichten in den Abend rief, hatte deshalb sicher nie mehr als den Fußabdruck eines Riesen oder die Spuren von Drachenfeuer an der Stadtmauer zu Gesicht bekommen.

Entscheidende Schlacht, hohe Verluste ... General gefallen ... geheime Verhandlungen mit den Goyl ...

Es herrschte Krieg in der Spiegelwelt und er wurde nicht von Menschen gewonnen. Vier Tage waren vergangen, seit Will und er einem ihrer Stoßtrupps in die Arme gelaufen waren, aber Jacob sah sie immer noch aus dem Wald kommen: drei Soldaten und einen Offizier, die steinernen Gesichter feucht vom Regen. Augen aus Gold und schwarze Klauen, die den Hals seines Bruders aufrissen ... Goyl.

»*Pass auf deinen Bruder auf, Jacob.*«

Er drückte dem Jungen drei Kupfergroschen in die schmutzige Hand. Der Heinzel, der auf seiner Schulter hockte, beäugte sie voll Misstrauen. Viele Heinzel schlossen sich Menschen an und ließen sich von ihnen füttern und kleiden, was allerdings nichts an ihrer ständig schlechten Laune änderte.

»Wo stehen die Goyl?« Jacob nahm sich eine Zeitung.

»Keine fünf Meilen von hier.« Der Junge zeigte nach Südosten. »Wenn der Wind günstig stand, hat man die Schüsse gehört. Aber seit gestern ist es still.« Er schien fast enttäuscht. In seinem Alter klang selbst der Krieg nach Abenteuer.

Die kaiserlichen Soldaten, die aus dem Wirtshaus neben der Kirche kamen, wussten es sicher besser. ZUM MENSCHENFRESSER. Jacob war Zeuge bei dem Ereignis gewesen, das dem Wirtshaus seinen Namen gegeben und seinen Besitzer den rechten Arm gekostet hatte.

Albert Chanute stand mit mürrischer Miene hinter dem Tresen, als Jacob in die dunkle Schankstube trat. Chanute war ein so feister Klotz von Mann, dass man ihm nachsagte, Trollblut in den Adern zu haben – nicht gerade ein Kompliment in der Spiegelwelt –, aber bis der Menschenfresser ihm den Arm abgehackt hatte, war Albert Chanute der beste Schatzjäger von ganz Austrien gewesen, und Jacob war viele Jahre bei ihm in die

Lehre gegangen. Chanute hatte ihm gezeigt, wie man es hinter dem Spiegel zu Ruhm und Reichtum brachte, und Jacob hatte zum Ausgleich verhindert, dass der Menschenfresser dem alten Schatzsucher auch noch den Kopf abschlug.

Die Wände des Schankraums waren bedeckt mit Andenken an Chanutes ruhmreichere Tage: der Kopf eines Braunwolfs, die Ofentür aus einem Lebkuchenhaus, ein Knüppelausdemsack, der von der Wand sprang, wenn ein Gast sich nicht benahm, und, gleich über dem Tresen, aufgehängt an den Ketten, mit denen er seine Opfer gefesselt hatte, ein Arm des Menschenfressers, der Chanutes Schatzjägertage beendet hatte. Die bläuliche Haut schimmerte immer noch wie Echsenleder.

»Sieh an! Jacob Reckless.« Chanutes mürrischer Mund verzog sich tatsächlich zu einem Lächeln. »Ich dachte, du wärst in Lothringen, auf der Suche nach einem Stundenglas.«

Chanute war eine Legende als Schatzjäger gewesen, aber Jacob hatte inzwischen einen mindestens ebenso guten Ruf auf diesem Gebiet, und die drei Männer, die an einem der fleckigen Tische saßen, hoben neugierig die Köpfe.

»Werde deine Kundschaft los!«, raunte Jacob Chanute über den Tresen zu. »Ich muss mit dir reden.«

Dann stieg er hinauf zu der Kammer, die seit Jahren der einzige Ort war, den er in dieser oder der anderen Welt sein Zuhause nannte.

Ein Tischleindeckdich, ein Gläserner Schuh, der Goldene Ball einer Prinzessin – Jacob hatte schon vieles in dieser Welt gefunden und für viel Geld an Fürsten und reiche Händler verkauft.

Aber in der Truhe, die hinter der Tür der schlichten Kammer stand, bewahrte er die Schätze auf, die er für sich behalten hatte. Sie waren sein Handwerkszeug und Rettung in vielen Notlagen gewesen, aber Jacob hätte nie gedacht, dass sie ihm eines Tages würden helfen müssen, seinen eigenen Bruder zu retten.

Das Taschentuch, das er als Erstes aus der Truhe nahm, war aus einfachem Leinen, aber wenn man es zwischen den Fingern rieb, brachte es zuverlässig ein bis zwei Goldtaler hervor. Jacob hatte es vor Jahren von einer Hexe bekommen, für einen Kuss, der ihm noch Wochen auf den Lippen gebrannt hatte. Die anderen Dinge, die er in seinem Rucksack verstaute, sahen ebenso unscheinbar aus: eine silberne Schnupftabakdose, ein Schlüssel aus Messing, ein Zinnteller und ein Fläschchen aus grünem Glas. Doch jedes einzelne hatte ihm schon mindestens einmal das Leben gerettet.

Die Schankstube war leer, als Jacob die Treppe wieder herunterstieg, und Chanute saß an einem der Tische und schob ihm einen Becher Wein hin, sobald er sich zu ihm setzte.

»Also? Welchen Ärger hast du diesmal?« Chanute warf dem Wein einen begehrlichen Blick zu, aber er selbst hatte nur ein Glas Wasser vor sich stehen. Früher war er so oft betrunken gewesen, dass Jacob die Flaschen vor ihm versteckt hatte, obwohl Chanute ihn dafür jedes Mal verprügelt hatte. Der alte Schatzjäger hatte ihn oft geschlagen – auch wenn er nüchtern gewesen war –, bis Jacob eines Tages seine eigene Pistole auf ihn gerichtet hatte. Chanute war auch in der Höhle des Menschenfressers betrunken gewesen, und vermutlich hätte er seinen Arm behalten, hätte er damals geradeaus sehen können. Danach hatte er das

Trinken aufgegeben. Der Schatzjäger war ein lausiger Vaterersatz gewesen, und Jacob war immer etwas auf der Hut vor ihm, aber wenn irgendjemand wusste, was Will retten konnte, dann war es Albert Chanute.

»Was würdest du tun, wenn einer deiner Freunde die Klauen der Goyl zu spüren bekommen hätte?«

Chanute verschluckte sich an seinem Wasser und musterte Jacob, als wollte er sichergehen, dass er nicht von sich selbst sprach.

»Ich hab keine Freunde«, grunzte er. »Und du auch nicht. Man muss ihnen trauen und darin sind wir beide nicht gut. Wer ist es?«

Aber Jacob schüttelte nur den Kopf.

»Ach ja. Jacob Reckless liebt es geheimnisvoll! Wie konnte ich das vergessen?« Chanutes Stimme klang bitter. Er hielt Jacob trotz allem für den Sohn, den er nie gehabt hatte. »Wann haben sie diesen Freund erwischt?«

»Vor vier Tagen.«

Die Goyl hatten sie unweit eines Dorfes angegriffen, in dem Jacob nach dem Stundenglas gesucht hatte. Er hatte unterschätzt, wie weit ihre Stoßtrupps schon in kaiserliches Gebiet vordrangen, und Will hatte nach dem Angriff solche Schmerzen gehabt, dass sie Tage für den Rückweg gebraucht hatten. Zurück, wohin? Es gab kein Zurück mehr, aber Jacob hatte nicht das Herz gehabt, Will das zu sagen.

Chanute fuhr sich durch das borstige graue Haar. »Vier Tage? Vergiss es. Dann ist er schon halb einer von ihnen. Erinnerst du dich noch an die Zeit, in der die Kaiserin sie in allen Farben gesammelt hat und dieser Bauer uns einen Toten als Onyx andrehen wollte, dem er die Mondsteinhaut mit Lampenruß gefärbt hatte?«

Ja, Jacob erinnerte sich. Die Steingesichter. So hatte man sie damals noch genannt und Kindern Geschichten über sie erzählt, um ihnen Angst vor der Nacht zu machen. Während er mit Chanute umherzog, hatten sie gerade begonnen, auch in Höhlen über der Erde zu hausen, und jedes Dorf hatte Goyl-Hetzjagden organisiert. Aber inzwischen hatten sie einen König und er hatte aus den Gejagten Jäger gemacht.

Neben der Hintertür raschelte es und Chanute zog sein Messer. Er warf es so schnell, dass er die Ratte im Sprung an die Wand nagelte.

»Diese Welt geht zugrunde«, knurrte er und schob den Stuhl zurück. »Die Ratten werden groß wie Hunde. Auf der Straße stinkt es wie in einer Trollhöhle von all den Fabriken und die Goyl stehen nur ein paar Meilen von hier.«

Er hob die tote Ratte auf und warf sie auf den Tisch.

»Es gibt nichts, was gegen das Steinerne Fleisch hilft. Aber wenn es mich erwischt hätte, würde ich zu einem Hexenhaus reiten und im Garten nach einem Busch mit schwarzen Beeren suchen.« Chanute wischte sich das blutige Messer am Ärmel ab. »Allerdings muss es der Garten einer Kinderfresserin sein.«

»Ich dachte, die wären alle nach Lothringen gezogen, seit nicht nur die Kaiserin, sondern auch die anderen Hexen sie jagen?«

»Aber ihre Häuser sind noch da. Die Büsche wachsen dort, wo sie die Knochen ihrer Opfer vergraben haben. Die Beeren sind das stärkste Gegenmittel gegen Flüche, von dem ich weiß.«

Hexenbeeren. Jacob musterte die Ofentür, die an der Wand hing. »Die Hexe im Schwarzen Wald war eine Kinderfresserin, oder?«

»Sie war eine der schlimmsten. Ich hab in ihrem Haus mal nach einem dieser Kämme gesucht, die dich in eine Krähe verwandeln, wenn du sie ins Haar steckst.«

»Ich weiß. Du hast mich vorgeschickt.«

»Tatsächlich?« Chanute rieb sich verlegen die fleischige Nase. Er hatte Jacob weisgemacht, dass die Hexe ausgeflogen war.

»Du hast mir Schnaps auf die Wunden gegossen.« Man sah die Abdrücke ihrer Finger immer noch an seinem Hals. Es hatte Wochen gedauert, bis die Brandwunden geheilt waren. Jacob warf sich den Rucksack über die Schulter. »Ich brauche ein Packpferd, Proviant, zwei Flinten und Munition.«

Aber Chanute schien ihn nicht gehört zu haben. Er starrte auf seine Trophäen. »Gute alte Zeiten«, murmelte er. »Die Kaiserin hat mich dreimal persönlich empfangen. Auf wie viele Male hast du es gebracht?«

Jacob rieb das Tuch in seiner Tasche, bis er zwei Goldtaler zwischen den Fingern fühlte.

»Zweimal«, sagte er und warf die Taler auf den Tisch. Er brachte es inzwischen auf sechs kaiserliche Audienzen, aber Chanute machte die Lüge sehr glücklich.

»Steck das Gold wieder ein!«, brummte er. »Ich nehme kein Geld von dir.« Dann hielt er Jacob sein Messer hin.

»Hier«, sagte er. »Es gibt nichts, was diese Klinge nicht zerschneidet. Ich hab so eine Ahnung, dass du sie nötiger brauchen wirst als ich.«

6
VERLIEBTER NARR

Will war fort. Jacob sah es, sobald er das Packpferd durch das zerfallene Tor der Ruine führte. Sie lag so verlassen da, als wäre sein Bruder ihm nie durch den Spiegel gefolgt, als wäre alles gut und diese Welt immer noch sein, nur sein. Für einen Moment ertappte er sich dabei, dass er fast erleichtert war. *Lass ihn gehen, Jacob.* Warum nicht vergessen, dass er einen Bruder hatte?

»Er hat gesagt, er kommt zurück.« Fuchs saß zwischen den Säulen. Die Nacht schwärzte ihr das Fell. »Ich habe versucht, ihn aufzuhalten, aber er ist genauso starrsinnig wie du.«

Noch ein Fehler, Jacob. Er hätte Will mit nach Schwanstein nehmen sollen, statt ihn bei der Ruine zu verstecken. Will wollte nach Hause. Nur nach Hause. Aber den Stein würde er mitnehmen.

Jacob stellte das Pferd zu den zwei anderen, die hinter der Ruine grasten, und ging auf den Turm zu. Sein langer Schatten schrieb ein einziges Wort auf die Fliesen: Zurück.

Eine Drohung für dich, Jacob, ein Versprechen für Will.

Der Efeu wuchs so dicht an den verrußten Steinen hinauf, dass seine immergrünen Ranken wie ein Vorhang vor der Türöffnung hingen. Der Turm war der einzige Teil des Schlosses, der das Feuer fast unbeschadet überstanden hatte. Im Innern schwärmten die Fledermäuse, und die Strickleiter, die Jacob vor Jahren angebracht hatte, schimmerte silbrig in der Dunkelheit. Die Elfen hinterließen ihren Staub darauf, als wollten sie ihn nicht vergessen lassen, dass er vor Jahren aus einer anderen Welt herabgestiegen war.

Fuchs blickte ihn besorgt an, als er nach den Seilen griff.

»Wir brechen auf, sobald ich mit Will zurück bin«, sagte er.

»Aufbrechen? Wohin?«

Aber Jacob kletterte schon die schwankende Leiter hinauf.

Das Turmzimmer war hell vom Licht der beiden Monde und sein Bruder stand neben dem Spiegel. Er war nicht allein.

Das Mädchen löste sich aus seinen Armen, sobald sie Jacob hinter sich hörte. Sie war hübscher als auf den Fotos, die Will ihm gezeigt hatte. *Verliebter Narr.*

»Was macht sie hier?« Jacob spürte den eigenen Ärger wie Frost auf der Haut. »Hast du den Verstand verloren?«

Er wischte sich den Elfenstaub von den Händen. Wenn man nicht aufpasste, wirkte er wie ein Schlafmittel.

»Clara.« Will griff nach ihrer Hand. »Das ist mein Bruder. Jacob.«

Er sprach ihren Namen aus, als hätte er Perlen auf der Zunge. Will hatte die Liebe schon immer zu ernst genommen.

»Was muss noch passieren, damit du begreifst, was das hier für ein Ort ist?«, fuhr Jacob ihn an. »Schick sie zurück. Sofort.«

Sie hatte Angst, aber sie gab sich Mühe, sie zu verbergen. Angst vor dem Ort, den es nicht geben konnte, vor dem roten Mond, der draußen am Himmel stand – *und vor dir, Jacob*. Sie schien überrascht, dass er tatsächlich existierte. Wills älterer Bruder. Unwirklich wie der Raum, in dem sie stand.

Sie griff nach Wills entstellter Hand und strich sich über die Stirn. »Was ist das?«, fragte sie mit stockender Stimme. »Ich habe so einen Ausschlag noch nie gesehen!«

Natürlich. Studentin der Medizin ... Sieh sie an, Jacob! Sie ist genauso liebeskrank wie dein Bruder. So verliebt, dass sie Will selbst in eine andere Welt folgte.

Über ihnen war ein Scharren zu hören und ein hageres Gesicht lugte von den Balken auf sie herab. Der Stilz, der Jacob bei seinem ersten Ausflug hinter den Spiegel gebissen hatte, ließ sich auch nach all den Jahren nicht vertreiben, doch sein hässliches Gesicht verschwand hastig zwischen den Spinnweben, als Jacob die Pistole zog. Für eine Weile hatte er die alten Revolver aus der Sammlung seines Vaters benutzt, aber schließlich hatte er eines der altmodischen Gehäuse von einem Waffenschmied in New York mit dem Innenleben einer modernen Pistole ausstatten lassen.

Clara starrte entgeistert auf den schimmernden Lauf.

»Schick sie zurück, Will.« Jacob schob die Waffe wieder in den Gürtel. »Ich sag es nicht noch mal.«

Auch Will waren inzwischen Dinge begegnet, die mehr Angst machten als große Brüder, doch schließlich wandte er sich um und strich Clara das helle Haar aus der Stirn.

»Er hat recht«, hörte Jacob ihn flüstern. »Ich komme bald nach. Es wird verschwinden, du wirst sehen. Mein Bruder findet einen Weg.«

Jacob hatte nie begriffen, woher dieses große Vertrauen kam. Nichts hatte es je erschüttern können, nicht einmal all die Jahre, in denen Will ihn kaum je zu Gesicht bekommen hatte.

»Komm schon.« Jacob wandte sich um und ging auf die Bodenluke zu.

»Geh zurück, Clara. Bitte«, hörte er Will sagen.

Aber Jacob stand bereits am Fuß der Strickleiter, als sein Bruder endlich nachkam. Will kletterte so zögernd, als wollte er niemals unten ankommen. Dann stand er da und betrachtete den Elfenstaub an seinen Händen. Tiefer Schlaf und betörend schöne Träume. Nicht das schlechteste Geschenk. Aber Will wischte sich den Staub von den Fingern, wie Jacob es ihm beigebracht hatte, und fasste sich an den Hals. Inzwischen zeigte sich auch dort schon das erste blasse Grün.

»Du brauchst niemanden, oder, Jake?« Aus seiner Stimme klang fast so etwas wie Neid. »So war es schon immer.«

Jacob schob den Efeu zur Seite.

»Wenn du sie so sehr brauchst«, sagte er, »dann solltest du sie dort lassen, wo sie sicher ist.«

»Ich wollte sie nur anrufen! Sie hatte seit Wochen nichts von mir gehört. Ich habe nicht erwartet, dass sie mir nachkommt.«

»Ach ja? Worauf hast du denn da oben gewartet?«

Darauf erwiderte Will nichts.

Fuchs wartete bei den Pferden. Und es gefiel ihr gar nicht, dass Jacob Will zurückbrachte. *Niemand kann ihm helfen.* Ihr Blick sagte es immer noch.

Wir werden sehen, Fuchs.

Die Pferde waren unruhig. Will strich ihnen beruhigend über die Nüstern. Sein sanfter Bruder. Jeden streunenden Hund hatte Will früher mit nach Hause gebracht und Tränen um die vergifteten Ratten im Park vergossen. Aber das, was in seinem Fleisch wuchs, war alles andere als sanft.

»Wohin reiten wir?«

Er blickte zum Turm hinauf.

Jacob gab ihm eine der Flinten, die am Sattel des Packpferds hingen.

»Zum Schwarzen Wald.«

Fuchs hob den Kopf.

Ja, ich weiß, Fuchs. Kein angenehmer Ort.

Seine Stute stieß ihm die Schnauze in den Rücken. Jacob hatte Chanute den Verdienst eines Jahres für sie bezahlt, aber sie war jeden Taler wert. Er zog den Sattelgurt fest, als Fuchs neben ihm ein warnendes Knurren hören ließ.

Schritte. Sie wurden langsamer. Und blieben stehen.

Jacob drehte sich um.

»Egal, was das hier für ein Ort ist ...« Clara stand zwischen den verrußten Säulen. »Ich gehe nicht zurück. Will braucht mich. Und ich will wissen, was passiert ist.«

Fuchs musterte sie so ungläubig wie ein fremdes Tier. Die Frauen in ihrer Welt trugen lange Kleider und steckten sich das Haar hoch oder flochten es wie Bauerntöchter. Die hier trug Hosen und ihr Haar war fast so kurz wie das eines Jungen.

Das Heulen eines Wolfes drang durch die Dunkelheit und Will zog Clara mit sich. Er sprach auf sie ein, aber sie griff nur nach seinem Arm und folgte den steinernen Adern in seiner Haut mit den Fingern.

Du bist nicht mehr der Einzige, der auf Will aufpasst, Jacob.

Clara blickte zu ihm herüber und für einen Moment erinnerte ihn ihr Gesicht an das seiner Mutter. Warum hatte er ihr nie von dem Spiegel erzählt? Was, wenn die Welt dahinter ihr wenigstens etwas von der Traurigkeit vom Gesicht gewischt hätte?

Zu spät, Jacob. Viel zu spät.

Fuchs wandte den Blick immer noch nicht von dem Mädchen. Manchmal vergaß Jacob, dass sie auch eines war.

Ein zweiter Wolf heulte. Die meisten waren friedlich, aber manchmal war ein Brauner unter ihnen, und die fraßen allzu gern Menschenfleisch.

Will lauschte besorgt in die Nacht. Dann redete er erneut auf Clara ein.

Fuchs hob die Schnauze. »Wir sollten aufbrechen«, raunte sie Jacob zu.

»Nicht, bevor er sie zurückschickt.«

Fuchs blickte ihn an. Augen aus Bernstein.

»Nimm sie mit.«

»Nein!«

Sie würde sie nur aufhalten, und Fuchs wusste ebenso gut wie er, dass seinem Bruder die Zeit davonlief. Auch wenn Jacob das Will noch nicht erklärt hatte.

Fuchs wandte sich um.

»Nimm sie mit!«, sagte sie noch einmal. »Dein Bruder wird sie brauchen. Und du auch. Oder traust du meiner Nase nicht mehr?«

Dann verschwand sie in der Nacht, als wäre sie es leid, auf ihn zu warten.

7
DAS HAUS DER HEXE

Ein Dickicht aus Wurzeln, Dornen und Blättern. Baumriesen und junge Bäume, die sich nach dem Licht streckten, das allzu spärlich durch das dichte Laubdach fiel. Irrlichterschwärme über fauligen Tümpeln. Lichtungen, auf denen Fliegenpilze ihre giftigen Kreise zogen. Jacob war zuletzt vor vier Monaten im Schwarzen Wald gewesen, um dort nach einem Menschenschwan zu suchen, der ein Hemd aus Nesseln über den Federn trug. Aber nach drei Tagen hatte er die Suche aufgegeben, weil er unter den dunklen Bäumen nicht mehr hatte atmen können.

Sie erreichten den Waldrand erst um die Mittagszeit,

weil Will wieder Schmerzen hatte. Der Stein wucherte inzwischen den ganzen Hals hinauf, aber Clara tat, als sähe sie ihn nicht. Liebe macht blind. Sie schien das Sprichwort beweisen zu wollen. Sie wich nicht von Wills Seite und schlang den Arm um ihn, wenn der Stein erneut wuchs und Will sich im Sattel krümmte. Aber wenn sie sich unbeobachtet fühlte, sah Jacob die Angst auch auf ihrem Gesicht. Auf ihre Frage, was er über den Stein wusste, hatte er ihr dieselben Lügen erzählt wie seinem Bruder: dass sich nur Wills Haut änderte und es in dieser Welt ein Leichtes sein würde, ihn zu heilen. Es war nicht schwer gewesen, sie zu überzeugen. Sie glaubten ihm beide allzu gern jede tröstliche Lüge, die er ihnen erzählte.

Clara ritt besser als erwartet. Jacob hatte unterwegs auf einem Markt ein Kleid für sie gekauft, aber sie hatte es ihn gegen Männerkleider eintauschen lassen, nachdem sie vergebens versucht hatte, mit dem weiten Rock auf ihr Pferd zu steigen. Ein Mädchen in Männerkleidern und der Stein auf Wills Haut – Jacob war froh, als sie Dörfer und Straßen hinter sich ließen und unter die Bäume ritten, auch wenn er wusste, was dort auf sie wartete. Rindenbeißer, Pilzler, Fallensteller, Krähenmänner – der Schwarze Wald hatte sehr viele unfreundliche Bewohner, auch wenn die Kaiserin seit Jahren versuchte, ihm seinen Schrecken zu nehmen. Trotz seiner Gefahren gab es einen regen Handel mit den Hörnern, Zähnen und Häuten seiner Bewohner. Jacob hatte nie auf die Art sein Geld verdient, aber es gab viele, die gut davon lebten: fünfzehn Silbertaler für einen Pilzler (zwei Taler Zuschlag, wenn er Fliegenpilz-Gift spuckte), dreißig für einen Rindenbeißer (nicht allzu viel angesichts der Tatsache, dass diese Jagd leicht mit dem Tod endete) und vierzig für einen Krähenmann (der es immerhin nur auf die Augen abgesehen hatte).

Viele Bäume verloren schon ihr Laub, aber das Blätterdach war immer noch so dicht, dass der Tag sich in herbstgescheckten Zwielicht verlor. Sie mussten die Pferde schon bald führen, weil sie sich immer öfter in dem dichten Unterholz verfingen, und Jacob wies Will und Clara an, die Bäume nicht zu berühren. Aber die schimmernden Perlen, die ein Rindenbeißer als Köder auf der Borke einer Eiche hatte sprießen lassen, ließen Clara seine Warnung vergessen. Jacob konnte ihr den garstigen kleinen Wicht noch gerade rechtzeitig vom Handgelenk pflücken, bevor er ihr in den Ärmel kroch.

»Das hier«, sagte er und hielt Clara den Rindenbeißer so dicht vor die Augen, dass sie die scharfen Zähne über den borkigen Lippen sah, »ist einer der Gründe, warum ihr die Bäume nicht berühren sollt. Sein erster Biss macht dich schwindelig, der zweite lähmt dich, und du bist bei vollem Bewusstsein, wenn seine ganze Sippschaft anfängt, sich an deinem Blut satt zu trinken. Keine sehr angenehme Art zu sterben.«

Siehst du nun ein, dass du sie hättest zurückschicken müssen?

Will las Jacob den Vorwurf vom Gesicht, während er Clara an seine Seite zog. Aber von da an war sie vorsichtig. Als sich das taufeuchte Netz eines Fallenstellers vor ihnen über den Weg spannte, war es Clara, die Will rechtzeitig zurückzerrte, und sie scheuchte die Goldraben fort, die ihnen Flüche in die Ohren krächzen wollten.

Trotzdem. Sie gehörte nicht hierher. Noch weniger als sein Bruder.

Fuchs blickte sich zu ihm um.

Hör auf, warnten ihre Augen. *Sie ist hier, und ich sage es dir noch einmal: Er wird sie brauchen.*

Fuchs. Sein pelziger Schatten. Die Irrlichter, deren Schwärme überall zwischen den Bäumen hingen, hatten selbst Jacob mit ihrem Summen schon oft hoffnungslos in die Irre gelockt, aber die Füchsin scheuchte sie aus ihrem Fell wie lästige Fliegen und lief unbeirrt voran.

Nach drei Stunden tauchte zwischen Eichen und Eschen der erste Hexenbaum auf, und Jacob warnte Clara und Will gerade vor den Zweigen, die allzu gern nach Menschenaugen stachen, als Fuchs abrupt stehen blieb.

Das Geräusch ertrank fast in dem Summen der Irrlichter. Es klang wie das Schnippschnapp einer Schere. Kein allzu bedrohliches Geräusch. Will und Clara bemerkten es nicht einmal. Aber das Fell der Füchsin sträubte sich und Jacob legte die Hand an den Säbel. Er kannte nur einen Bewohner dieses Waldes, der solch ein Geräusch machte, und es war der einzige, den er auf keinen Fall treffen wollte.

»Lass uns schneller gehen«, flüsterte er Fuchs zu. »Wie weit ist es noch bis zu dem Haus?«

Schnippschnapp. Es kam näher.

»Es wird knapp«, flüsterte Fuchs.

Das Schnippen verstummte, aber die plötzliche Stille klang ebenso bedrohlich. Kein Vogel sang. Selbst die Irrlichter waren verschwunden. Fuchs warf einen besorgten Blick zwischen die Bäume, bevor sie so hastig weiterhuschte, dass die Pferde in dem dichten Unterholz kaum nachkamen.

Der Wald wurde dunkler, und Jacob zog die Taschenlampe aus der Satteltasche, die er aus der anderen Welt mitgebracht hatte. Immer öfter mussten sie einem Hexenbaum ausweichen. Schwarzdorn ersetzte die Eschen und Eichen. Tannen erstickten das spärliche Licht zwischen schwarzgrünen Nadeln, und die Pferde scheuten, sobald sie das Haus sahen, das zwischen den Bäumen auftauchte.

Als Jacob vor Jahren mit Chanute hergekommen war, hatten die Dachschindeln so rot durch die Bäume geleuchtet, als hätte die Hexe sie mit Kirschsaft gefärbt. Jetzt waren sie mit Moos bedeckt, und von den Fenstern blätterte die Farbe, aber an den Mauern und auf dem spitzgiebligen Dach klebten immer noch ein paar Kuchen. Von der Regenrinne und den Fensterbänken hingen Zapfen aus Zuckerguss, und das ganze Haus roch nach Zimt und Honig, wie es sich für eine Kinderfalle gehörte. Die Hexen hatten oft versucht, die Kinderfresserinnen aus ihrer Sippe zu verstoßen, und vor zwei Jahren hatten sie ihnen schließlich den Krieg erklärt. Die Hexe, die im Schwarzen Wald ihr Unwesen getrieben hatte, fristete ihr Dasein angeblich als Warzenkröte in einem morastigen Tümpel.

An dem schmiedeeisernen Zaun, der ihr Haus umgab, klebten immer noch ein paar bunte Zuckerperlen, und Jacobs Stute zitterte, als er sie durch das Tor führte. Der Zaun eines Lebkuchenhauses ließ jeden ein, aber niemanden wieder heraus. Chanute hatte darauf geachtet, dass das Tor bei ihrem Besuch weit offen blieb, doch das, was ihnen folgte, machte Jacob mehr Sorge als das verlassene Haus. Sobald er das Tor hinter Clara schloss, war das Schnippen wieder deutlich zu hören, und diesmal klang es fast zornig. Aber wenigstens kam es nicht näher und Fuchs warf Jacob einen erleichterten Blick zu. Es war, wie sie gehofft hatten: Ihr Verfolger war kein Freund der Hexe gewesen.

»Was, wenn er auf uns wartet?«, flüsterte Fuchs.

Ja, was dann, Jacob? Es war ihm gleich. Solange nur der Busch, den Chanute ihm beschrieben hatte, noch hinter dem Haus wuchs.

Will hatte die Pferde zum Brunnen geführt und ließ den rostigen Eimer hinunter, um sie zu tränken. Er musterte das Lebkuchenhaus wie eine giftige Pflanze. Aber Clara strich über den Zuckerguss, als könnte sie nicht glauben, dass das, was sie sah, wirklich war.

> *Knusper, knusper, Knäuschen, wer knuspert an meinem Häuschen …*

Welche Version der Geschichte hatte Clara gehört?

> *Da packte sie Hänsel mit ihrer dürren Hand und trug ihn in einen kleinen Stall und sperrte ihn mit einer Gittertüre ein: Er mochte schreien, wie er wollte. Es half ihm nichts.*

»Pass auf, dass sie nicht von den Kuchen isst«, sagte Jacob zu Fuchs. Und machte sich auf die Suche nach den Beeren.

Hinter dem Haus wuchsen die Nesseln so hoch, dass es aussah, als stünden sie Wache um den Garten der Hexe. Sie verbrannten Jacob die Haut, doch er bahnte sich einen Weg durch ihre giftigen Blätter, bis er zwischen Schierling und Tollkirschen das fand, was er suchte: einen unscheinbaren Busch mit gefiederten Blättern. Jacob füllte sich die Hand mit seinen schwarzen Beeren, als er Schritte hinter sich hörte.

Clara stand zwischen den verwilderten Beeten.

»Eisenhut. Schattenblumen. Schierlingskraut.« Sie sah ihn fragend an. »Das sind alles Giftpflanzen.«

Offenbar lernte sie als Studentin der Medizin auch ein paar nützliche Dinge. Will hatte ihm schon ein Dutzend Mal erzählt, wie er ihr im Krankenhaus begegnet war. Auf der Station, auf der ihre Mutter behandelt worden war. *Als du nicht da warst, Jacob.*

Er richtete sich auf. Aus dem Wald war wieder das Schnippen zu hören.

»Manchmal braucht man Gift, um zu heilen«, sagte er. »Dir muss ich das wohl nicht erklären. Obwohl du über diese Beeren sicher nichts gelernt hast.«

Er füllte ihr die Hände mit den schwarzen Früchten.

»Will muss ein Dutzend davon essen. Bis die Sonne aufgeht, sollten sie gewirkt haben. Überrede ihn, sich im Haus schlafen zu legen. Er hat seit Tagen kaum ein Auge zugemacht.«

Goyl brauchten wenig Schlaf. Einer der vielen Vorteile, die sie Menschen gegenüber hatten.

Clara blickte auf die Beeren in ihrer Hand. Sie hatte tausend Fragen auf den Lippen, aber sie stellte sie nicht. Was hatte Will ihr über ihn erzählt? *Ja, ich habe einen Bruder. Aber er ist schon lange ein Fremder für mich.*

Sie drehte sich um und lauschte in den Wald. Diesmal hatte sie das Schnippen auch gehört.

»Was ist das?«, fragte sie.

»Sie nennen ihn den Schneider. Er traut sich nicht durch den Zaun, aber wir können nicht wieder fort, solange er da ist. Ich werde versuchen, ihn zu vertreiben.« Jacob zog den Schlüssel aus der Tasche, den er aus der Truhe in Chanutes Gasthaus genommen hatte. »Der Zaun wird euch nicht wieder herauslassen, aber dieser Schlüssel öffnet jede Tür. Ich werde ihn übers Tor werfen, sobald ich draußen bin, für den Fall, dass ich nicht zurückkomme. Fuchs wird euch zu der Ruine zurückbringen. Aber schließ das Tor nicht auf, bevor es hell wird.«

Will stand immer noch am Brunnen. Als er auf Clara zuging, stolperte er vor Müdigkeit.

»Lass ihn nicht in dem Zimmer mit dem Ofen schlafen«, raunte Jacob ihr zu. »Die Luft dort beschert finstere Träume. Und pass auf, dass er mir nicht nachkommt.«

Will aß die Beeren, ohne zu zögern. Der Zauber, der alles heilt. Schon als Kind hatte er viel leichter an solche Wunder geglaubt als Jacob. Man sah ihm an, wie müde er war, und er ließ sich ohne Protest von Clara in das Lebkuchenhaus ziehen. Hinter den Bäumen ging die Sonne unter und der rote Mond hing über den Wipfeln wie ein blutiger Fingerabdruck. Wenn die Sonne ihn ablöste, würde der Stein in der Haut seines Bruders nur noch ein böser Traum sein. Falls die Beeren wirkten.

Falls.

Jacob trat an den Zaun und blickte in den Wald.

Schnippschnapp.

Ihr Verfolger war noch da.

Fuchs blickte Jacob besorgt nach, als er auf die Stute zuging und Chanutes Messer aus der Satteltasche zog. Gegen den, der da draußen wartete, halfen keine Kugeln. Angeblich machten sie den Schneider sogar stärker.

Der Wald füllte sich mit tausend Schatten und Jacob glaubte, zwischen den Bäumen eine dunkle Gestalt stehen zu sehen. *Wenigstens wird er dir die Wartezeit bis zum Morgen verkürzen, Jacob.* Er schob sich das Messer in den Gürtel und nahm die Taschenlampe aus dem Rucksack. Fuchs lief ihm nach, als er auf den Zaun zuging.

»Du kannst nicht da raus. Es wird schon dunkel.«

»Und?«

»Vielleicht ist er bis zum Morgen fort!«

»Warum sollte er?«

Das Zauntor sprang auf, sobald Jacob den Schlüssel in das verrostete Schloss schob.

Bestimmt hatten schon viele Kinderhände vergeblich daran gerüttelt.

»Bleib hier, Fuchs«, sagte er.

Aber sie huschte nur wortlos an seine Seite und Jacob zog das Tor hinter sich zu.

8
CLARA

Das erste Zimmer war die Kammer mit dem Ofen, aber Clara zog Will weiter, als er durch die Tür blickte. Der enge Flur roch nach Kuchen und süßen Mandeln, und im nächsten Zimmer hing über einem zerschlissenen Sessel der Schal einer Frau, bestickt mit schwarzen Vögeln.

Das Bett stand im letzten Zimmer. Es war kaum groß genug für sie beide, und die Decken waren mottenzerfressen, aber Will schlief schon, bevor Jacob draußen das Tor hinter sich zuzog. Der Stein maserte ihm den Hals, wie es draußen die Schatten des Waldes getan hatten.

Clara fuhr vorsichtig über das matte Grün. So kühl und glatt. So schön und schrecklich zugleich.

Was würde geschehen, wenn die Beeren nicht wirkten? Sein Bruder wusste die Antwort, aber sie machte ihm Angst, auch wenn er sich sehr gut darauf verstand, das zu verbergen.

Jacob. Will hatte Clara von ihm erzählt, aber er hatte ihr nur ein Foto gezeigt, auf dem sie beide noch Kinder gewesen waren. Jacobs Blick war schon damals so ganz anders als der seines Bruders gewesen. Nichts von Wills Sanftheit war darin zu finden. Nichts von seiner Stille.

Clara löste sich aus Wills Umarmung und deckte ihn mit der Decke der Hexe zu. Eine Motte saß auf seiner Schulter, schwarz wie ein Abdruck der Nacht. Sie flatterte davon, als Clara sich über Will beugte, um ihn zu küssen. Er wachte nicht auf und sie ließ ihn allein und ging nach draußen.

Das kuchenbedeckte Haus, der rote Mond über den Bäumen – alles, was sie sah, schien so unwirklich, dass sie sich wie eine Schlafwandlerin fühlte. Alles, was sie kannte, war fort. Alles, was sie erinnerte, schien verloren. Das einzig Vertraute war Will, aber ihm wuchs das Fremde schon in der Haut.

Die Füchsin war nicht da. Natürlich. Sie war mit Jacob gegangen.

Der Schlüssel lag gleich hinter dem Tor, wie er es versprochen hatte. Clara hob ihn auf und strich über das ziselierte Metall. Die Stimmen der Irrlichter füllten die Luft wie das Summen von Bienen. Ein Rabe krächzte in den Bäumen. Aber Clara horchte auf ein anderes Geräusch: das scharfe Schnippschnapp, das Jacobs Gesicht dunkel vor Sorge gemacht hatte und ihn in den Wald hatte zurückgehen lassen. Wer war es, der da draußen wartete und das Haus einer Kinderfresserin zu einem sicheren Unterschlupf machte?

Schnippschnapp. Da war es wieder. Wie das Schnappen metallischer Zähne. Clara wich von dem Zaun zurück. Lange Schatten wuchsen auf das Haus zu, und sie spürte dieselbe Angst, die sie als Kind gehabt hatte, wenn sie allein zu Hause gewesen war und Schritte im Treppenhaus gehört hatte.

Sie hätte Will doch sagen sollen, was sein Bruder vorhatte. Er würde ihr nie verzeihen, wenn Jacob nicht zurückkam.

Er würde zurückkommen.

Er musste zurückkommen.

Sie würden nie wieder nach Hause finden ohne ihn.

9

DER SCHNEIDER

Kam er ihnen nach? Jacob ging langsam, damit der Jäger, den sie angelockt hatten, ihm folgen konnte. Aber alles, was er hörte, waren seine eigenen Schritte, das Brechen morscher Zweige unter seinen Stiefeln – das Rascheln von Blättern. Wo war er? Jacob hatte schon Angst, dass sein Verfolger die Furcht vor der Hexe vergessen hatte und sich hinter seinem Rücken durch ihr Tor schlich, als zu seiner Linken plötzlich wieder das Schnippen aus dem Wald drang. Offenbar stimmte es, was man erzählte: Der Schneider spielte mit seinen Opfern gern Katz und Maus, bevor er an sein blutiges Handwerk ging.

Niemand konnte sagen, wer oder was genau er war. Die Geschichten über den Schneider waren fast so alt wie der Schwarze Wald. Nur eins wusste jeder: Seinen Namen hatte er sich dadurch verdient, dass er Kleider aus Menschenhaut schneiderte.

Schnippschnapp, klippklapp. Zwischen den Bäumen öffnete sich eine Lichtung, und Fuchs warf Jacob einen warnenden Blick zu, als aus den Zweigen einer Eiche ein Schwarm Krähen aufflog. Das Klippklapp wurde so laut, dass es selbst ihr Krächzen übertönte, und der Strahl der Taschenlampe fand unter der Eiche die Silhouette eines Mannes.

Dem Schneider gefiel der tastende Lichtfinger nicht. Er stieß ein ärgerliches Grunzen aus und schlug danach wie nach einem lästigen Insekt. Aber Jacob ließ das Licht weitertasten: über das bärtige, schmutzverkrustete Gesicht, die grausigen Kleider, die auf den ersten Blick nur nach stümperhaft gebeiztem Tierleder aussahen, und die plumpen Hände, die die blutige Arbeit taten. Die Finger der linken endeten in breiten Klingen, jede lang wie die eines Dolches. Die der rechten waren ebenso tödlich lang, aber schlank und spitz wie riesige Schneidernadeln. An beiden Händen fehlte ein Finger – offenbar hatten auch schon andere Opfer ihre Haut verteidigt –, doch der Schneider schien sie nicht weiter zu vermissen. Er ließ seine mörderischen Nägel durch die Luft fahren, als schnitte er ein Muster aus den Schatten der Bäume und nähme Maß für die Kleider, die er aus Jacobs Haut nähen wollte.

Fuchs bleckte die Zähne und wich knurrend zurück an Jacobs Seite. Er scheuchte sie hinter sich und zog mit der Linken den Säbel und mit der Rechten Chanutes Messer.

Sein Gegner bewegte sich schwerfällig wie ein Bär, doch seine Hände schnitten und stachen mit beängstigender Emsigkeit durch das Distelgestrüpp. Seine Augen waren so ausdruckslos wie die eines Toten, aber das bärtige Gesicht war verzerrt zu einer Maske aus Mordlust, und er bleckte die gelben Zähne, als wollte er Jacob die Haut auch damit vom Fleisch schälen.

Zuerst hieb er mit den breiten Klingen nach ihm. Jacob wehrte sie mit dem Säbel ab, während er mit dem Messer nach der Nadelhand stieß. Er hatte schon gegen ein halbes Dutzend betrunkener Soldaten gekämpft, gegen die Wachen verwunschener Schlösser, Wegelagerer und ein Rudel abgerichteter Wölfe, aber das hier war schlimmer. Der Schneider stieß und hieb so unerbittlich auf ihn ein, dass Jacob glaubte, in eine Häckselmaschine geraten zu sein.

Sein Gegner war nicht sonderlich groß und Jacob war behänder als er. Trotzdem spürte er bald die ersten Schnitte an Schulter und Armen. *Nun mach schon, Jacob. Sieh dir seine Kleider an. Willst du so enden?* Er hieb ihm mit dem Messer einen Nadelfinger ab, nutzte das Wutgeheul danach, um Atem zu schöpfen – und riss den Säbel gerade noch rechtzeitig hoch, bevor die Klingen ihm das Gesicht aufschlitzten. Zwei der Nadeln streiften ihm die Wange wie die Krallen einer Katze. Eine andere bohrte sich fast in seinen Arm. Jacob wich zwischen die Bäume zurück, ließ die Klingen in Rinde statt in seine Haut fahren und die langen Nadeln tief ins Holz statt in sein Fleisch. Aber der Schneider befreite sich immer wieder, und er wurde einfach nicht müde, während Jacob schon die Arme schwer wurden.

Er schlug ihm einen weiteren Finger ab, als eine der Klingen gleich neben ihm in die Baumrinde fuhr. Der Schneider heulte auf wie ein Wolf, aber er hieb nur noch wütender nach ihm, und aus der Wunde rann kein Blut.

Du wirst als ein paar Hosen enden, Jacob! Sein Atem ging schwer. Das Herz raste ihm. Er stolperte über eine Wurzel, und bevor er sich wieder aufrichten konnte, stieß der Schneider ihm eine seiner Nadeln tief in die Schulter. Der Schmerz warf Jacob auf die Knie, und er bekam nicht genug Luft, um Fuchs zurückzurufen, als sie auf den Schneider zusprang und ihm die Zähne tief ins Bein schlug. Sie hatte Jacob schon oft die Haut gerettet, doch niemals in so wörtlichem Sinne. Der Schneider versuchte, sie abzuschütteln. Er hatte Jacob vergessen, und als er wütend ausholte, um Fuchs seine Klingen in den pelzigen Leib zu stoßen, hieb Jacob ihm mit Chanutes Messer den Unterarm ab.

Der Schrei des Schneiders hallte durch den nächtlichen Wald. Er stierte auf den nutzlosen Armstumpf und die klingenbewehrte Hand, die vor ihm im Moos lag. Dann fuhr er mit einem Keuchen zu Jacob herum. Die verbliebene Hand fuhr mit tödlicher Wucht auf ihn zu. Drei stählerne Nadeln, mörderische Dolche. Jacob glaubte, ihr Metall schon in den Gedärmen zu spüren, doch bevor sie sich in sein Fleisch bohrten, stieß er dem Schneider die Messerklinge tief in die Brust.

Er grunzte auf und presste die Finger gegen das abscheuliche Hemd. Dann gaben seine Knie nach.

Jacob stolperte gegen den nächsten Baum und rang nach Atem, während der Schneider sich im feuchten Moos wälzte. Ein letztes Röcheln und es war still. Aber Jacob ließ das Messer nicht fallen, obwohl die Augen in dem schmutzigen Gesicht nur noch leer zum Himmel starrten. Er war nicht sicher, ob es für den Schneider so etwas wie den Tod gab.

Fuchs zitterte, als hätten sie die Hunde gejagt. Jacob ließ sich neben ihr auf die Knie fallen und starrte den reglosen Körper an. Er wusste nicht, wie lange er so dasaß. Seine Haut brannte, als hätte er sich in zersprungenem Glas gewälzt. Seine Schulter war taub vor Schmerz und vor seinen Augen tanzten die Klingen immer noch ihren mörderischen Tanz.

»Jacob!« Fuchs' Stimme schien aus weiter Ferne zu kommen. »Steh auf. Beim Haus ist es sicherer!«

Er kam kaum auf die Füße.

Der Schneider rührte sich immer noch nicht.

Es schien ein weiter Weg zurück zu dem Hexenhaus, und als es endlich zwischen den Bäumen auftauchte, sah Jacob Clara wartend hinter dem Zaun stehen.

»O Gott«, murmelte sie nur, als sie das Blut auf seinem Hemd sah.

Sie holte Wasser vom Brunnen und wusch die Schnittwunden aus. Jacob fuhr zusammen, als ihre Finger seine Schulter berührten.

»Die Wunde ist tief«, sagte sie, während Fuchs sich besorgt an ihre Seite setzte. »Ich wünschte, sie würde stärker bluten.«

»In meiner Satteltasche ist Jod und etwas zum Verbinden.« Jacob war dankbar dafür, dass sie den Anblick von Wunden gewohnt war. »Was ist mit Will? Schläft er?«

»Ja.« Und der Stein war immer noch da. Sie musste es nicht sagen.

Jacob sah ihr an, dass sie wissen wollte, was im Wald passiert war, aber er wollte sich nicht erinnern.

Sie holte das Jod aus seiner Satteltasche und träufelte es auf die Wunde, aber ihr Blick blieb besorgt.

»Worin wälzt du dich, wenn du dich verletzt, Fuchs?«, fragte sie.

Die Füchsin zeigte ihr ein paar Kräuter im Garten der Hexe. Sie verströmten einen bittersüßen Geruch, als Clara sie zerpflückte und ihm auf die zerschnittene Haut legte.

»Wie eine geborene Hexe«, sagte Jacob. »Ich dachte, Will hätte dich in einem Krankenhaus getroffen.«

Sie lächelte. Es ließ sie sehr jung aussehen.

»In unserer Welt arbeiten die Hexen in Krankenhäusern. Hast du das vergessen?«

Sie bemerkte die Narben auf seinem Rücken, als sie ihm das Hemd über die verbundene Schulter zog.

»Wie ist das passiert?«, fragte sie. »Das müssen furchtbare Verletzungen gewesen sein!«

Fuchs warf Jacob einen wissenden Blick zu, aber er knöpfte sich nur mit einem Schulterzucken das Hemd zu.

»Ich habe es überlebt.«

Clara sah ihn nachdenklich an.

»Danke«, sagte sie. »Für was auch immer du da draußen getan hast. Ich bin so froh, dass du zurückgekommen bist.«

10
FELL UND HAUT

Jacob wusste zu viel über Lebkuchenhäuser, um unter ihren Zuckergussdächern ruhig schlafen zu können. Er holte den Zinnteller aus der Satteltasche, setzte sich damit vor den Brunnen und polierte ihn mit dem Ärmel, bis er sich mit Brot und Käse füllte. Es war kein Fünf-Gänge-Menü wie bei dem Tischleindeckdich, das er für die Kaiserin gefunden hatte, aber dafür passte der Teller leicht in eine Satteltasche.

Der rote Mond mischte Rost in die Nacht, und es waren noch Stunden bis zum Morgengrauen, aber Jacob wagte nicht nachzusehen, ob der Stein in Wills Haut schon verschwunden war. Fuchs setzte sich neben ihn und leckte sich das Fell. Der Schneider hatte nach ihr getreten, und ein paar Schnitte hatte sie auch abbekommen, aber es ging ihr gut. Menschenhaut war so viel verletzlicher als ein Fell. Oder Goylhaut.

»Du solltest dich auch schlafen legen«, sagte sie.

»Ich kann nicht schlafen.«

Seine Schulter schmerzte, und er glaubte zu spüren, wie der schwarze Zauber der Hexe sich mit dem Fluch der Dunklen Fee maß.

»Was wirst du tun, wenn die Beeren wirken? Die beiden zurückbringen?«

Fuchs gab sich Mühe, gleichgültig zu klingen, aber Jacob hörte trotzdem die unausgesprochene Frage hinter ihren Worten. Er konnte Fuchs noch so oft sagen, dass ihre Welt ihm gefiel. Sie verlor nie die Angst, dass er eines Tages in den Turm hinaufsteigen und nicht zurückkommen würde.

»Ja, sicher«, sagte er. »Und sie leben glücklich bis an ihr Lebensende.«

»Und wir?« Fuchs schmiegte sich an ihn, als die kalte Nachtluft ihn schaudern ließ. »Der Winter kommt. Wir könnten nach Süden gehen, nach Grenadia oder Lombardien, und dort nach dem Stundenglas suchen.«

Das Stundenglas, das die Zeit anhielt. Noch vor ein paar Wochen hatte er an nichts anderes gedacht. Der Sprechende Spiegel. Der Gläserne Schuh. Das Spinnrad, das Gold spann ... Es gab immer etwas oder jemanden, nach dem man in dieser Welt suchen konnte. Und meist ließ ihn das vergessen, dass er den Einzigen, den er je wirklich hatte finden wollen, vergebens gesucht hatte.

Jacob nahm ein Stück Brot von dem Teller und hielt es Fuchs hin. »Wann hast du dich zuletzt verwandelt?«, fragte er, als sie gierig danach schnappte.

Sie wollte davonhuschen, aber er hielt sie fest. »Fuchs!«

Sie biss nach seiner Hand, doch schließlich streckte sich der Fuchsschatten, den das Mondlicht neben den Brunnen zeichnete, und das Mädchen, das neben Jacob kniete, stieß ihn mit kräftigen Händen fort.

Fuchs. Ihr Haar war rot wie der Pelz, der ihr so viel lieber war als die Menschenhaut. Es fiel ihr so lang und dicht über den Rücken, dass es fast so aussah, als trüge sie immer noch ihr Fell. Auch das Kleid, das ihr die sommersprossige Haut bedeckte, schimmerte im Mondlicht wie der Pelz der Füchsin, und sein Stoff schien aus demselben seidigen Haar gewebt.

Sie war erwachsen geworden in den letzten Monaten, fast so plötzlich, wie ein Welpe zur Füchsin wird. Aber Jacob sah immer noch das zehnjährige Mädchen neben sich knien, das eines Nachts statt der Füchsin am Fuß des Turmes geschluchzt hatte, weil er länger als versprochen in der Welt geblieben war, aus der er stammte. Fuchs war Jacob fast ein Jahr gefolgt, ohne dass er sie je in Menschengestalt gesehen hatte, und Jacob erinnerte sie immer wieder daran, dass sie diese Gestalt verlieren konnte, wenn sie das Fell allzu lange trug. Auch wenn er wusste, dass Fuchs, hätte sie sich entscheiden müssen, immer den Pelz gewählt hätte. Sie hatte mit sieben eine verwundete Füchsin vor den Stöcken ihrer zwei älteren Brüder gerettet und am nächsten Tag das pelzige Kleid auf ihrem Bett gefunden. Es hatte ihr die Gestalt geschenkt, die sie inzwischen als ihr wahres Ich empfand, und es war Fuchs' größte Angst, dass jemand das Kleid eines Tages stehlen und ihr das Fell wieder nehmen könnte.

Jacob lehnte sich gegen den Brunnen und schloss die Augen. *Es wird alles gut, Jacob.* Aber die Nacht wollte einfach nicht enden. Er spürte, wie Fuchs den Kopf auf seine Schulter legte, und schließlich schlief er ein, neben sich das Mädchen, das die Haut nicht wollte, um die sein Bruder kämpfen musste. Er schlief unruhig und selbst seine Träume waren aus Stein. Chanute, der Zeitungsjunge auf dem Markt, seine Mutter, sein Vater – sie alle erstarrten zu Statuen, die neben dem toten Schneider standen.

»Jacob! Wach auf!«

Fuchs trug wieder ihr Fell. Das erste Morgenlicht stahl sich durch die Tannen, und seine Schulter schmerzte so sehr, dass er kaum auf die Füße kam. *Alles wird gut, Jacob. Chanute kennt diese Welt wie kein anderer. Weißt du noch, wie er dir den Hexenfluch ausgetrieben hat? Du warst schon halb tot. Und der Stilzbiss. Oder sein Rezept gegen Wassermanngift …*

Er ging auf das Lebkuchenhaus zu und sein Herz schlug mit jedem Schritt schneller.

Der süßliche Geruch im Innern nahm ihm fast den Atem. Vielleicht schliefen Will und Clara deshalb so fest. Sie hatte den Arm um Will geschlungen, und das Gesicht seines Bruders war so friedlich, als schliefe er im Bett eines Prinzen und nicht in dem einer Kinderfresserin. Aber der Stein maserte seine linke Wange, als wäre er in Wills Haut ausgelaufen, und an der linken Hand waren die Fingernägel schon fast so schwarz wie die Krallen, die ihm das Steinerne Fleisch in die Schulter gesät hatten.

Wie laut das Herz schlagen konnte. Bis es einem den Atem nahm.

Alles wird gut.

Jacob stand immer noch da und starrte den Stein an, als sein Bruder sich regte. Sein Blick verriet Will alles. Er griff sich an den Hals und folgte dem Stein mit den Fingern die Wange hinauf.

Denk nach, Jacob! Aber sein Verstand ertrank in der Angst, die er auf dem Gesicht seines Bruders sah.

Sie ließen Clara schlafen, und Will folgte ihm nach draußen wie ein Schlafwandler, den ein Albtraum gefangen hielt. Fuchs wich vor ihm zurück, und der Blick, den sie Jacob zuwarf, sagte nur eins.

Verloren.

Und genau so stand Will da. Verloren. Er fuhr sich über das entstellte Gesicht, und Jacob sah dort zum ersten Mal nicht das Vertrauen, das sein Bruder so viel leichter gewährte als er, sondern all die Vorwürfe, die er selbst sich machte. *Hättest du besser aufgepasst, Jacob. Wärst du mit ihm nur nicht so weit nach Osten geritten. Wärst. Hättest.*

Will trat an das Fenster, hinter dem der Ofen der Hexe stand, und starrte auf das Abbild, das die dunklen Scheiben ihm zeigten. Jacob aber blickte auf die Spinnweben, die schwarz vom Ruß unter dem zuckerweißen Dach hingen. Sie erinnerten ihn an andere Netze, ebenso dunkel, gesponnen, um die Nacht darin zu fangen.

Was für ein Dummkopf er war! Was wollte er bei den Hexen? Es war der Fluch einer Fee. *Einer Fee!*

Fuchs sah ihn beunruhigt an.

»Nein!«, bellte sie.

Manchmal wusste sie, was er dachte, bevor er selbst es tat.

»Sie wird ihm helfen können! Schließlich ist sie ihre Schwester.«

»Du kannst nicht zu ihr zurück! Nie wieder.«

Will wandte sich um. »Zurück zu wem?«

Jacob antwortete ihm nicht. Er griff nach dem Medaillon, das er unter dem Hemd trug. Seine Finger erinnerten sich immer noch daran, wie er das Blütenblatt darin gepflückt hatte. So wie sein Herz sich an die erinnerte, vor der das Blatt ihn beschützen sollte.

»Geh Clara wecken«, sagte er zu Will. »Wir brechen auf. Es wird alles gut.«

Es war ein weiter Weg, vier Tage, wenn nicht mehr, und sie mussten schneller als der Stein sein.

Fuchs sah ihn immer noch an.

Nein, Jacob. Nein!, flehten ihre Augen.

Natürlich erinnerte sie sich ebenso gut wie er, wenn nicht besser.

Furcht. Zorn. Verlorene Zeit ... »Das müssen furchtbare Verletzungen gewesen sein.«

Aber es gab nur noch den einen Weg, wenn er weiter einen Bruder haben wollte.

11
HENTZAU

Dem Menschengoyl, den Hentzau in der verlassenen Kutschstation fand, wuchs eine Haut aus Malachit. Das dunkle Grün maserte ihm schon das halbe Gesicht. Hentzau ließ ihn laufen wie all die anderen, die sie gefunden hatten, mit dem Rat, im nächsten Goylcamp Zuflucht zu suchen, bevor seine eigenen Artgenossen ihn erschlugen. Aber noch war kein Gold in seinen Augen zu sehen, sondern nur die Erinnerung, dass seine Haut nicht immer aus Malachit gewesen war. Er rannte davon, als gäbe es noch einen Ort, an den er zurückkehren konnte, und Hentzau schauderte bei dem Gedanken, dass die Fee ihm eines Tages Menschenfleisch in die Jaspishaut säen könnte.

Malachit, Blutstein, Jaspis, sogar die Hautfarbe des Königs hatten er und seine Soldaten gefunden, aber natürlich nicht den Stein, nach dem sie suchten.

Jade.

Alte Frauen trugen sie als Glücksbringer um den Hals und knieten heimlich vor Götzen, die daraus gemacht waren. Mütter nähten sie ihren Kindern in die Kleider, damit der Stein sie furchtlos machte und beschützte. Aber nie hatte es einen Goyl gegeben, dessen Haut aus Jade war.

Wie lange würde die Dunkle Fee ihn suchen lassen? Wie lange würde er sich zum Narren machen müssen, vor seinen Soldaten, dem König und vor sich selbst? Was, wenn sie den Traum nur erfunden hatte, um ihn von Kami'en zu trennen? Und er war losgezogen, treu und gehorsam wie ein Hund.

Hentzau blickte die verlassene Straße hinunter, die sich zwischen den Bäumen verlor. Seine Soldaten waren nervös. Die Goyl mieden den Schwarzen Wald so, wie die Menschen es taten. Die Fee wusste auch das. Es war ein Spiel. Ja, das war es. Nichts als ein Spiel, und er war es leid, ihren Hund zu spielen.

Die Motte setzte sich Hentzau auf die Brust, als er gerade den Befehl zum Aufsitzen geben wollte. Sie krallte sich da fest, wo unter der grauen Uniform sein Herz schlug, und Hentzau sah den Menschengoyl ebenso deutlich, wie die Fee ihn in ihren Träumen sah.

Die Jade durchzog seine Menschenhaut wie ein Versprechen.

Es konnte nicht sein.

Doch dann gebar die Tiefe einen König, und in einer Zeit großer Gefahr erschien ein Goyl aus Jade, geboren von Glas und Silber, und machte ihn unbesiegbar.

Ammenmärchen. Als Kind hatte Hentzau nichts lieber gehört, weil sie der Welt einen Sinn und ein gutes Ende gaben. Einer Welt, die in oben und unten zerfiel und von Göttern mit weichem Fleisch regiert wurde. Doch Hentzau hatte ihnen ihr weiches Fleisch zerschnitten und gelernt, dass sie keine Götter waren – ebenso, wie er gelernt hatte, dass die Welt keinen Sinn machte und nichts ein gutes Ende nahm.

Aber da war er. Hentzau sah ihn so deutlich, als könnte er die Hand nach ihm ausstrecken und den mattgrünen Stein berühren, der ihm schon die Wange maserte.

Der Jadegoyl. Geboren aus dem Fluch der Fee.

Hatte sie es so geplant? Hatte sie all das Steinerne Fleisch nur gesät, um ihn zu ernten?

Was interessiert dich das, Hentzau? Finde ihn!

Die Motte spreizte erneut die Flügel, und er sah Felder, auf denen er selbst noch vor ein paar Monaten gekämpft hatte. Felder, die an den Ostrand des Waldes grenzten. Er suchte auf der falschen Seite.

Hentzau unterdrückte einen Fluch und erschlug die Motte.

Seine Soldaten blickten ihn erstaunt an, als er den Befehl gab, wieder nach Osten zu reiten. Aber sie waren erleichtert, dass er sie nicht tiefer in den Wald hineinführte. Hentzau wischte sich die zerdrückten Flügel von der Uniform und schwang sich aufs

Pferd. Keiner von ihnen hatte die Motte gesehen, und sie würden alle bezeugen, dass er den Jadegoyl ohne die Hilfe der Fee gefunden hatte – so wie er jedem sagte, dass es Kami'en war, der den Krieg gewann, und nicht der Fluch seiner unsterblichen Geliebten.

Jade.

Sie hatte die Wahrheit geträumt.

Oder einen Traum zur Wahrheit gemacht.

12
SEINESGLEICHEN

Es war später Mittag, als sie den Wald endlich hinter sich ließen. Dunkle Wolken hingen über Feldern und Wiesen, Flicken aus Gelb, Grün und Braun, die sich bis zum Horizont erstreckten. Holunderbüsche trugen schwer an schwarzen Beeren, und zwischen den wilden Blumen, die am Straßenrand wuchsen, schwärmten Elfen, die Flügel nass vom Regen. Doch viele der Höfe, an denen sie vorbeiritten, waren verlassen, und auf den Feldern rosteten Kanonen zwischen dem ungeernteten Weizen.

Jacob war dankbar für die verlassenen Häuser, denn Will war inzwischen allzu deutlich anzusehen, was in seinem Fleisch nistete. Es regnete, seit sie aus dem Wald gekommen waren, und der grüne Stein schimmerte auf dem Gesicht seines Bruders wie die Glasur eines finsteren Töpfers.

Jacob hatte Will immer noch nicht gesagt, wohin er sie führte, und er war froh, dass Will nicht fragte. Es reichte, dass Fuchs wusste, dass ihr Ziel der einzige Ort in dieser Welt war, an den er geschworen hatte, niemals zurückzukehren.

Der Regen fiel schon bald so unerbittlich, dass selbst Fuchs ihr Fell keinen Schutz mehr bot, und Jacobs Schulter schmerzte, als stieße der Schneider ihm seine Nadeln aufs Neue hinein. Doch jeder Blick auf Wills Gesicht ließ ihn alle Gedanken an Rast vergessen. Die Zeit lief ihnen davon.

Vielleicht war es der Schmerz, der ihn unvorsichtig machte. Jacob beachtete den verlassenen Hof am Straßenrand kaum, und Fuchs witterte sie erst, als es zu spät war. Acht Männer, zerlumpt, aber bewaffnet. Sie kamen so plötzlich aus einem der zerschossenen Ställe, dass sie die Flinten auf sie richteten, bevor Jacob die Pistole ziehen konnte. Zwei von ihnen trugen die Uniformmäntel der Kaiserlichen und ein dritter die graue Jacke der Goyl. Plünderer und Deserteure. Hinterlassenschaft des Krieges. Einer hatte die Trophäen am Gürtel hängen, mit denen sich auch die Soldaten der Kaiserin gern schmückten: Finger ihrer steinhäutigen Feinde, in allen Farben, die sie finden konnten.

Für einen Moment hoffte Jacob tatsächlich, sie würden den Stein nicht bemerken, denn Will hatte sich die Kapuze wegen des Regens tief ins Gesicht gezogen. Aber einer von ihnen, mager wie ein ausgezehrtes Wiesel, bemerkte seine entstellte Hand, als er Will vom Pferd zerrte, und zog ihm die Kapuze vom Kopf.

Clara versuchte, sich schützend vor ihn zu stellen, doch der in der Goyljacke riss sie grob zurück, und Will verwandelte sich in einen Fremden. Es war das erste Mal, dass Jacob auf dem Gesicht seines Bruders so unverstellt die Lust sah, jemanden zu verletzen. Will versuchte, sich loszureißen, aber das Wiesel schlug ihm ins Gesicht, und als Jacobs Hand an den Revolver fuhr, setzte der Anführer ihm die Flinte auf die Brust.

Er war ein grobschlächtiger Kerl mit nur drei Fingern an der linken Hand, und seine zerschlissene Jacke war bedeckt mit den Halbedelsteinen, die Goyloffiziere am Kragen trugen, um ihren Rang zu zeigen. Auf Schlachtfeldern war reichlich Beute zu machen, wenn die Lebenden die Toten zurückließen.

»Warum hast du ihn noch nicht erschossen?«, fragte er, während er Jacob die Taschen durchsuchte. »Hast du noch nicht gehört? Es gibt keine Belohnungen mehr für seinesgleichen, seit sie mit ihnen verhandeln.«

Er zog Jacobs Taschentuch heraus, aber zum Glück stopfte er es achtlos zurück, bevor ihm ein Goldtaler in die schwielige Hand fiel. Hinter ihnen huschte Fuchs in die Scheune, und Jacob spürte, wie Clara Hilfe suchend zu ihm herübersah. Was glaubte sie? Dass er es mit acht Männern aufnehmen konnte?

Der Dreifinger schüttete sich den Inhalt seines Geldbeutels in die Hand und grunzte enttäuscht, als er nur ein paar Kupfermünzen darin fand. Aber die anderen starrten immer noch auf Will. Sie würden ihn umbringen. Nur zum Spaß. Und sich die Finger seines Bruders an die Gürtel hängen. *Tu etwas, Jacob! Aber was? Reden. Zeit schinden. Auf ein Wunder warten.*

»Ich bringe ihn zu jemandem, der ihm seine Haut zurückgeben wird!« Der Regen lief ihm übers Gesicht und das Wiesel drückte Will die Flinte in die Seite.

Rede weiter, Jacob.

»Er ist mein Bruder! Lasst uns gehen und ich bin in einer Woche mit einem Sack voll Gold zurück.«

»Sicher.« Der Dreifinger nickte den anderen zu. »Bringt sie hinter die Scheune und schießt dem hier in den Kopf. Ich mag seine Kleider.«

Jacob stieß die zwei zurück, die nach ihm griffen, aber ein dritter hielt ihm das Messer an den Hals. Er trug die Kleider eines Bauern. Sie waren nicht alle schon immer Räuber gewesen.

»Wovon redest du?«, zischte er Jacob zu. »Nichts gibt ihnen ihre Haut zurück … Ich hab meinen eigenen Sohn erschossen, als ihm der Mondstein auf der Stirn wuchs!«

Jacob konnte kaum atmen, so fest presste die Klinge sich gegen seine Kehle.

»Es ist der Fluch der Dunklen Fee!«, stieß er hervor. »Also bringe ich ihn zu ihrer Schwester. Sie wird ihn brechen.«

Wie sie ihn alle anstarrten. Fee. Ein Wort nur. Drei Buchstaben, in denen aller Zauber und aller Schrecken dieser Welt sich verbanden.

Der Druck des Messers ließ nach, aber das Gesicht des Mannes war immer noch verzerrt vor Wut und hilflosem Schmerz. Jacob war versucht zu fragen, wie alt sein Sohn gewesen war.

»Niemand geht einfach zu den Feen.« Der Junge, der die Worte stammelte, war höchstens fünfzehn. »Sie holen dich!«

»Ich weiß einen Weg.« *Rede, Jacob.* »Ich war schon einmal bei ihnen!«

»Ach ja, warum bist du dann nicht tot?« Das Messer schlitzte ihm die Haut auf. »Oder verrückt, wie die, die von ihnen zurückkommen und sich im nächsten Tümpel ertränken!«

Jacob spürte, dass Will ihn ansah. Was dachte er? Dass sein älterer Bruder Märchen erzählte, so wie früher, als sie Kinder gewesen waren und Will nicht hatte einschlafen können?

»Sie wird ihm helfen«, sagte Jacob noch einmal, heiser vom Druck des Messers. *Aber leider werdet ihr uns vorher erschlagen. Und es wird deinen Sohn nicht wieder lebendig machen.*

Das Wiesel drückte Will die Flinte gegen die entstellte Wange. »Zu den Feen! Merkst du nicht, dass er dich veralbert, Stanis? Lasst sie uns endlich erschießen.«

Er stieß Will auf die Scheune zu und zwei andere packten Clara. *Jetzt, Jacob. Was hast du zu verlieren?* Aber der Dreifinger fuhr plötzlich herum und starrte an den Ställen vorbei nach Süden. Das Schnauben von Pferden klang durch den Regen.

Reiter.

Sie kamen über die brachliegenden Felder, auf Pferden, die so grau waren wie ihre Uniformen, und Wills Gesicht verriet, wer sie waren, bevor das Wiesel es den anderen zuschrie.

»Goyl!«

Der Bauer richtete das Gewehr auf Will, als könnte nur er sie herbeigerufen haben, aber Jacob schoss ihn nieder, bevor er abdrücken konnte. Drei der Goyl zogen im vollen Galopp die Säbel. Sie kämpften immer noch mit Vorliebe damit, auch wenn sie die Schlachten mit ihren Flinten gewannen. Clara starrte entgeistert auf die steinernen Gesichter – und sah Jacob an. *Ja, das wird aus ihm werden. Liebst du ihn immer noch?*

Die Plünderer suchten Deckung hinter einem umgestürzten Karren. Sie hatten ihre Gefangenen vergessen – und Jacob stieß Will und Clara auf die Pferde zu.

»Fuchs!«, schrie er, während er die Stute einfing. Wo war sie?

Zwei Goyl stürzten von den Pferden und die anderen suchten Deckung hinter der Scheune. Der Dreifinger war ein guter Schütze.

Clara saß schon auf dem Pferd, aber Will stand da und starrte zu den Goyl hinüber.

»Aufs Pferd mit dir, Will!«, schrie Jacob ihm zu, während er selbst sich auf die Stute schwang.

Aber sein Bruder rührte sich nicht.

Jacob wollte das Pferd auf ihn zutreiben, doch in dem Moment huschte Fuchs aus der Scheune. Sie hinkte, und Jacob sah, wie das Wiesel die Flinte hob. Er schoss ihn nieder, aber als er die Stute zügelte und sich aus dem Sattel beugte, um Fuchs zu packen, traf ihn ein Flintenkolben an der verletzten Schulter. Der Junge. Er stand da, die leer geschossene Flinte am Lauf gepackt, und holte erneut aus, als könnte er mit ihm seine eigene Angst erschlagen.

Der Schmerz ließ alles vor Jacobs Augen verschwimmen. Er schaffte es, die Pistole zu ziehen, doch die Goyl kamen ihm zuvor. Sie schwärmten hinter der Scheune hervor und eine ihrer Kugeln traf den Jungen in den Rücken.

Jacob packte Fuchs und hob sie in den Sattel. Auch Will hatte sich aufs Pferd geschwungen, aber er starrte immer noch auf die Goyl.

»Will!«, schrie Jacob ihn an. »Reite, verdammt noch mal!«

Sein Bruder sah ihn nicht einmal an. Er schien ihn und Clara vergessen zu haben.

»Will!«, schrie sie mit einem verzweifelten Blick auf die kämpfenden Männer.

Aber Will kam erst zu sich, als Jacob ihm in die Zügel griff.

»Reite!«, fuhr er ihn noch einmal an. »Reite und sieh dich nicht um.«

Und sein Bruder wendete endlich das Pferd.

13
DER NUTZEN VON TÖCHTERN

Besiegt. Therese von Austrien stand am Fenster und blickte hinunter zu den Palastwachen. Sie patrouillierten vor dem Tor, als wäre nichts geschehen. Die ganze Stadt lag da, als wäre nichts geschehen. Aber sie hatte einen Krieg verloren. Zum ersten Mal. Und jede Nacht träumte sie, dass sie in blutigem Wasser ertrank, das sich in die mattrote Steinhaut ihres Gegners verwandelte.

Ihre Minister und Generäle erklärten ihr seit einer halben Stunde, warum sie verloren hatte. Sie standen in ihrem Audienzsaal, geschmückt mit den

Orden, die sie ihnen verliehen hatte, und versuchten, ihr die Schuld zu geben. *»Die Flinten der Goyl sind besser. Sie haben schnellere Züge.«* Aber es war der König mit der Karneolhaut, der diesen Krieg gewann, weil er mehr von Strategie verstand als sie alle zusammen. Und weil er eine Geliebte hatte, die zum ersten Mal seit dreihundert Jahren den Zauber der Feen in den Dienst eines Königs stellte.

Vor dem Tor hielt eine Kutsche und drei Goyl stiegen aus. Wie zivilisiert sie taten. Sie trugen nicht mal Uniform. Was für eine Genugtuung es wäre, sie von den Wachen auf den Hof zerren und erschlagen zu lassen, wie ihr Großvater es noch mit ihnen getan hatte. Aber dies waren andere Zeiten. Nun besorgten die Goyl das Erschlagen. Sie würden sich mit ihren Beratern an einen Tisch setzen, Tee aus silbernen Tassen schlürfen und Kapitulationsbedingungen verhandeln.

Die Wachen öffneten das Tor, und die Kaiserin wandte dem Fenster den Rücken zu, als die Goyl den Platz vor dem Palast überquerten.

Sie redeten immer noch, all ihre nutzlosen, ordenbehängten Generäle, während ihre Vorfahren von den mit goldener Seide beschlagenen Wänden auf sie herabstarrten. Gleich neben der Tür hing das Bild ihres Vaters, hager und aufrecht wie ein Storch, ständig im Krieg mit seinem königlichen Bruder in Lothringen, so wie sie sich seit Jahren mit dessen Sohn bekriegte. Daneben hing ihr Großvater, der ebenso wie der Goyl eine Affäre mit einer Fee gehabt und sich aus Sehnsucht nach ihr schließlich im kaiserlichen Seerosenteich ertränkt hatte. Er hatte sich auf einem Einhorn porträtieren lassen, für das sein Lieblingspferd Modell gestanden hatte, mit einem Narwalhorn auf der Stirn. Es sah lächerlich aus und Therese hatte das nächste Bild immer wesentlich besser gefallen. Es zeigte ihren Urgroßvater und dessen älteren Bruder, der enterbt worden war, weil er die Alchemie allzu ernst genommen hatte. Der Maler hatte seine blinden Augen so realistisch abgebildet, dass ihr Vater sich darüber empört hatte, aber Therese hatte als Kind oft einen Stuhl unter das Gemälde geschoben, um die Narbenhaut rund um die toten Augen näher betrachten zu können. Angeblich hatte ihn ein Experiment geblendet, bei dem er versucht hatte, sein eigenes Herz in Gold zu verwandeln, aber trotzdem war er von all ihren Vorfahren der einzige, der lächelte – weshalb sie als Kind fest geglaubt hatte, dass ihm das Experiment gelungen und ihm tatsächlich ein Goldherz in der Brust geschlagen hatte.

Männer. Sie alle. Verrückt oder nicht verrückt. Nichts als Männer.

Seit Jahrhunderten hatten ausschließlich sie auf Austriens Thron gesessen, und geändert hatte sich das nur, weil ihr Vater vier Töchter, aber keinen Sohn gezeugt hatte.

Auch sie hatte keinen Sohn. Und nur eine Tochter. Aber sie hatte nicht vorgehabt, sie zum Handelsgut zu machen, wie ihr Vater es mit ihren jüngeren Schwestern getan hatte. Eine für den Krummen König in seinem finsteren Schloss in Lothringen, eine für ihren jagdbesessenen Vetter in Albion und die jüngste verschachert an einen Fürsten im Osten, der schon zwei Frauen begraben hatte.

Nein. Auf den Thron hatte sie ihre Tochter setzen wollen. Ihr Bild an dieser Wand sehen, gerahmt in Gold, zwischen all den

Männern. Amalie von Austrien, Tochter von Therese, die davon geträumt hat, einmal die Große genannt zu werden. Aber es gab keinen anderen Ausweg oder sie würden beide in dem blutigen Wasser ertrinken. Sie selbst. Ihre Tochter. Ihr Volk. Ihr Thron. Diese Stadt und das ganze Land mitsamt den Dummköpfen, die immer noch darüber redeten, warum sie diesen Krieg für sie nicht hatten gewinnen können. Thereses Vater hätte sie hinrichten lassen, aber was dann? Die Nächsten würden nicht besser sein. Und ihr Blut würde ihr nicht die Soldaten zurückgeben, die sie verloren hatte, die Provinzen, die nun den Goyl gehörten, oder ihren Stolz, der in den letzten Monaten im Schlamm von vier Schlachtfeldern erstickt war.

»Schluss.«

Ein Wort nur, und es wurde still in dem Saal, in dem schon ihr Urgroßvater Todesurteile unterschrieben hatte. Macht. Berauschend wie guter Wein.

Wie sie die eitlen Köpfe einzogen. *Sieh sie dir an, Therese. Wäre es nicht doch eine Genugtuung, sie ihnen abzuschlagen?*

Die Kaiserin rückte sich das Diadem aus Elfenglas zurecht, das schon ihre Urgroßmutter getragen hatte, und winkte einen der Zwerge an den Schreibtisch. Sie waren die einzigen Zwerge im Land, die noch Bärte trugen. Diener, Leibwächter, Vertraute. Seit Generationen im Dienst ihrer Familie und noch immer in der Tracht, die sie schon vor zweihundert Jahren getragen hatten. Kragen aus Spitze auf schwarzem Samt und die lächerlich weiten Hosen. Sehr geschmacklos und völlig aus der Mode, aber über Tradition konnte man mit Zwergen ebenso wenig streiten wie mit einem Priester über Religion.

»Schreib!«, befahl sie.

Der Zwerg kletterte auf den Stuhl. Er musste sich auf das blassgoldene Polster knien. Auberon. Ihr Favorit und der Klügste von ihnen allen. Die Hand, mit der er nach dem Füllfederhalter griff, war so klein wie die eines Kindes, aber diese Hände zerbrachen Eisenketten so mühelos, wie ihre Köche ein Ei aufschlugen.

»Wir, Therese, Kaiserin von Austrien« – ihre Ahnen blickten missbilligend auf sie herab, aber was wussten sie von Königen, die der Schoß der Erde geboren hatte, und Feen, die Menschenhaut in Stein verwandelten, um sie der Haut ihres Geliebten gleichzumachen? –, »bieten hiermit Kami'en, dem König der Goyl, die Hand unserer Tochter Amalie zum Ehebund an, um diesem Krieg ein Ende zu setzen und Frieden zu schließen zwischen unseren großen Nationen.«

Wie die Stille zersprang. Als hätte sie mit ihren Worten das Glashaus zerschlagen, in dem sie alle saßen. Aber nicht sie, sondern der Goyl hatte den Schlag geführt, und sie musste ihm nun ihre Tochter geben.

Therese wandte ihnen allen den Rücken zu und die aufgebrachten Stimmen verstummten. Nur das Rascheln ihres Kleides folgte ihr, als sie auf die hohen Türen zuschritt. Sie schienen nicht für Menschen, sondern für die Riesen gemacht, die vor sechzig Jahren dank der Bemühungen ihres Urgroßvaters ausgestorben waren.

Macht. Wie Wein, wenn man sie hatte. Wie Gift, wenn man sie verlor. Sie spürte schon, wie es an ihr fraß.

Verloren.

14
DAS DORNENSCHLOSS

»Aber er wacht einfach nicht auf!« Die Stimme klang besorgt. Und vertraut. Fuchs.

»Mach dir keine Sorgen. Er schläft nur.« Die Stimme kannte er auch. Clara.

Wach auf, Jacob. Finger strichen ihm über die heiße Schulter. Er öffnete die Augen und sah über sich den Silbermond in einer Wolke treiben, als wollte er sich vor seinem roten Zwilling verbergen. Er schien herab in einen dunklen Schlosshof. Hohe Fenster spiegelten die Sterne in ihrem Glas, doch hinter keinem war Licht zu sehen. Keine Laterne brannte über den Türen oder unter den überwachsenen Torbögen. Kein Diener hastete über den Hof, und auf dem Pflaster lagen die feuchten Blätter so hoch, als hätte ihn seit Jahren niemand gefegt.

»Endlich. Ich dachte, du wachst niemals auf.«

Jacob stöhnte, als Fuchs ihm die Schnauze gegen die Schulter stieß.

»Vorsicht, Fuchs!« Clara half ihm, sich aufzusetzen. Sie hatte seine Schulter frisch verbunden, aber sie schmerzte schlimmer denn je. Die Plünderer, die Goyl ... Mit dem Schmerz kam alles zurück, doch Jacob konnte sich nicht erinnern, wann er das Bewusstsein verloren hatte.

Clara richtete sich auf. »Die Wunde sieht nicht gut aus. Ich wünschte, ich hätte ein paar Pillen aus unserer Welt!«

»Es wird schon gehen.« Fuchs schob ihm besorgt den Kopf unter den Arm. »Wo sind wir?«, fragte er sie.

»Im einzigen Unterschlupf, den ich finden konnte. Das Schloss ist verlassen. Zumindest von den Lebenden.«

Fuchs stieß mit der Pfote die verfaulten Laubschichten auseinander. Ein Schuh kam zum Vorschein.

Jacob blickte sich um. An vielen Stellen lagen die Blätter so verdächtig hoch, als bedeckten sie ausgestreckte Körper.

Wo waren sie?

Er suchte Halt an einer Mauer, um sich aufzurichten, und zog mit einem Fluch die Hände zurück. Die Steine waren mit Dornenranken bedeckt. Sie waren überall, wie ein stachliger Pelz, der dem ganzen Schloss gewachsen war.

»Rosen«, murmelte er und pflückte eine der Hagebutten, die an den verschlungenen Ranken wuchsen. »Ich suche seit Jahren nach diesem Schloss! Dornröschens Bett. Die Kaiserin würde ein Vermögen dafür zahlen.«

Clara blickte ungläubig über den stillen Hof.

»Angeblich findet jeder, der in dem Bett schläft, wahre Liebe. Aber wie es scheint«, Jacob musterte die dunklen Fenster, »ist der Prinz nie gekommen.«

Oder er war wie ein aufgespießter Vogel in den Dornenranken verendet. Zwischen den Rosen ragte eine mumifizierte Hand hervor. Jacob schob die Blätter darüber, bevor Clara sie bemerkte.

Eine Maus huschte über den Hof, und Fuchs setzte ihr nach, aber sie blieb schon nach einem Satz mit einem Wimmern stehen.

»Was ist mit dir?«, fragte Clara.

Die Füchsin leckte sich die Seite.

»Der Dreifinger hat mich getreten.«

»Lass mich sehen.« Clara beugte sich zu ihr herab und tastete vorsichtig über das seidige Fell.

»Wirf den Pelz ab, Fuchs!«, sagte Jacob. »Sie versteht mehr von Menschen als von Füchsen.«

Fuchs zögerte, doch schließlich gehorchte sie, und Clara starrte das Mädchen an, das plötzlich vor ihr stand – in einem Kleid, das aussah, als hätte der rote Mond es ihr auf den Leib gesponnen.

Was ist das für eine Welt?, fragte ihr Gesicht, als sie sich zu Jacob umsah. *Wenn Fell zu Haut oder Haut zu Stein werden kann, was bleibt dann?* Angst. Fassungslosigkeit. Und Verzauberung. Es war alles in ihrem Blick zu finden. Sie trat auf Fuchs zu und strich sich dabei über die eigenen Arme, als fühlte sie dort auch schon einen Ansatz von Fell.

»Wo ist Will?«, fragte Jacob.

Clara wies auf den Turm neben dem Tor. »Er ist schon mehr als eine Stunde dort oben. Er hat kein Wort gesprochen, seit er sie gesehen hat.«

Sie wussten beide, von wem sie sprach.

Die Rosen wucherten nirgendwo dichter als an den runden Mauern des Turmes. Ihre Blüten waren so dunkelrot, dass die Nacht sie fast schwarz färbte, und ihr Duft hing so süß und schwer in der kalten Luft, als spürten sie den Herbst nicht.

Jacob ahnte schon, was er unter dem Turmdach finden würde, bevor er die enge Wendeltreppe hinaufstieg. Die Ranken krallten sich in seine Kleider, und er musste die Stiefel immer wieder aus den dornigen Schlingen befreien, doch schließlich stand er vor dem Raum, in dem vor fast zweihundert Jahren eine Fee ihr Geburtstagsgeschenk überbracht hatte.

Das Spinnrad stand neben einem schmalen Bett, das nie für eine Prinzessin gedacht gewesen war. Der Körper, der immer noch darauf schlief, war bedeckt mit Rosenblättern. Der Fluch der Fee hatte ihn in all den Jahren nicht altern lassen, aber die Haut war wie Pergament und fast so vergilbt wie das Kleid, das die Prinzessin seit zwei Jahrhunderten trug. Die Perlen, mit denen es bestickt war, schimmerten immer noch weiß, aber die Spitze, die es säumte, war inzwischen ebenso braun wie die Blütenblätter, die die Seide bedeckten.

Will stand an dem einzigen Fenster, als wäre der Prinz doch noch gekommen. Jacobs Schritte ließen ihn herumfahren. Der Stein färbte ihm nun auch die Stirn, und das Blau seiner Augen ertrank im Gold. Die Plünderer hatten ihnen das Wertvollste gestohlen, was sie hatten. Zeit.

»Kein ›und wenn sie nicht gestorben sind‹«, sagte Will mit einem Blick auf die Prinzessin. »Und das hier war auch ein Feenfluch.« Er lehnte sich gegen die Mauer. »Geht es dir besser?«

»Ja«, log Jacob. »Was ist mit dir?«

Will antwortete nicht sofort. Und als er es schließlich tat, klang seine Stimme so glatt und kühl wie seine neue Haut.

»Mein Gesicht fühlt sich an wie polierter Stein. Die Nacht wird mit jedem Tag heller, und ich konnte dich hören, lange bevor du auf der Treppe warst. Ich spüre es inzwischen nicht nur auf der Haut.« Er hielt inne und rieb sich die Schläfen. »Es ist auch in mir.«

Will trat auf das Bett zu und starrte auf den mumifizierten Körper.

»Ich hatte alles vergessen. Dich. Clara. Mich selbst. Ich wollte nur noch zu ihnen reiten.«

Jacob suchte nach Worten, aber er fand nicht eines.

»Ist es das, was passiert? Sag mir die Wahrheit.« Will blickte ihn an. »Ich werde nicht nur aussehen wie sie. Ich werde sein wie sie, oder?«

Jacob hatte die Lügen auf der Zunge, all das ›Unsinn, Will, alles wird gut‹, aber er brachte sie nicht mehr über die Lippen. Der Blick seines Bruders ließ es nicht zu.

»Willst du wissen, wie sie sind?« Will pflückte der Prinzessin ein Rosenblatt aus dem strohigen Haar. »Sie sind zornig. Ihr Zorn bricht in dir aus wie eine Flamme. Aber sie sind auch der Stein. Sie spüren ihn in der Erde und hören ihn unter sich atmen.«

Er betrachtete die schwarzen Nägel an seiner Hand.

»Sie sind Dunkelheit«, sagte er leise. »Und Hitze. Und der rote Mond ist ihre Sonne.«

Jacob schauderte, als er den Stein in seiner Stimme hörte.

Sag etwas, Jacob. Irgendetwas. Es war so still in der dunklen Kammer.

»Du wirst nicht werden wie sie«, sagte er. »Weil ich es verhindern werde.«

»Wie?« Da war er wieder, dieser Blick, der plötzlich älter war als er. »Ist es wahr, was du den Plünderern erzählt hast? Du bringst mich zu einer anderen Fee?«

»Ja.«

»Ist sie so gefährlich wie die, die das hier getan hat?« Will berührte das pergamentene Gesicht der Prinzessin. »Sieh aus dem Fenster. In den Dornen hängen Tote. Glaubst du, ich will, dass du meinetwegen so endest?«

Aber Wills Blick strafte seine Worte Lügen. *Hilf mir, Jacob,* sagte er. *Hilf mir.*

Jacob zog ihn von der Toten fort.

»Die Fee, zu der ich dich bringe, ist anders«, sagte er. *Ist sie das, Jacob?*, flüsterte es in ihm, aber er beachtete es nicht. Er legte alle Hoffnung, die er hatte, in seine Stimme. Und all die Zuversicht, die sein Bruder hören wollte: »Sie wird uns helfen, Will! Ich verspreche es dir.«

Es funktionierte immer noch. Die Hoffnung säte sich auf Wills Gesicht ebenso leicht aus wie der Zorn. Brüder. Der ältere und der jüngere. Unverändert.

15
WEICHES FLEISCH

Der Dreifinger mit dem Metzgergesicht redete als Erster. Menschen machten so gern die falschen Männer zu ihren Anführern. Hentzau konnte seine Feigheit so deutlich sehen wie das wässrige Blau seiner Augen. Aber immerhin hatte er ihnen ein paar interessante Dinge erzählt, die die Motte Hentzau nicht gezeigt hatte.

Der Jadegoyl war nicht allein. Es war ein Mädchen bei ihm, doch was wichtiger war: Er hatte offenbar einen Bruder, der es sich in den Kopf gesetzt hatte, ihm die Jade wieder auszutreiben. Wenn der Dreifinger die Wahrheit sagte, wollte er den Jadegoyl zu der Roten Fee bringen.

Kein dummer Gedanke. Sie verabscheute ihre dunkle Schwester ebenso wie die anderen Feen. Aber Hentzau war sicher, dass sie ihren Fluch nicht würde brechen können. Die Dunkle Fee war so viel mächtiger als sie alle.

Kein Goyl hatte die Insel, auf der sie lebten, je gesehen, geschweige denn betreten. Die Dunkle Fee hütete die Geheimnisse ihrer Schwestern, auch wenn sie sie verstoßen hatten, und jeder wusste, dass man nur zu ihnen kam, wenn sie es wollten.

»Wie will er sie finden?«

»Das hat er nicht gesagt!«, stammelte der Dreifinger.

Hentzau nickte der einzigen Soldatin zu, die er dabeihatte. Es bereitete ihm kein Vergnügen, Menschenfleisch zu schlagen. Er konnte sie töten, aber er mied es, sie anzufassen. Nesser hatte damit kein Problem.

Sie trat dem Dreifinger mitten ins Gesicht und Hentzau warf ihr einen warnenden Blick zu. Ihre Schwester war von Menschen erschlagen worden, deshalb übertrieb sie es schnell. Für einen Moment erwiderte Nesser seinen Blick voll Trotz, doch dann senkte sie den Kopf. Ihnen allen klebte der Hass inzwischen wie Schleim auf der Haut.

»Er hat es nicht gesagt!«, stammelte der Dreifinger. »Ich schwör's.«

Sein Fleisch war blass und weich wie das einer Schnecke. Hentzau wandte sich angeekelt ab. Er war sicher, dass sie ihnen alles verraten hatten, was sie wussten, und nur ihretwegen war ihm der Jadegoyl entkommen.

»Erschießt sie«, sagte er und trat nach draußen.

Die Schüsse klangen seltsam in der Stille. Wie etwas, das nicht in diese Welt gehörte. Flinten, Dampfmaschinen, Züge – Hentzau kam all das immer noch unnatürlich vor. Er wurde alt, das war es. Das viele Sonnenlicht hatte seine Augen getrübt, und sein Gehör war durch all den Schlachtenlärm so schlecht, dass Nesser die Stimme hob, wenn sie mit ihm sprach. Kami'en tat, als fiele es ihm nicht auf. Er wusste, dass Hentzau in seinem Dienst alt geworden war. Aber die Dunkle Fee würde dafür sorgen, dass alle anderen es bemerkten, wenn sie erst erfuhr, dass ihm der Jadegoyl ein paar Plünderern wegen entkommen war.

Hentzau sah ihn immer noch vor sich: das Gesicht halb Goyl, halb Mensch, die Haut durchzogen von dem heiligsten Stein, den sie kannten. Er war es nicht. Er konnte es nicht sein. Er war so unecht wie einer der Holzfetische, die Betrüger mit Blattgold überzogen, um sie alten Frauen als massives Gold zu verkaufen. »*Seht her, der Jadegoyl ist erschienen, um den König unbesiegbar zu machen. Schneidet nur nicht zu tief, sonst findet ihr Menschenfleisch.*« Ja, das war es. Nichts als ein weiterer Versuch der Fee, sich unentbehrlich zu machen.

Hentzau starrte in die aufziehende Nacht und selbst die Dunkelheit verwandelte sich in Jade.

Aber was, wenn du dich irrst, Hentzau? Was, wenn er der echte ist? Was, wenn das Schicksal deines Königs an ihm hängt? Und er hatte ihn entkommen lassen.

Als der Fährtenleser endlich zurückkam, sahen ihm selbst Hentzaus getrübte Augen an, dass er die Spur verloren hatte. Früher hätte er ihn dafür auf der Stelle getötet, aber Hentzau hatte gelernt, den Zorn zu zügeln, der in ihnen allen schlief –

auch wenn er sich nicht halb so gut darauf verstand wie Kami'en. Das Einzige, was ihm nun blieb, war der Hinweis auf die Feen. Was hieß, dass er seinen Stolz wieder einmal herunterschlucken und einen Boten an die Dunkle Fee schicken musste, um sie nach dem Weg zu fragen. Diese Aussicht schmerzte mehr als die kalte Nacht.

»Du wirst die Spur für mich finden!«, fuhr er den Fährtensucher an. »Sobald es hell wird. Drei Pferde und ein Fuchs. Das kann doch nicht so schwer sein!«

Er fragte sich gerade, wen er zu der Fee schicken sollte, als Nesser zögernd auf ihn zutrat. Sie war gerade erst dreizehn Jahre alt. Goyl waren längst ausgewachsen in diesem Alter, aber die meisten kamen frühestens mit vierzehn zur Armee. Nesser war weder besonders geschickt mit dem Säbel noch eine gute Schützin, doch sie machte beide Schwächen mit ihrem Mut mehr als wett. In ihrem Alter kannte man keine Furcht und hielt sich auch ohne Feenblut in den Adern für unsterblich. Hentzau erinnerte sich noch gut an das Gefühl.

»Kommandant?«

Er liebte die Ehrfurcht in ihrer jungen Stimme. Sie war das beste Gegengift gegen die Selbstzweifel, die die Dunkle Fee in ihm säte.

»Was?«

»Ich weiß, wie man zu den Feen kommt. Nicht auf die Insel ..., aber zu dem Tal, von dem aus man zu ihr gelangt.«

»Tatsächlich?« Hentzau ließ sich nicht anmerken, wie sehr sie ihm das Herz erleichterte. Er hatte eine Schwäche für das Mädchen und war deshalb umso strenger mit ihr. Nessers Haut glich wie die seine braunem Jaspis, aber wie bei allen Goylfrauen war sie mit Amethyst durchsetzt.

»Ich gehörte zu der Eskorte, die die Dunkle Fee auf Wunsch des Königs begleitet, wenn sie auf Reisen geht. Ich war dabei, als sie zum letzten Mal zu ihrer Schwester geritten ist. Sie hat uns am Eingang des Tals zurückgelassen, aber …«

Das war zu gut, um wahr zu sein. Er musste nicht um Hilfe betteln, und niemand würde erfahren, dass der Jadegoyl ihm entkommen war. Hentzau ballte die Hand zur Faust. Aber er wahrte ein unbewegtes Gesicht.

»Gut«, sagte er nur in betont gelangweiltem Ton. »Sag dem Fährtensucher, dass du uns von nun an führst. Aber wehe, du verirrst dich.«

»Bestimmt nicht, Kommandant.« Nessers goldene Augen schimmerten vor Zuversicht, als sie davonhastete.

Hentzau aber starrte die unbefestigte Straße hinunter, auf der der Jadegoyl entkommen war. Einer der Plünderer hatte behauptet, dass der Bruder verwundet war, und sie mussten rasten, um zu schlafen. Hentzau kam tagelang ohne Schlaf aus. Er würde sie schon erwarten.

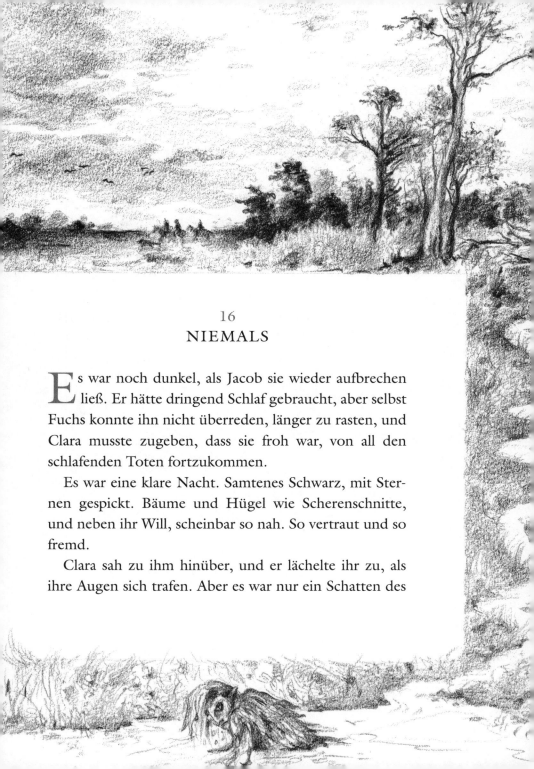

16
NIEMALS

Es war noch dunkel, als Jacob sie wieder aufbrechen ließ. Er hätte dringend Schlaf gebraucht, aber selbst Fuchs konnte ihn nicht überreden, länger zu rasten, und Clara musste zugeben, dass sie froh war, von all den schlafenden Toten fortzukommen.

Es war eine klare Nacht. Samtenes Schwarz, mit Sternen gespickt. Bäume und Hügel wie Scherenschnitte, und neben ihr Will, scheinbar so nah. So vertraut und so fremd.

Clara sah zu ihm hinüber, und er lächelte ihr zu, als ihre Augen sich trafen. Aber es war nur ein Schatten des

Lächelns, das sie kannte. Es war immer so einfach gewesen, ein Lächeln von ihm zu bekommen. Will gewährte Liebe so leicht. Und es war so leicht, ihn zurückzulieben. Nichts war jemals so leicht gewesen. Sie wollte ihn nicht verlieren. Aber die Welt, die sie umgab, flüsterte: *Er gehört mir.* Und sie ritten nur immer tiefer und tiefer in sie hinein – als müssten sie ihr Herz finden, damit sie Will wieder freigab.

Lass ihn gehen.

Clara wollte es ihr in das finstere Gesicht schreien.

Lass ihn gehen!

Aber die Welt hinter dem Spiegel griff auch schon nach ihr. Clara glaubte, ihre dunklen Finger auf der Haut zu spüren.

»Was willst du hier?«, flüsterte die fremde Nacht ihr zu. »Welche Haut soll ich dir geben? Willst du ein Fell? Willst du Stein?«

»Nein!«, flüsterte Clara zurück. »Ich werde dein Herz finden und du wirst ihn mir zurückgeben.«

Aber sie fühlte bereits, wie ihr die neue Haut wuchs. So weich. Viel zu weich. Und wie die dunklen Finger ihr in das eigene Herz griffen.

Sie hatte solche Angst.

17
EIN FÜHRER ZU DEN FEEN

Es stimmte, was man über die Feen erzählte. Niemand kam zu ihnen, wenn sie es nicht wollten. Das war nicht anders gewesen, als Jacob vor drei Jahren zum ersten Mal nach ihnen gesucht hatte – und schon damals hatte es nur einen Weg gegeben, sie trotzdem zu finden.

Man musste den richtigen Zwerg bestechen.

Es gab viele Zwerge, die sich damit brüsteten, mit den Feen zu handeln, und voll Stolz ihre Lilien im Familienwappen führten. Die meisten hatten Jacob verstaubte Ahnengeschichten erzählt und am Ende zugegeben, dass das letzte Familienmitglied, das eine Fee zu Gesicht bekommen hatte, seit mehr als hundert Jahren tot war. Aber schließlich hatte einer der Zwerge am kaiserlichen Hof den Namen Evenaugh Valiant genannt.

Die Kaiserin hatte damals ein Vermögen in Gold als Belohnung für denjenigen ausgesetzt, der ihr eine Lilie vom See der Feen brachte, denn ihr Duft hatte den Ruf, aus hässlichen schöne Mädchen zu machen, und der Prinzgemahl hatte sich sehr enttäuscht über das Aussehen seiner einzigen Tochter geäußert. Kurz darauf war er bei einem Jagdunfall umgekommen, der, wie böse Zungen behaupteten, von seiner Frau arrangiert worden war. Aber da die Kaiserin vom Geschmack ihres Mannes schon immer mehr gehalten hatte als von ihm selbst, hatte sie die Belohnung für die Lilie nicht zurückgezogen, und Jacob, der zu der Zeit schon ohne Chanute arbeitete, hatte sich auf den Weg zu Evenaugh Valiant gemacht.

Es war nicht schwer gewesen, den Zwerg zu finden, und für eine stattliche Anzahl von Goldtalern hatte er Jacob tatsächlich zu dem Tal geführt, in dem sich die Insel der Feen verbarg. Nur von ihren Wächtern hatte er ihm nichts erzählt – und Jacob hätte den Ausflug fast mit dem Leben bezahlt. Valiant aber hatte der Kaiserin die Lilie verkauft, die aus ihrer Tochter Amalie eine gefeierte Schönheit machte, und war seither einer ihrer Hoflieferanten.

Jacob hatte sich oft ausgemalt, seine Rechnung mit dem Zwerg zu begleichen, doch nach seiner Rückkehr von den Feen war ihm nicht nach Rache zumute gewesen. Das kaiserliche Gold hatte er sich mit einem anderen Auftrag verdient, und schließlich hatte er die Erinnerung an Evenaugh Valiant ebenso verdrängt wie die an die Insel, auf der er so glücklich gewesen war, dass er sich dort fast selbst vergessen hatte. *Und? Was lehrt dich das, Jacob Reckless?*, dachte er, als zwischen Hecken und Feldern die ersten Zwergenhäuser auftauchten. *Dass Rache meist keine gute Idee ist.* Trotzdem schlug sein Herz etwas schneller bei dem Gedanken, den Zwerg wiederzusehen.

Inzwischen verbarg auch die Kapuze den Stein auf Wills Gesicht nicht mehr, und Jacob beschloss, ihn und Clara mit Fuchs zurückzulassen, während er nach Terpevas ritt, was in der Sprache ihrer Bewohner nichts weiter als Zwergenstadt hieß. Fuchs fand in einem Waldstück eine Höhle, die von Schäfern als Unterschlupf benutzt wurde, und Will folgte Jacob hinein, als könnte er es nicht erwarten, endlich dem Tageslicht zu entkommen. Sein Gesicht zeigte nur auf der rechten Wange noch Menschenhaut, und Jacob fiel es mit jedem Tag schwerer, ihn anzusehen. Das Schlimmste waren die Augen. Sie ertranken inzwischen beide im Gold, und Jacob musste immer stärker gegen die Furcht ankämpfen, dass er das Rennen gegen die Zeit bereits verloren hatte. Manchmal erwiderte Will seinen Blick, als hätte er vergessen, wer er war, und Jacob kam es vor, als sähe er die Vergangenheit, die sie teilten, in den Augen seines Bruders verlöschen.

Clara war ihnen nicht in die Höhle gefolgt. Als Jacob mit Fuchs zurück zu den Pferden kam, stand sie so verloren zwischen den Bäumen, dass er sie in den Männerkleidern, die sie immer noch trug, einen Augenblick lang für einen der Jungen hielt, die man in dieser Welt überall auf den Straßen fand, elternlos und auf der Suche nach Arbeit. Das Herbstgras, das zwischen den Bäumen wuchs, hatte dieselbe Farbe wie ihr Haar, und man sah ihr die andere Welt immer weniger an. Die Erinnerung an die Straßen und Häuser, in denen sie beide groß geworden waren, an das Licht und den Lärm und das Mädchen, das sie dort gewesen war, all das war verblasst, weit fort. Aus der Gegenwart wurde so schnell Vergangenheit und plötzlich trug die Zukunft fremde Kleider.

»Will bleibt nicht mehr viel Zeit.«

Sie sprach es nicht als Frage aus. Sie sah den Dingen ins Gesicht, auch wenn sie ihr Angst machten. Jacob mochte das an ihr.

»Du brauchst einen Arzt«, sagte sie, als er sich auf die Stute schwang und dabei vor Schmerz das Gesicht verzog. All die Blüten, Blätter und Wurzeln, die Fuchs ihr gezeigt hatte, linderten die Entzündung in seiner Schulter nicht, und inzwischen ließ die Wunde ihn fiebern.

»Sie hat recht«, sagte Fuchs. »Geh zu einem von den Zwergendoktoren. Sie sind angeblich besser als die Leibärzte der Kaiserin.«

»Ja, wenn man ein Zwerg ist. Bei Menschenpatienten haben sie nur den Ehrgeiz, sie um ihr Geld und dann ins Grab zu bringen. Zwerge haben keine sehr hohe Meinung von uns«, setzte er hinzu, als er Claras fragenden Blick sah, »das gilt selbst für die, die der Kaiserin dienen. Nichts verschafft einem Zwerg mehr Ansehen unter seinesgleichen, als einen Menschen auszunehmen.«

»Aber du kennst trotzdem einen, dem du trauen kannst?« Clara sah ihn besorgt an.

Fuchs ließ ein verächtliches Knurren hören. »Unsinn! Dem Zwerg, zu dem er will, kann man noch weniger trauen als den anderen!« Sie strich um Clara herum, als suchte sie eine Verbündete. »Frag ihn, woher er die Narben auf dem Rücken hat.«

»Das ist lange her.«

»Und? Warum sollte er sich geändert haben?« Der Ärger in Fuchs' Stimme übertönte nicht die Furcht darin und Clara blickte noch besorgter.

»Warum nimmst du nicht wenigstens Fuchs mit?«

Für diesen Vorschlag strich ihr die Füchsin nur noch zärtlicher um die Beine. Sie suchte Claras Gesellschaft und nahm für sie sogar immer häufiger Menschengestalt an.

Jacob wendete das Pferd.

»Nein. Fuchs bleibt hier«, sagte er, und Fuchs senkte den Kopf, ohne zu protestieren. Sie wusste ebenso gut wie er, dass weder Will noch Clara diese Welt gut genug verstanden, um in ihr allein zurechtzukommen.

Als Jacob sich an der nächsten Wegbiegung umsah, saß sie immer noch neben Clara und blickte ihm nach. Sein Bruder hatte nicht einmal gefragt, wohin er ritt. Er versteckte sich vor dem Tag.

18
SPRECHENDER STEIN

Will hörte den Stein. Er hörte ihn so deutlich wie sein eigenes Atmen. Die Töne drangen aus den Höhlenwänden, dem schartigen Grund unter seinen Füßen und der Felsendecke über ihm. Schwingungen, auf die sein Körper antwortete, als wäre er aus ihnen gemacht. Er hatte keinen Namen mehr, nur die neue Haut, die ihn kühl und schützend umgab, die neue Kraft in seinen Muskeln und den Schmerz in den Augen, wenn er in die Sonne blickte.

Er strich mit den Händen über den Fels und las das Alter des Steins aus den Falten, die er schlug. Sie flüsterten ihm zu, was sich unter der unscheinbar grauen Oberfläche verbarg: gestreifter Achat, blassweißer Mondstein, goldgelber Zitrin und schwarzer Onyx. Sie formten Bilder: von unterirdischen Städten, versteinertem Wasser, mattem Licht, das sich in Fenstern aus Malachit spiegelte …

»Will?«

Er wandte sich um und der Fels schwieg.

Eine Frau stand im Eingang der Höhle. Das Sonnenlicht haftete an ihrem Haar, als wäre sie daraus gemacht.

Clara. Ihr Gesicht brachte die Erinnerung an eine andere Welt, wo Stein nur Mauern und tote Straßen bedeutet hatte.

»Hast du Hunger? Fuchs hat ein Kaninchen gefangen und mir gezeigt, wie man Feuer macht.«

Sie trat auf ihn zu und nahm sein Gesicht zwischen ihre Hände, so weiche Hände, so farblos im Vergleich zu dem Grün, das seine Haut durchzog. Ihre Berührung ließ ihn schaudern, doch Will versuchte, es zu verbergen. Er liebte sie. Oder?

Wenn nur ihre Haut nicht so weich und blass gewesen wäre.

»Hörst du etwas?«, fragte er.

Sie sah ihn verständnislos an.

»Schon gut«, sagte er und küsste sie, um zu vergessen, dass er sich plötzlich danach sehnte, Amethyst in ihrer Haut zu finden. Ihre Lippen riefen Erinnerungen wach: an ein Haus, hoch wie ein Turm, und Nächte, die nicht das Gold in seinen Augen, sondern künstliches Licht erhellte …

»Ich liebe dich, Will.« Sie flüsterte die Worte, als versuchte sie, damit den Stein zu bannen. Aber der Fels flüsterte lauter, und Will wollte den Namen vergessen, den sie ihm gab.

Ich liebe dich auch, wollte er sagen, weil er wusste, dass er es schon oft gesagt hatte. Aber er war nicht mehr sicher, was es bedeutete und ob man es fühlen konnte mit einem Herzen aus Stein.

»Es wird alles gut«, flüsterte sie und strich ihm übers Gesicht, als wollte sie sein altes Fleisch unter der neuen Haut ertasten. »Jacob wird bald zurück sein.«

Jacob. Noch ein Name. Es klebte Schmerz daran, und er erinnerte sich, dass er diesen Namen allzu oft ins Leere gerufen hatte. Leere Zimmer. Leere Tage.

Jacob. Clara. Will.

Er wollte sie alle vergessen.

Er stieß die weichen Hände fort.

»Nicht«, sagte er. »Fass mich nicht an.«

Wie sie ihn ansah. Schmerz. Liebe. Vorwurf. Er hatte all das schon auf einem anderen Gesicht gesehen. Es war wohl das seiner Mutter gewesen. Zu viel Schmerz. Zu viel Liebe. Er wollte all das nicht mehr. Er wollte den Stein, kühl und fest. So anders als all die Weichheit und das Nachgeben, all die Verletzlichkeit und das tränenreiche Fleisch.

Will kehrte ihr den Rücken zu. »Geh«, sagte er. »Geh endlich.«

Und hörte wieder den Felsen zu. Ließ sie Bilder malen. Und zu Stein machen, was weich in ihm war.

19
VALIANT

Terpevas war die größte Zwergenstadt und mehr als zwölfhundert Jahre alt, wenn man ihren Archiven Glauben schenkte. Aber die Werbeschilder, die an den Stadtmauern Bier, Augengläser und Matratzenpatente anpriesen, machten jedem Besucher auf der Stelle klar, dass niemand die modernen Zeiten ernster nahm als die Zwerge. Sie waren mürrisch, traditionsbewusst, erfinderisch, und ihre Handelsposten fanden sich in jedem Winkel der Spiegelwelt, obwohl sie den meisten ihrer Kunden kaum bis zur Hüfte reichten. Außerdem hatten sie einen erstklassigen Ruf als Spione.

Der Verkehr vor den Toren von Terpevas war fast ebenso dicht wie auf der anderen Seite des Spiegels. Doch hier lärmten Karren, Kutschen und Reiter auf grauem Kopfsteinpflaster. Die Kundschaft kam aus allen Himmelsrichtungen. Der Krieg hatte für die Zwerge die Geschäfte nur belebt. Sie handelten schon lange mit den Goyl und der steinerne König hatte viele von ihnen zu seinen Hauptlieferanten gemacht. Auch Evenaugh Valiant, der Zwerg, den Jacob in Terpevas zu finden hoffte, handelte seit Jahren mit den Goyl, getreu seinem Motto, sich immer rechtzeitig auf die Seite der Gewinner zu schlagen.

Bleibt nur zu hoffen, dass der verschlagene kleine Bastard noch lebt!, dachte Jacob, während er die Stute an Kutschen und Einspännern vorbei auf das südliche Stadttor zutrieb. Schließlich war es sehr gut möglich, dass irgendein betrogener Kunde Valiant inzwischen erschlagen hatte.

Um den Posten neben dem Tor in die Augen zu sehen, hätten sich mindestens drei Zwerge aufeinanderstellen müssen. Sie heuerten für ihre Stadttore nur Wachen an, die ihre Abstammung von den ausgestorbenen Riesen nachweisen konnten. Die Rieslinge, wie sie genannt wurden, waren als Söldner und Wächter sehr begehrt, obwohl sie den Ruf hatten, nicht besonders schlau zu sein, und die Zwerge zahlten so gut, dass die Riesenabkömmlinge sich dafür sogar in die altmodischen Uniformen zwängten, die die Armee ihrer Dienstherren trug. Nicht einmal die kaiserliche Kavallerie trug noch Helme, die mit Schwanenfedern geschmückt waren, aber die Zwerge dekorierten die modernen Zeiten gern mit den Uniformen der Vergangenheit.

Jacob ritt hinter zwei Goyl an den Rieslingen vorbei. Der eine hatte Mondstein-, der andere Onyxhaut. Sie waren nicht anders gekleidet als die menschlichen Fabrikanten, deren Kutsche die Rieslinge hinter ihnen durch das Tor winkten, aber unter ihren langschößigen Jacken zeichneten sich Pistolengriffe ab. Die weiten Kragen waren mit Jade und Mondstein bestickt, und die dunklen Brillen, mit denen sie ihre lichtscheuen Augen schützten, waren aus so dünnem Onyx, wie kein Mensch ihn hätte schleifen können.

Die beiden Goyl ignorierten den Abscheu, den ihr Anblick bei den menschlichen Besuchern der Zwergenstadt hervorrief. Ihre Gesichter sagten es deutlich: Diese Welt gehörte ihnen. Ihr König hatte sie wie eine reife Frucht gepflückt, und die, die sie noch vor wenigen Jahren wie Tiere gejagt hatten, begruben ihre Soldaten in Massengräbern und bettelten um Frieden.

Der Onyxhäutige nahm die Brille ab und blickte sich um. Sein goldgetränkter Blick glich so sehr dem von Will, dass Jacob das Pferd zügelte und ihm nachstarrte, bis ihn das ärgerliche Schimpfen einer Zwergenfrau, deren winzigen Kindern er den Weg versperrte, wieder zu sich brachte.

Zwergenstadt, geschrumpfte Welt.

Jacob gab die Stute in einem der Mietställe hinter der Mauer ab. Die Hauptstraßen von Terpevas waren breit wie Menschengassen, doch abseits davon konnte die Stadt nicht verhehlen, dass ihre Bewohner kaum größer als sechsjährige Kinder waren, und einige Gassen waren so eng, dass Jacob selbst zu Fuß kaum hindurchpasste. Die Städte der Spiegelwelt wuchsen wie Fungus und Terpevas war keine Ausnahme. Der Rauch der zahllosen Kohleöfen schwärzte Fenster und Mauern, und der Gestank, der in der kalten Herbstluft hing, kam nicht von welkem Laub, auch wenn die Kanalisation der Zwerge besser war als die der Kaiserin. Mit jedem Jahr, das Jacob in ihr verbrachte, schien die Welt hinter dem Spiegel sich mehr anzustrengen, ihrer Schwester auf der anderen Seite gleich zu werden.

Jacob konnte kaum ein Straßenschild lesen, weil er das Zwergen-Alphabet nur bruchstückhaft beherrschte, und schon bald hatte er sich hoffnungslos verirrt. Als er sich den Kopf zum dritten Mal am selben Friseurladen-Schild stieß, hielt er einen Botenjungen an und fragte ihn nach dem Haus von Evenaugh Valiant, Im- und Exporthändler für Raritäten jeder Art. Der Junge reichte ihm kaum bis an die Knie, aber er blickte auf der Stelle freundlicher zu ihm hoch, als Jacob zwei Kupfertaler in seine winzige Hand zählte. Der Knirps huschte so schnell davon, dass Jacob ihm in den belebten Gassen kaum folgen konnte, doch schließlich machte er vor dem Hauseingang halt, durch den Jacob sich vor drei Jahren schon einmal gezwängt hatte.

Valiants Name stand in goldenen Lettern auf der milchigen Scheibe, und Jacob musste sich, wie damals, tief ducken, um durch den Türrahmen zu passen. Evenaugh Valiants Vorzimmer war gerade so hoch, dass Menschen aufrecht darin stehen konnten. Die Wände schmückten Fotos seiner bedeutendsten Kunden. Inzwischen ließ man sich auch hinter dem Spiegel nicht mehr malen, sondern fotografieren, und nichts demonstrierte Valiants Geschäftssinn besser als die Tatsache, dass das Bild der Kaiserin neben dem eines Goyloffiziers hing. Die Rahmen waren aus Mondsilber, und von der Decke hing eine Lampe, die mit den Glashaaren eines Flaschengeists besetzt war, was den Zwerg ein

Vermögen gekostet haben musste. Alles zeugte von gut gehenden Geschäften. Es gab sogar zwei Sekretäre statt der grimmigen Zwergin, die Jacob bei seinem letzten Besuch empfangen hatte.

Der kleinere hob nicht mal den Kopf, als Jacob vor seinem kaum kniehohen Schreibtisch stehen blieb, und der zweite musterte ihn mit der üblichen Verachtung, mit der Zwerge allen Menschen begegneten, auch wenn sie mit ihnen Geschäfte machten.

Jacob schenkte ihm sein freundlichstes Lächeln. »Ich nehme an, Herr Valiant handelt immer noch mit den Feen?«

»Allerdings. Aber Mottenkokons können wir zurzeit nicht liefern.« Die Stimme des Sekretärs war, wie bei vielen Zwergen, erstaunlich tief. »Versuchen Sie es in drei Monaten noch mal.«

Damit wandte er sich wieder seinen Papieren zu. Doch sein Kopf fuhr hoch, als Jacob mit einem sachten Klicken die Pistole spannte.

»Ich bin nicht wegen Mottenkokons hier. Darf ich Sie beide in den Schrank da bitten?«

Zwerge sind berüchtigt für ihre Körperstärke, aber die zwei waren äußerst schmächtige Exemplare, und Valiant zahlte ihnen offenbar nicht genug, um sich von irgendeinem dahergelaufenen Menschen erschießen zu lassen. Sie ließen sich ohne Widerstand in den Schrank sperren, und er sah stabil genug aus, um sicherzustellen, dass sie während Jacobs Unterhaltung mit ihrem Arbeitgeber nicht die Zwergenpolizei riefen.

Das Wappen, das auf Valiants Bürotür prangte, zeigte über der Feenlilie das Wappentier der Valiants: einen Dachs auf einem Berg von Goldtalern. Die Tür, an der es hing, war aus Rosenholz, einem Material, das nicht nur für seinen hohen Preis, sondern auch für seine Schalldichte bekannt war, wodurch Valiant nichts von den Geschehnissen in seinem Vorzimmer mitbekommen hatte.

Er saß hinter einem Menschenschreibtisch, dessen Beine er hatte kürzen lassen, und paffte mit geschlossenen Augen eine Zigarre, die sich selbst im Mund eines Rieslings nicht klein ausgenommen hätte. Evenaugh Valiant hatte sich den Bart abrasiert, wie es bei den Zwergen neuerdings Mode war. Die Augenbrauen, buschig wie die all seiner Artgenossen, waren sorgfältig getrimmt, und sein maßgeschneiderter Anzug war aus Samt, einem Stoff, den Zwerge über alles schätzten. Jacob hätte ihn zu gern aus seinem Wolfsledersessel gepflückt und aus dem Fenster dahinter geworfen, aber die Erinnerung an Wills versteinerndes Gesicht hielt ihn zurück.

»Ich hatte doch gesagt, keine Störung, Banster!« Der Zwerg seufzte, ohne die Augen zu öffnen. »Geht es schon wieder um den Kunden, der den ausgestopften Wassermann reklamiert hat?«

Er war fetter geworden. Und älter. Das krause rote Haar wurde bereits grau, früh für einen Zwerg. Die meisten wurden mindestens hundert, und Valiant war erst an die sechzig – falls er nicht auch log, was sein Alter betraf.

»Nein, wegen eines ausgestopften Wassermanns bin ich eigentlich nicht hier«, sagte Jacob und richtete die Pistole auf den kraushaarigen Kopf. »Aber ich habe vor drei Jahren für etwas bezahlt, das ich nicht bekommen habe.«

Valiant verschluckte sich fast an seiner Zigarre und starrte Jacob so entgeistert an, wie man es mit einem Besucher tat, den man einer Herde angreifender Einhörner überlassen hatte.

»Jacob Reckless!«, stieß er hervor.

»Sieh an, du erinnerst dich an meinen Namen.«

Der Zwerg ließ die Zigarre fallen und fuhr mit der Hand unter den Schreibtisch, aber er zog die kurzen Finger mit einem Aufschrei zurück, als Jacob ihm mit dem Säbel den maßgeschneiderten Ärmel aufschlitzte.

»Pass auf, was du tust!«, sagte Jacob. »Du brauchst nicht beide Arme, um mich zu den Feen zu bringen. Du brauchst auch deine Ohren und deine Nase nicht. Hände hinter den Kopf. Na, mach schon!«

Valiant gehorchte – und verzog den Mund zu einem allzu breiten Lächeln.

»Jacob!«, säuselte er. »Was soll das? Ich wusste natürlich, dass du nicht tot bist. Schließlich hat man die Geschichte überall gehört. Jacob Reckless, der glückliche Sterbliche, der ein Jahr der Gefangene der Roten Fee war. Jedes männliche Wesen in diesem Land, ob Zwerg, Mensch oder Goyl, vergeht vor Neid bei der bloßen Vorstellung. Und gib zu: Wem verdankst du dieses Glück? Evenaugh Valiant! Hätte ich dich vor ihren Einhörnern gewarnt, dann hätten sie dich bestimmt in eine Distel oder irgendeinen Fisch verwandelt wie andere ungeladene Besucher. Aber nicht einmal die Rote Fee kann einem Mann widerstehen, der hilflos in seinem Blut liegt!«

Die Dreistigkeit dieser Argumentation musste selbst Jacob bewundern.

»Erzähl schon!«, raunte Valiant ihm ohne jeden Ansatz von Schuldbewusstsein über den viel zu großen Schreibtisch zu. »Wie war sie? Und wie hast du es angestellt, ihr wieder davonzulaufen?«

Jacob packte den Zwerg zur Antwort an seinem maßgeschneiderten Kragen und zog ihn hinter dem Schreibtisch hervor. »Hier ist mein Angebot: Ich werde dich nicht erschießen und dafür führst du mich noch einmal in ihr Tal. Aber diesmal zeigst du mir, wie man an den Einhörnern vorbeikommt.«

»Was?« Valiant versuchte, sich loszumachen, aber die Pistole stimmte ihn schnell um. »Das ist ein Ritt von mindestens zwei Tagen!«, zeterte er. »Ich kann hier nicht so einfach alles stehen und liegen lassen!«

Jacob stieß ihn zur Antwort nur unsanft auf die Tür zu.

Im Vorraum flüsterten die zwei Sekretäre im Schrank. Valiant warf einen ärgerlichen Blick in ihre Richtung und pflückte seinen Hut vom Kleiderhaken neben der Tür.

»Meine Preise sind in den letzten drei Jahren enorm gestiegen«, sagte er.

»Ich werde dich am Leben lassen«, gab Jacob zurück. »Damit bist du fürstlich bezahlt.«

Valiant schenkte ihm ein mitleidiges Lächeln, während er sich den Hut vor der verglasten Eingangstür zurechtrückte. Wie viele Zwerge hatte er eine Leidenschaft für Zylinder, die seiner Größe ein paar Handbreit hinzufügten.

»Es scheint dir sehr wichtig zu sein, zu deiner verflossenen Geliebten zurückzukommen«, schnurrte er. »Und der Preis steigt mit der Verzweiflung des Kunden.«

Jacob setzte ihm zur Antwort die Mündung der Pistole an den Hut. »Verlass dich drauf«, sagte er. »Dieser Kunde ist verzweifelt genug, um dich jederzeit zu erschießen.«

20
ZU VIEL

Fuchs roch goldenen Abscheu, steingewordenen Ekel, erfrorene Liebe. Der Eingang der Höhle atmete sie aus, und das Fell sträubte sich ihr, als sie Claras Spur davor im Gras fand. Sie war mehr gestolpert als gelaufen, und die Spur führte auf die Bäume zu, die hinter der Höhle wuchsen. Fuchs hatte gehört, wie Jacob Clara vor ihnen gewarnt hatte, aber sie war darauf zugehastet, als wäre ihr bedrohlicher Schatten genau das, was sie suchte.

Ihr Geruch war derselbe, den Fuchs roch, wenn sie ihr Fell ablegte. Mädchen. Frau. So viel verwundbarer. Stark und schwach zugleich. Herz, das keine Schale kannte.

Der Geruch sprach von all dem, was Fuchs fürchtete und wovor das Fell sie schützte. Claras hastige Schritte schrieben es auf die dunkle Erde, und Fuchs musste nicht ihre Nase fragen, warum Clara so schnell lief. Sie selbst hatte schon versucht, dem Schmerz davonzulaufen.

Die Haselnusssträucher und wilden Apfelbäume waren harmlos, aber zwischen ihnen ragten Stämme aus dem Dickicht, deren Rinde so stachlig wie die Hülle einer Kastanie war. Vogelbäume. Das Licht der Sonne zerlief unter ihnen in finsterem Braun und Clara war einem von ihnen geradewegs in die holzigen Klauen gestolpert.

Sie schrie nach Jacob, aber der war weit fort. Der Baum hatte ihr die Wurzeln um Knöchel und Arme geschlungen, und auf ihrem Körper landeten seine gefiederten Diener, die Federn so weiß wie frisch gefallener Schnee, Vögel mit spitzen Schnäbeln und Augen, die ihnen wie rote Beeren im Kopf saßen.

Fuchs fuhr zwischen sie mit gebleckten Zähnen, taub für ihr wütendes Geschrei, und packte einen der Vögel im Sprung, bevor er sich hinauf in die schützenden Zweige retten konnte. Sie spürte sein Herz zwischen ihren Kiefern rasen, aber sie biss nicht zu, sondern hielt nur fest, ganz fest, bis der Baum Clara mit einem zornigen Ächzen losließ.

Die Wurzeln lösten sich wie Schlangen von ihren zitternden Gliedern, und als Clara taumelnd auf die Füße kam, glitten sie schon zurück unter die herbstbraunen Blätter, wo sie auf das nächste Opfer warten würden. Die anderen Vögel schimpften aus den Zweigen auf Fuchs herab, geisterhaft weiß zwischen all dem vergilbten Laub, aber sie hielt ihre Beute gepackt und ließ erst los, als Clara an ihre Seite stolperte. Ihr Gesicht war so weiß wie die Federn, die ihr an den Kleidern hafteten, und Fuchs roch nicht nur die Todesangst, die ihr Körper immer noch atmete, sondern auch den Schmerz in ihrem Herzen wie eine frische Wunde.

Sie sprachen kaum ein Wort auf dem Weg zurück zur Höhle. Clara blieb irgendwann stehen, als könnte sie nicht weitergehen, aber schließlich tat sie es doch. Als sie die Höhle erreichten, blickte sie auf den dunklen Eingang, als hoffte sie, Will dort zu sehen, doch dann setzte sie sich neben den Pferden ins Gras und kehrte ihr den Rücken zu. Bis auf ein paar kleine Wunden an Hals und Knöcheln war sie unverletzt, aber Fuchs sah ihr an, dass sie sich schämte – für ihr schmerzendes Herz und dafür, dass sie fortgelaufen war.

Fuchs wollte nicht, dass sie fortging. Sie wechselte die Gestalt und schlang die Arme um sie, und Clara presste ihr Gesicht in das pelzige Kleid, das dem Fell der Füchsin glich.

»Er liebt mich nicht mehr, Fuchs.«

»Er liebt niemanden mehr«, flüsterte Fuchs zurück. »Weil er vergisst, wer er ist.«

Wer wusste besser als sie, wie sich das anfühlte? Eine andere Haut, ein anderes Ich. Aber das Fell der Füchsin war weich und warm. Und der Stein war so hart und kühl.

Clara blickte zur Höhle hinüber. Fuchs zupfte ihr eine Feder aus dem Haar.

»Bitte bleib!«, flüsterte sie ihr zu. »Jacob wird ihm helfen. Du wirst sehen.«

Wenn er nur erst zurück wäre.

21
SEINES BRUDERS HÜTER

Als Jacob auf die Höhle zuritt, kam Fuchs ihm entgegen, aber Will und Clara waren nirgends zu sehen.

»Sieh an. Die räudige Füchsin läuft dir immer noch nach?«, spottete Valiant, als Jacob ihn vom Pferd hob. Er hatte ihn mit einer Silberkette gefesselt, dem einzigen Metall, das Zwerge nicht wie Zwirn zerrissen.

Jacob hätte sich nicht gewundert, wenn Fuchs Valiants Bemerkung mit einem Biss beantwortet hätte, aber sie schien den Zwerg gar nicht zu sehen. Irgendetwas war geschehen. Ihr Fell war gesträubt und an ihrem Rücken hafteten ein paar weiße Federn.

»Du musst mit deinem Bruder reden«, sagte sie, während Jacob Valiant an den nächsten Baum band.

»Wieso?« Er warf einen besorgten Blick zu der Höhle, in der Will sich verbarg, aber Fuchs wies zu den Pferden. Clara schlief dort im Schatten einer Buche. Ihr Hemd war zerrissen und Jacob sah Blut an ihrem Hals.

»Sie haben sich gestritten«, sagte Fuchs. »Er weiß nicht mehr, was er tut!«

Der Stein ist schneller als du, Jacob.

Jacob fand Will im dunkelsten Winkel der Höhle. Er saß auf dem Boden, den Rücken gegen den Fels gelehnt.

Vertauschte Rollen, Jacob. Sonst war immer er es gewesen, der etwas ausgefressen und in der Dunkelheit gesessen hatte, in seinem Zimmer, in der Wäschekammer, im Büro seines Vaters. *»Jacob? Wo bist du?« »Was hast du nun wieder angestellt?«* Immer Jacob. Aber nicht Will. Niemals Will.

Die Augen seines Bruders schimmerten wie Münzgold in der Dunkelheit.

»Was hast du zu Clara gesagt?«

Will blickte auf seine Finger und ballte die Faust.

»Ich weiß es nicht mehr.«

»Unsinn!«

Will war nie ein guter Lügner gewesen.

»Du warst es, der sie mitnehmen wollte! Oder erinnerst du dich daran auch nicht mehr?« *Hör auf, Jacob.* Aber seine Schulter schmerzte, und er war es leid, auf seinen Bruder aufzupassen.

»Bekämpf es!«, fuhr er Will an. »Du kannst dich nicht immer darauf verlassen, dass ich es für dich tue!«

Will richtete sich langsam auf. Seine Bewegungen waren kraftvoller geworden, und es war lange her, dass er Jacob kaum bis zur Schulter gereicht hatte.

»Verlassen, auf dich?«, sagte er. »Das hab ich mir schon mit fünf abgewöhnt. Unsere Mutter hat leider etwas länger gebraucht. Und ich durfte mir jahrelang nachts ihr Weinen anhören.«

Brüder.

Es war, als stünden sie wieder in der Wohnung. Auf dem weiten Flur mit all den leeren Zimmern und dem dunklen Fleck auf der Tapete, wo das Foto ihres Vaters gehangen hatte.

»Seit wann macht es Sinn, sich auf jemand zu verlassen, der nie da ist?« Wills Stimme teilte die Splitter fast beiläufig aus, aber sie waren scharf. »Du hast vieles mit ihm gemeinsam. Nicht nur das Aussehen.«

Er musterte Jacob, als vergliche er sein Gesicht mit dem ihres Vaters.

»Keine Sorge, ich bekämpfe es«, sagte er. »Schließlich ist es meine Haut, nicht deine. Und ich bin immer noch hier, oder? Tue, was du sagst. Reite dir nach. Schlucke die Angst herunter.«

Valiants Stimme drang zu ihnen herein. Er versuchte, Fuchs zu überreden, ihn von der Silberkette zu befreien.

Will nickte nach draußen. »Ist das der Führer, von dem du erzählt hast?«

»Ja.« Jacob zwang sich, den Fremden anzusehen, der aussah wie sein Bruder.

Will trat auf den Höhleneingang zu und hielt die Hand vor die Augen, als das Tageslicht sein Gesicht fand.

»Es tut mir leid, was ich zu Clara gesagt habe«, sagte er. »Ich werde mit ihr reden.«

Dann trat er nach draußen. Und Jacob stand in der Dunkelheit und spürte die Splitter. Als hätte Will den Spiegel zerschlagen.

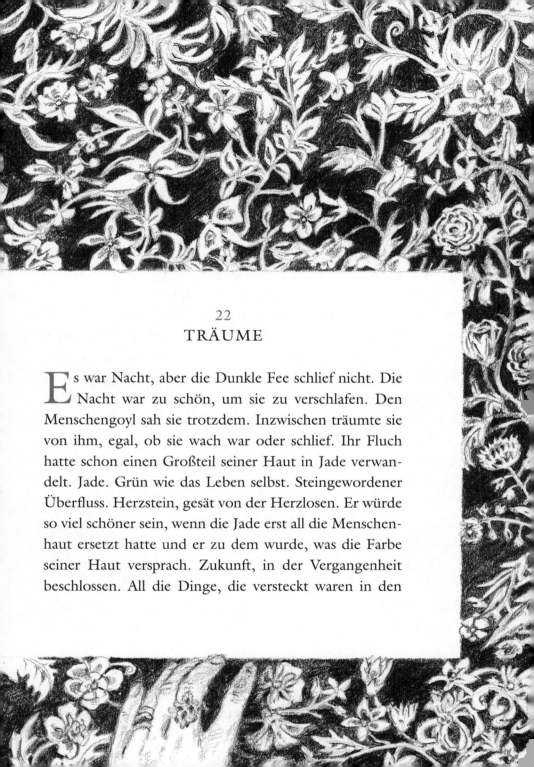

22
TRÄUME

Es war Nacht, aber die Dunkle Fee schlief nicht. Die Nacht war zu schön, um sie zu verschlafen. Den Menschengoyl sah sie trotzdem. Inzwischen träumte sie von ihm, egal, ob sie wach war oder schlief. Ihr Fluch hatte schon einen Großteil seiner Haut in Jade verwandelt. Jade. Grün wie das Leben selbst. Steingewordener Überfluss. Herzstein, gesät von der Herzlosen. Er würde so viel schöner sein, wenn die Jade erst all die Menschenhaut ersetzt hatte und er zu dem wurde, was die Farbe seiner Haut versprach. Zukunft, in der Vergangenheit beschlossen. All die Dinge, die versteckt waren in den

Falten der Zeit. Nur die Träume wussten von ihnen, und sie verrieten ihr so viel mehr als jedem Goyl oder Menschen, vielleicht, weil Zeit nichts bedeutete, wenn man unsterblich war.

Sie hätte in dem Schloss mit den zugemauerten Fenstern bleiben und dort auf Nachricht von Hentzau warten sollen. Aber Kami'en wollte zurück in die Berge, in denen er geboren worden war, in seine Festung unter der Erde. Er sehnte sich nach der Tiefe, so wie sie sich nach dem Nachthimmel sehnte oder nach weißen Lilien, die auf dem Wasser trieben – auch wenn sie sich immer noch einzureden versuchte, dass Liebe allein satt machte.

Das Zugfenster zeigte ihr nur ihr eigenes Spiegelbild: ein blasser Spuk auf dem Glas, hinter dem die Welt viel zu schnell vorbeiglitt. Kami'en wusste, dass sie sich in Zügen fast ebenso unwohl fühlte wie unter der Erde. Also hatte er die Wände ihres Wagens mit Bildern schmücken lassen: Blüten aus Rubin und Blätter aus Malachit, ein Himmel aus Lapislazuli, Hügel aus Jade, und aus Mondstein die schimmernde Oberfläche eines Sees. Das war wohl Liebe, oder?

Die Steinbilder waren schön, wunderschön, und jedes Mal, wenn sie es nicht mehr ertrug, Hügel und Felder vorbeihuschen zu sehen, als lösten sie sich auf im Gewand der Zeit, fuhr sie mit den Fingern über die steinernen Blüten. Aber der Lärm des Zuges schmerzte in ihren Ohren, und das Metall, das sie umgab, ließ ihr Feenfleisch frösteln.

Ja. Er liebte sie. Aber das Puppengesicht würde er trotzdem heiraten, die Menschenprinzessin mit den blanken Augen und der Schönheit, die sie nur den Lilien der Feen verdankte. Amalie. Ihr Name klang ebenso farblos wie ihr Gesicht. Wie gern sie

sie getötet hätte. Ein vergifteter Kamm, ein Kleid, das sich in ihr Fleisch fraß, wenn sie sich darin vor ihren goldenen Spiegeln drehte. Wie sie schreien und sich die Haut zerkratzen würde, die so viel weicher als die ihres Bräutigams war.

Die Fee lehnte die Stirn gegen die kühle Scheibe. Sie verstand nicht, woher die Eifersucht kam. Schließlich war es nicht das erste Mal, dass Kami'en eine andere Frau nahm. Kein Goyl liebte nur einmal. Niemand liebte nur einmal ... Zuallerletzt eine Fee.

Die Dunkle Fee kannte alle Geschichten über ihresgleichen: dass, wer eine von ihnen liebte, dem Wahnsinn verfiel, und dass sie ebenso wenig ein Herz wie einen Vater oder eine Mutter hatten. Wenigstens das war wahr. Sie presste sich die Hand zwischen die Brüste. Kein Herz. Also woher kam die Liebe, die sie fühlte?

Draußen schwammen die Sterne wie Blüten auf dem nachtschwarzen Wasser eines Flusses. Die Goyl fürchteten das Wasser, obwohl es ihre Höhlen schuf und sein Tropfen in ihren Städten ebenso selbstverständlich zu hören war wie das Geräusch des Windes über der Erde. Sie fürchteten es so sehr, dass das Meer Kami'ens Eroberungen eine Grenze setzte und ihn vom Fliegen träumen ließ. Aber Flügel konnte sie ihm ebenso wenig geben wie Kinder. Sie war aus dem Wasser geboren worden, das er so sehr fürchtete, und all die Worte, die ihnen so viel bedeuteten – Schwester, Bruder, Tochter, Sohn –, bedeuteten ihr nichts.

Kinder konnte das Puppengesicht ihm ebenso wenig schenken wie sie – es sei denn, er wollte eines der verkrüppelten Monster zeugen, die einige Menschenfrauen seinen Soldaten geboren hatten. »Wie oft soll ich es dir noch sagen? Mir liegt nichts an ihr, aber ich brauche diesen Frieden.« Er glaubte sich selbst jedes Wort, aber sie kannte ihn besser. Er wollte Frieden, aber noch mehr gelüstete es ihn nach Menschenhaut und danach, eine von ihnen zu seiner Frau zu machen. Seine Neugier auf alles Menschliche ängstigte sie inzwischen ebenso sehr wie sein Volk.

Woher kam die Liebe? Woraus war sie gemacht? Aus Stein wie er? Aus Wasser wie sie?

Es war nur ein Spiel gewesen, als sie sich auf die Suche nach ihm gemacht hatte. Ein Spiel mit dem Spielzeug, das ihre Träume ihr gezeigt hatten. Der Goyl, der die Welt in Scherben schlug und Regeln missachtete wie sie. Die Feen spielten nicht mehr mit der Welt. Die letzte, die es getan hatte, trug eine Haut aus Rinde. Sie hatte ihre Motten trotzdem ausgeschickt, nach Kami'en zu suchen. Das Zelt, in dem sie ihm zum ersten Mal begegnet war, hatte nach Blut gerochen und dem Tod, den sie nicht verstand, und sie hatte immer noch alles für ein Spiel gehalten. Hatte ihm die Welt versprochen. Sein Fleisch im Fleisch seiner Feinde. Und zu spät gespürt, was er in ihr säte. Liebe. Schlimmstes aller Gifte.

»Du solltest öfter Menschenkleider tragen.«

Augen aus Gold. Lippen aus Feuer. Er sah nicht müde aus, obwohl er seit Tagen kaum geschlafen hatte.

Das Kleid der Fee raschelte, als sie sich zu ihm umdrehte. Menschenfrauen kleideten sich wie Blumen, Schichten aus Blättern um einen sterblichen, rottenden Kern. Sie hatte sich das Kleid nach einem der Gemälde schneidern lassen, die in dem Schloss des toten Generals gehangen hatten. Kami'en hatte es oft so gedankenverloren betrachtet, als zeigte es eine Welt, nach der er suchte. Der Stoff hätte für zehn Kleider gereicht, aber sie liebte das Rascheln der Seide und ihre kühle Glätte auf der Haut.

»Keine Nachricht von Hentzau?«

Als ob sie die Antwort nicht wüsste. Aber warum hatten auch ihre Motten den, den sie suchte, immer noch nicht gefunden? Sie sah ihn doch so deutlich. Als müsste sie nur die Hand ausstrecken, um seine Jadehaut unter den Fingern zu spüren.

»Hentzau wird ihn finden. Falls es ihn gibt.« Kami'en trat hinter sie. Er zweifelte an dem, was sie in ihren Träumen sah, aber nicht an seinem Jaspisschatten.

Hentzau. Noch jemand, den sie zu gern getötet hätte. Aber seinen Tod hätte Kami'en ihr noch weniger verziehen als den seiner künftigen Braut. Er hatte seine eigenen Brüder getötet, wie die Goyl es oft taten, doch Hentzau war ihm näher als ein Bruder. Vielleicht sogar näher als sie.

Auf dem Zugfenster verschmolzen ihre Spiegelbilder miteinander. Sie atmete immer noch schneller, wenn er neben ihr stand. Woher kommt die Liebe?

»Vergiss den Jadegoyl und deine Träume«, flüsterte er und löste ihr das Haar. »Ich schenke dir neue. Sag mir nur, welche.«

Sie hatte Kami'en nie erzählt, dass sie auch ihn zuerst in ihren Träumen gefunden hatte. Es hätte ihm nicht gefallen. Weder Menschen noch Goyl lebten lange genug, um zu begreifen, dass das Gestern ebenso aus dem Morgen geboren wurde wie das Morgen aus dem Gestern.

23
IN DER FALLE

Jacob war es, als ritte er in seine eigene Vergangenheit, als sie die Schlucht erreichten, durch die er schon einmal ins Tal der Feen gekommen war. Drei Jahre sind eine lange Zeit, aber alles schien unverändert: der Bach, der am Grund der Schlucht floss, die Fichten, die sich in die Hänge krallten, die Stille zwischen den Felsen … Nur seine Schulter erinnerte ihn daran, dass seither viel geschehen war. Sie schmerzte, als nähte der Schneider sich tatsächlich Kleider aus seiner Haut.

Valiant saß vor ihm auf dem Pferd und blickte sich immer wieder zu ihm um.

»Oh, du siehst wirklich schlimm aus, Reckless!«, stellte er nicht zum ersten Mal mit unverhohlener Schadenfreude fest. »Und das arme Mädchen starrt schon wieder zu dir herüber. Bestimmt hat sie Angst, dass du vom Pferd fällst, bevor ihr Liebster seine Haut zurückhat. Aber keine Sorge. Wenn du tot und dein Bruder ein Goyl ist, werd ich sie trösten. Ich hab eine Schwäche für Menschenfrauen.«

So ging das, seit sie aufgebrochen waren, aber Jacob war zu betäubt vom Fieber, um etwas zu erwidern. Selbst Wills Worte in der Höhle drangen nicht mehr durch den Schmerz und er sehnte sich nach der heilenden Luft der Feen inzwischen ebenso sehr für sich wie für seinen Bruder.

Es ist nicht mehr weit, Jacob. Du musst nur noch durch die Schlucht und dann bist du in ihrem Tal.

Clara ritt gleich hinter ihm. Will trieb sein Pferd ab und zu an ihre Seite, als wollte er sie vergessen lassen, was in der Höhle geschehen war, und auf Claras Gesicht kämpfte die Liebe mit der Angst. Aber sie ritt weiter.

Wie er selbst. Und Will.

Und der Zwerg konnte sie alle immer noch betrügen.

Die Sonne stand bereits tief und zwischen den Felsen wuchsen die Schatten. Der schäumende Bach, an dem sie entlangritten, war so dunkel, als schwemmte er die Nacht in die Schlucht, und sie waren noch nicht weit gekommen, als Will plötzlich das Pferd zügelte.

»Was ist los?«, fragte Valiant beunruhigt.

»Es sind Goyl hier.« Aus Wills Stimme war nicht die Spur von Zweifel zu hören. »Sie sind ganz in der Nähe.«

»Goyl?« Valiant warf Jacob einen hämischen Blick zu. »Bestens. Ich verstehe mich sehr gut mit ihnen.«

Jacob presste ihm die Hand auf den Mund. Er ließ der Stute die Zügel gehen und lauschte, aber das Rauschen des Baches übertönte alle anderen Geräusche. »Tut so, als tränktet ihr die Pferde«, flüsterte er den anderen zu.

»Ich rieche sie auch«, zischte Fuchs. »Sie sind vor uns.«

»Aber warum verstecken sie sich?« Will schauderte wie ein Tier, das sein Rudel wittert.

Valiant musterte ihn, als sähe er ihn zum ersten Mal – und drehte sich so abrupt zu Jacob um, dass er fast vom Pferd rutschte. »Du verschlagener Hund!«, raunte er ihm zu. »Welche Farbe hat der Stein in seiner Haut? Grün, stimmt's?«

»Und?«

»Und? Verkauf mich nicht für dumm! Es ist Jade. Ein Kilo roten Mondstein haben die Goyl auf ihn ausgesetzt. Dein Bruder, dass ich nicht lache!« Der Zwerg zwinkerte ihm verschwörerisch zu. »Du hast ihn gefunden, wie den Gläsernen Schuh und das Tischleindeckdich. Aber was zum Teufel willst du mit ihm bei den Feen?«

Jade.

Jacob starrte auf Wills blassgrüne Haut. Natürlich hatte er die Geschichten gehört. Der Goylkönig und sein unbezwingbarer Leibwächter. Chanute hatte mal davon geträumt, ihn zu finden und an die Kaiserin zu verkaufen. Aber niemand konnte allen Ernstes glauben, dass sein Bruder der Jadegoyl war.

Am Ende der Schlucht sah man schon das nebelverhangene Tal. So nah.

»Lass ihn uns zu einer ihrer Festungen bringen und die Belohnung teilen!«, zischte Valiant ihm zu. »Wenn sie ihn hier in der Schlucht fangen, werden sie uns nichts für ihn geben!«

Jacob beachtete ihn nicht. Er sah, wie Will schauderte.

»Kennst du noch einen anderen Weg in das Tal?«, fragte er den Zwerg.

»Sicher«, gab Valiant hämisch zurück. »Wenn du glaubst, dass dein sogenannter Bruder Zeit für Umwege hat ... Von dir ganz zu schweigen!«

Will blickte sich um, rastlos wie ein gefangenes Tier.

Clara trieb ihr Pferd an Jacobs Seite. »Bring ihn weg von hier!«, flüsterte sie ihm zu. »Bitte.«

Aber was dann?

Ein paar Meter weiter wuchs eine Gruppe Kiefern vor den Felsen. Unter ihren Zweigen war es so dunkel, dass Jacob selbst auf so kurze Entfernung nicht sehen konnte, was darunterlag.

Er beugte sich zu Will hinüber und griff nach seinem Arm. »Reite mir zu den Kiefern dort nach«, raunte er ihm zu. »Und steig ab, wenn ich es tue!«

Es war Zeit, Verstecken zu spielen. Verstecken und verkleiden.

Will zögerte, aber schließlich nahm er die Zügel auf und ritt ihm nach.

Die Schatten unter den Kiefern waren schwarz wie Ruß. Dunkelheit, die, wenn sie Glück hatten, selbst Goylaugen blind machte.

»Erinnerst du dich, wie wir uns als Kinder geprügelt haben?«, raunte Jacob Will zu, bevor er sich vor den Bäumen aus dem Sattel schwang.

»Du hast mich immer gewinnen lassen.«

»So machen wir es jetzt auch.«

Fuchs huschte an seine Seite. »Was hast du vor?«

»Egal, was passiert«, flüsterte er ihr zu. »Ich will, dass du bei Will bleibst. Versprich es mir. Wenn du es nicht tust, sind wir alle tot.«

Will stieg vom Pferd.

»Ich will, dass du dich wehrst, Will«, raunte Jacob ihm zu. »Und sorg dafür, dass es echt aussieht. Wir müssen unter den Bäumen da enden.«

Dann schlug er seinem Bruder ohne Vorwarnung die Faust ins Gesicht.

Das Gold in Wills Augen fing sofort Feuer.

Er schlug so fest zurück, dass Jacob auf die Knie fiel. Haut aus Stein und ein Zorn, den er auf dem Gesicht seines Bruders noch nie gesehen hatte.

Vielleicht doch kein so guter Plan, Jacob.

24
DIE JÄGER

Hentzau hatte die Schlucht bei Morgengrauen erreicht. Die Einhörner, die in dem nebligen Tal grasten, ließen wenig Zweifel daran, dass Nesser sie an den richtigen Ort geführt hatte. Aber inzwischen stand die Sonne tief, und Hentzau begann sich zu fragen, ob der Jadegoyl am Ende doch von seinem Bruder erschossen worden war, als Nesser zum Eingang der Schlucht wies.

Sie hatten ein Mädchen und einen Fuchs dabei, wie der Dreifinger gesagt hatte, und sie hatten sich einen Zwerg gefangen. Nicht dumm. Selbst Nesser wusste nicht, wie man an den Einhörnern vorbeikam, aber Hentzau hatte von dem Gerücht gehört, dass einige Zwerge das Geheimnis kannten. Wie auch immer – er hatte keinen Ehrgeiz, der erste Goyl zu sein, der die verhexte Feeninsel sah. Lieber ritt er durch ein Dutzend Schwarzer Wälder oder schlief bei den Blinden Schlangen, die unter der Erde hausten. Nein. Er würde sich den Jadegoyl holen, bevor er sich hinter den Einhörnern verstecken konnte.

»Kommandant, sie schlagen sich!« Nesser klang erstaunt.

Was hatte sie erwartet? Der Zorn kam mit der steinernen Haut wie das Gold in den Augen. Und gegen wen richtete er sich zuerst? Gegen den Bruder. *Ja, schlag ihn tot!*, dachte Hentzau, während er den Jadegoyl durch sein Fernrohr musterte. *Vielleicht hast du das schon oft gewollt, aber er war immer der Ältere, immer der Stärkere. Du wirst sehen: Der Zorn der Goyl macht all das wett.*

Der Ältere kämpfte nicht schlecht, aber er hatte keine Chance.

Da. Er fiel auf die Knie. Das Mädchen lief auf den Jadegoyl zu und zerrte ihn zurück, aber er riss sich los, und als sein Bruder versuchte, wieder auf die Füße zu kommen, trat er ihm so fest gegen die Brust, dass er unter die Kiefern stolperte. Die schwarzen Zweige verschluckten sie beide, und Hentzau wollte gerade den Befehl geben hinunterzureiten, als der Jadegoyl wieder zwischen den Bäumen auftauchte.

Er scheute das Licht der Sonne schon und zog sich die Kapuze tief übers Gesicht, als er auf sein Pferd zuging. Er war durch den Kampf etwas unsicher auf den Beinen, aber er würde bald merken, dass sein neues Fleisch sehr viel schneller heilte als sein altes.

»Lass aufsitzen!«, raunte Hentzau Nesser zu. »Wir fangen uns ein Märchen.«

25
DER KÖDER

Felsen. Büsche. Wo konnten sie versteckt sein? *Wie willst du das wissen, Jacob? Du bist kein Goyl. Vielleicht hättest du deinen Bruder fragen sollen.*

Er zog sich die Kapuze tiefer ins Gesicht und zwang das Pferd, langsam zu gehen. Woher hatten sie gewusst, dass sie durch die Schlucht kommen würden? *Nicht jetzt, Jacob.*

Er wusste nicht, was mehr schmerzte, die Schulter oder sein Gesicht. Menschenfleisch war schrecklich weich, wenn es auf Jadeknöchel traf. Für ein paar Augenblicke hatte er tatsächlich geglaubt, Will würde ihn totschlagen –

und er war immer noch nicht sicher, wie viel von der Wut, die er in den Schlägen gespürt hatte, nicht die der Goyl, sondern die seines Bruders gewesen war.

Er trieb Wills Pferd durch den schäumenden Bach. Wasser stob ihm auf die fieberheiße Haut. Die Hufschläge hallten durch die Schlucht, und Jacob fragte sich schon, ob Will nicht doch nur das eigene steinerne Fleisch gewittert hatte, als sich links von ihm etwas zwischen den Felsen regte.

Jetzt. Er ließ dem Pferd die Zügel gehen. Es war ein brauner Wallach, nicht so schnell wie die Stute, aber ausdauernd, und Jacob war ein sehr guter Reiter.

Natürlich versuchten sie, ihm den Weg abzuschneiden. Aber wie er gehofft hatte, scheuten ihre Pferde auf dem Geröll, und der Braune preschte an ihnen vorbei und galoppierte hinaus in das nebelverhangene Tal. Erinnerungen sprangen Jacob an, als hätten sie zwischen den Bergen auf ihn gewartet. Glück und Liebe, Angst und Tod.

Die Einhörner hoben die Köpfe. Natürlich waren sie nicht weiß. Warum wurden die Dinge in der Welt, aus der er kam, so gern weiß gefärbt? Ihr Fell war braun, scheckig grau und fahlgelb wie die Herbstsonne, die über ihnen im Nebel trieb. Sie beobachteten ihn, aber noch schickte sich keines zum Angriff an.

Jacob blickte sich zu seinen Verfolgern um.

Es waren fünf. Den Offizier erkannte er sofort. Es war derselbe, der die Goyl bei der Scheune angeführt hatte. Seine jaspisbraune Stirn war zersplissen, als hätte jemand versucht, sie zu spalten, und eins der goldenen Augen war so trüb wie Milch. Sie folgten ihnen also tatsächlich.

Jacob beugte sich über den Pferdehals. Dem Wallach sanken die Hufe tief ein in dem feuchten Gras, aber zum Glück wurde er kaum langsamer.

Reite, Jacob. Lock sie fort, bevor dein Bruder sich ihnen womöglich anschließt.

Die Goyl kamen näher, aber sie schossen nicht. Natürlich nicht. Wenn sie Will wirklich für den Jadegoyl hielten, wollten sie ihn lebend.

Eines der Einhörner wieherte. *Bleibt, wo ihr seid!*

Ein Blick über die Schulter. Die Goyl hatten sich getrennt. Sie versuchten, ihn einzukreisen. Die Wunde schmerzte so sehr, dass Jacob alles vor den Augen schwamm, und für einen Moment glaubte er, in der Zeit zurückzufallen, und er sah sich wieder mit durchbohrtem Rücken im Gras liegen.

Schneller. Er musste schneller sein. Aber der Wallach atmete schwer, und die Goyl ritten längst nicht mehr die halb blinden Pferde, die sie unter der Erde züchteten. Einer kam ihm schon bedrohlich nahe. Es war der Offizier. Jacob wandte das Gesicht ab, aber die Kapuze rutschte ihm vom Kopf, als er gerade danach greifen wollte.

Die Verblüffung auf dem Jaspis-Gesicht verwandelte sich in Wut, dieselbe Wut, die Jacob im Gesicht seines Bruders gesehen hatte.

Das Spiel war vorbei.

Wo war Will? Jacob warf einen gehetzten Blick zurück.

Der Goyloffizier sah in dieselbe Richtung.

Sein Bruder galoppierte, den Zwerg vor sich, auf die Einhörner zu. Will ritt Claras Pferd und hatte ihr die Stute überlassen.

Neben ihr bewegte sich das Gras, als striche der Wind darüber. Fuchs. Fast so schnell wie die Pferde auf ihren Pfoten.

Jacob zog die Pistole, aber die linke Hand gehorchte ihm kaum noch, und mit der rechten war er ein wesentlich schlechterer Schütze. Trotzdem schoss er zwei Goyl aus dem Sattel, als sie auf Will zuhielten. Der Milchäugige legte auf ihn an, das Jaspisgesicht starr vor Hass. Die Wut ließ ihn vergessen, welchen Bruder er jagen sollte, doch sein Pferd stolperte in dem hohen Gras, und die Kugel ging fehl.

Schneller, Jacob. Er konnte sich kaum noch im Sattel halten, aber Will hatte die Einhörner fast erreicht, und Jacob betete, dass der Zwerg ihnen dieses Mal die Wahrheit gesagt hatte. *Nun reite schon!,* dachte er verzweifelt, als Will plötzlich langsamer wurde. Doch sein Bruder zügelte das Pferd, und Jacob wusste, dass es nicht aus Sorge um ihn geschah. Will wandte sich im Sattel um und starrte die Goyl an, wie er es auf dem verlassenen Hof getan hatte.

Auch der Milchäugige hatte sich inzwischen wieder daran erinnert, wen er jagen sollte. Jacob legte auf ihn an, aber sein Schuss streifte ihn nur. *Verdammte rechte Hand.*

Und Will wendete das Pferd.

Jacob schrie seinen Namen.

Einer der Goyl hatte Will fast erreicht. Es war eine Frau. Amethyst in dunklem Jaspis. Sie zog den Säbel, als Clara ihr Pferd schützend vor Will trieb, aber Jacobs Kugel war schneller. Der Milchäugige schrie heiser auf, als die Goyl fiel, und trieb sein Pferd nur noch härter auf Jacobs Bruder zu. *Bloß ein paar Meter noch.* Der Zwerg starrte den Goyl entsetzt an. Doch Clara griff

Will in die Zügel, und das Pferd, das sie so oft geritten hatte, gehorchte ihr, als sie es mit sich auf die Einhörner zuzog.

Die Herde hatte die Jagd so unbeteiligt beobachtet wie Menschen einen Schwarm streitender Spatzen. Jacob vergaß zu atmen, als Clara auf sie zuritt, doch diesmal hatte der Zwerg tatsächlich die Wahrheit gesagt. Die Einhörner ließen Clara und seinen Bruder passieren.

Erst als die Goyl sich ihnen näherten, griffen sie an.

Schrilles Wiehern erfüllte das Tal, schlagende Hufe, bäumende Körper. Jacob hörte Schüsse. *Vergiss die Goyl, Jacob. Folge deinem Bruder!*

Das Herz schlug ihm bis zum Hals, als er auf die aufgebrachte Herde zuritt. Er glaubte zu spüren, wie die Einhörner ihm erneut den Rücken aufrissen und das eigene Blut ihm warm über die Haut rann. *Nicht diesmal, Jacob. Tu, was der Zwerg gesagt hat:* »Es ist ganz einfach. Schließt die Augen und haltet sie geschlossen, oder sie spießen euch auf wie Fallobst.«

Ein Horn streifte seinen Schenkel. Nüstern schnaubten ihm ins Ohr und die kalte Luft roch nach Pferd und Hirsch zugleich. *Jacob, lass die Augen zu.* Das Meer der struppigen Leiber nahm einfach kein Ende. Sein linker Arm war wie tot und er klammerte sich mit dem rechten an den Hals des Pferdes. Doch plötzlich hörte er statt schnaubender Nüstern den Wind in tausend Blättern, das Schlagen von Wasser und raschelndes Schilf.

Jacob öffnete die Augen und es war wie damals.

Alles war verschwunden. Die Goyl, die Einhörner, das neblige Tal. Stattdessen spiegelte sich der Abendhimmel in einem See. Auf dem Wasser trieben die Lilien, die ihn vor drei Jahren hergebracht hatten. Die Blätter der Weiden, die am Ufer standen, waren so grün, als wären sie gerade erst aus den Zweigen getrieben, und in der Ferne schwamm auf den Wellen die Insel, von der niemand zurückkam. *Bis auf dich, Jacob.*

Die warme Luft liebkoste seine Haut, und der Schmerz in seiner Schulter verebbte wie das Wasser, das an das schilfgesäumte Ufer schlug.

Er ließ sich von dem erschöpften Pferd rutschen. Clara und Fuchs liefen auf ihn zu. Nur Will stand am Seeufer und starrte zu der Insel hinüber. Er schien unverwundet, aber als er sich zu Jacob umwandte, war sein Blick aus Feuer, und die Jade war nur noch gefleckt von ein paar letzten Resten Menschenhaut.

»Da wären wir also. Zufrieden?« Valiant stand zwischen den Weiden und zupfte sich die Einhornhaare von den Ärmeln.

»Wer hat dir die Kette abgenommen?« Jacob versuchte, den Zwerg zu packen, aber Valiant wich ihm behände aus.

»Frauenherzen sind zum Glück so viel mitfühlender als der Stein, der dir in der Brust schlägt«, schnurrte er, während Clara verlegen Jacobs Blick erwiderte. »Und? Was regst du dich auf? Wir sind quitt! Aber die Einhörner haben mir den Hut zertrampelt.« Der Zwerg fuhr sich anklagend über das unbedeckte Haar. »Wenigstens den Schaden könntest du mir bezahlen!«

»Quitt? Willst du die Narben auf meinem Rücken sehen?« Jacob tastete über seine Schulter. Sie fühlte sich so unversehrt an, als hätte er nie gegen den Schneider gekämpft. »Mach, dass du fortkommst«, sagte er zu dem Zwerg. »Bevor ich dich doch noch erschieße.«

»Ach ja?« Valiant warf einen spöttischen Blick auf die Insel, die in der aufziehenden Dämmerung verschwamm. »Ich bin sicher, dein Name steht eher auf einem Grabstein als meiner. Gnädigste?«, sagte er und wandte sich zu Clara um. »Ihr solltet mit mir kommen. Das hier kann nur böse enden. Habt Ihr je von Schneewittchen gehört, der Menschenfrau, die mit ein paar Zwergenbrüdern gelebt hat, bevor sie sich mit einem Vorfahren der Kaiserin einließ? Sie ist kreuzunglücklich mit ihm geworden und ist ihm schließlich davongelaufen. Mit einem Zwerg!«

»Tatsächlich?« Clara schien nicht wirklich gehört zu haben, was der Zwerg ihr erzählt hatte.

Sie trat an das Ufer des blütenbedeckten Sees, als hätte sie alles vergessen, selbst Will, der nur ein paar Schritte entfernt von ihr stand. Zwischen den Weiden wuchsen Glockenblumen, dunkelblau wie der Abendhimmel, und als Clara eine von ihnen pflückte, gab die Blüte ein leises Klingen von sich. Es wischte ihr all die Angst und Traurigkeit vom Gesicht. Valiant ließ ein entnervtes Stöhnen hören.

»Feenzauber!«, murmelte er verächtlich. »Ich denke, ich empfehle mich besser.«

»Warte!«, sagte Jacob. »Es lag immer ein Boot am Ufer. Wo ist es?«

Aber als er sich umdrehte, war der Zwerg schon zwischen den Bäumen verschwunden – und Will starrte sein Spiegelbild auf den Wellen an. Jacob warf einen Stein in das dunkle Wasser, doch das Abbild seines Bruders war schnell zurück, verzerrt und nur umso bedrohlicher.

»Ich hätte dich in der Schlucht fast erschlagen.« Wills Stimme klang inzwischen so rau, dass sie kaum noch von der eines Goyl zu unterscheiden war. »Sieh mich an! Egal, was du hier zu finden hoffst, es ist zu spät für mich. Gib es endlich zu.«

Clara blickte zu ihnen herüber. Der Feenzauber haftete ihr wie Pollenstaub auf der Haut. Nur Will schien ihn nicht zu spüren. *Wo ist dein Bruder, Jacob? Wo hast du ihn gelassen?* Das Rauschen der Blätter klang wie die Stimme ihrer Mutter.

Will wich vor Jacob zurück, als hätte er Angst, ihn wieder zu schlagen.

»Lass mich zu ihnen gehen.«

Hinter den Bäumen versank die Sonne. Ihr Licht trieb wie schmelzendes Gold auf den Wellen und die Feenlilien öffneten die Knospen und hießen die Nacht willkommen.

Jacob zog Will vom Wasser fort.

»Du wartest hier am Ufer auf mich«, sagte er. »Rühr dich nicht von der Stelle. Ich bin bald zurück, ich verspreche es.«

Die Füchsin presste sich gegen seine Beine und blickte mit gesträubtem Fell zu der Insel hinüber.

»Worauf wartest du, Fuchs?«, sagte Jacob. »Such das Boot.«

26
DIE ROTE FEE

Fuchs fand das Boot. Und diesmal bat sie Jacob nicht, sie mitzunehmen. Aber als er hineinstieg, biss sie ihn so fest in die Hand, dass ihm das Blut über die Finger rann.

»Damit du mich nicht vergisst!«, schnappte sie, und in ihren Augen war die Angst, dass er auch diesmal, wie vor drei Jahren, verloren gehen würde.

Die Feen hatten Fuchs fortgescheucht, nachdem sie Jacob halb tot in ihrem Wald gefunden hatten, und sie war bei dem Versuch, ihm auf die Insel zu folgen, fast ertrunken. Trotzdem hatte sie auf ihn gewartet, ein ganzes Jahr, während er sie und alles andere vergessen hatte. Nun saß sie wieder da, das Fell geschwärzt von der aufziehenden Nacht, selbst als er schon weit auf den See hinausgerudert war. Auch Clara stand zwischen den Weiden und diesmal blickte sogar Will ihm nach.

Es ist zu spät für mich. Selbst die Wellen, die gegen das schmale Boot schlugen, schienen es seinem Bruder nachzusprechen. Aber wer sollte den Fluch der Dunklen Fee besser brechen können als ihre Schwester? Jacob fasste nach dem Medaillon. Das Blütenblatt darin hatte er an dem Tag gepflückt, an dem er Miranda verlassen hatte. Es machte ihn für sie so unsichtbar, als hätte er mit der Liebe auch den Körper abgelegt, der sie geliebt hatte. Nichts als ein Blütenblatt. Sie selbst hatte ihm verraten, dass er sich so vor ihr verbergen konnte. Wenn sie liebten, verrieten sie all ihre Geheimnisse im Schlaf. Man musste nur die richtige Frage stellen.

Zum Glück machte das Blatt ihn auch für die anderen Feen unsichtbar. Jacob sah vier von ihnen im Wasser stehen, als er das Boot am Ufer der Insel im Schilf versteckte. Ihr langes Haar trieb auf den Wellen, als hätte die Nacht selbst es gesponnen, aber Miranda war nicht bei ihnen. Eine von ihnen blickte in seine Richtung, und Jacob war dankbar für den Blütenteppich, der seine Schritte fast so lautlos machte wie die von Fuchs. Er hatte gesehen, wie sie Männer in Disteln oder Fische verwandelten. Die Blüten waren blau wie die Glockenblume, die Clara gepflückt hatte, und auch das Medaillon konnte Jacob nicht gegen die Erinnerungen schützen, die ihr Duft heraufbeschwor. *Vorsicht, Jacob!* Er presste die Finger auf den blutigen Abdruck, den Fuchs' Zähne auf seinem Handrücken hinterlassen hatten.

Schon bald sah er das erste der Netze, die die Motten der Feen zwischen die Bäume spannen. Zelte, dünn wie Libellenhaut, in denen es selbst bei Tag so dunkel blieb, als hätte die Nacht sich zwischen ihnen verfangen. Die Feen schliefen nur in ihnen, wenn die Sonne am Himmel stand, aber Jacob wusste keinen besseren Ort, an dem er auf Miranda warten konnte.

Die Rote Fee. Unter diesem Namen hatte er zuerst von ihr gehört. Ein betrunkener Söldner hatte ihm von einem Freund erzählt, den sie auf die Insel gelockt und der sich nach seiner Rückkehr aus Sehnsucht nach ihr ertränkt hatte. Jeder kannte solche Geschichten über die Feen, obwohl die wenigsten sie je zu Gesicht bekamen. Manche hielten ihre Insel für das Reich der Toten, aber die Feen wussten nichts von Menschentod und Menschenzeit. Miranda nannte die Dunkle Fee nur deshalb Schwester, weil sie am selben Tag aus dem See gestiegen war. Wie sollte sie also verstehen, was er dabei empfand, dass seinem Bruder eine Haut aus Stein wuchs?

Das Zelt zwischen den Bäumen, das ein Jahr lang Anfang und Ende seiner Welt gewesen war, heftete sich an Jacobs Kleider, als er sich einen Weg durch die gesponnenen Wände suchte. Seine Augen gewöhnten sich nur langsam an die Dunkelheit, und er wich überrascht zurück, als er eine schlafende Gestalt auf dem Bett aus Moos sah, auf dem er selbst so oft gelegen hatte.

Sie war unverändert. Natürlich. Sie alterten nicht. Ihre Haut war blasser als die Lilien draußen auf dem See und ihr Haar so dunkel wie die Nacht, die sie liebte. Nachts waren auch ihre Augen schwarz, aber bei Tag wurden sie blau wie der Himmel oder grün wie das Wasser des Sees, wenn das Laub der Weiden sich darin spiegelte. So schön. Zu schön für Menschenaugen. Nicht berührt von der Zeit und dem Welken, das sie brachte. Doch irgendwann sehnte sich ein Mann danach, dieselbe Sterblichkeit, die er im eigenen Fleisch fühlte, auch in der Haut zu spüren, über die er strich.

Jacob zog das Medaillon unter dem Hemd hervor und löste es von der Kette an seinem Hals. Miranda regte sich, sobald er es neben sie legte, und Jacob trat einen Schritt zurück, als sie im Traum seinen Namen flüsterte. Es war kein guter Traum und schließlich schreckte sie auf und öffnete die Augen.

So schön. Jacob tastete nach den Bissspuren auf seiner Hand.

»Seit wann verschläfst du die Nacht?«

Für einen Moment schien sie zu glauben, dass er nur der Traum war, der sie geweckt hatte. Aber dann sah sie das Medaillon neben sich liegen. Sie öffnete es und nahm das Blütenblatt heraus.

»So also hast du dich vor mir versteckt.« Jacob war nicht sicher, was er auf ihrem Gesicht sah. Freude. Zorn. Liebe. Hass. Vielleicht von allem etwas. »Wer hat es dir verraten?«

»Du selbst.«

Ihre Motten schwärmten ihm ins Gesicht, als er einen Schritt auf sie zumachte.

»Du musst mir helfen, Miranda.«

Sie stand auf und wischte sich das Moos von der Haut.

»Ich habe die Nächte verschlafen, weil sie mich zu sehr an dich erinnerten. Aber das ist lange her. Nun ist es nur noch eine schlechte Angewohnheit.«

Ihre Motten färbten die Nacht mit ihren Flügeln rot.

»Ich sehe, du bist nicht allein gekommen«, sagte sie, während sie das Lilienblatt zwischen den Fingern zerrieb. »Und du hast einen Goyl hergebracht.«

»Er ist mein Bruder.« Diesmal ließen die Motten Jacob gewähren, als er auf sie zutrat. »Es ist ein Feenfluch, Miranda.«

»Aber du kommst zur falschen Fee.«

»Du musst einen Weg kennen, ihn aufzuheben!«

Sie schien aus den Schatten gemacht, die sie umgaben, dem Mondlicht und dem Nachttau auf den Blättern. Er war so glücklich gewesen, als es nichts sonst gegeben hatte. Aber es gab so viel anderes.

»Meine Schwester gehört nicht mehr zu uns.« Miranda wandte ihm den Rücken zu. »Sie hat uns für den Goyl verraten.«

»Dann hilf mir!«

Jacob streckte die Hand nach ihr aus, aber sie stieß sie zurück.

»Warum sollte ich?«

»Ich musste fort. Ich konnte nicht für alle Ewigkeit hierbleiben!«

»Das hat meine Schwester auch gesagt. Aber Feen gehen nicht fort. Wir gehören dem Ort, der uns geboren hat. Du wusstest das ebenso gut wie sie.«

So schön. Die Erinnerungen spannen ein Netz in die Dunkelheit, in dem sie sich beide verfingen.

»Hilf ihm, Miranda. Bitte!«

Sie hob die Hand und fuhr ihm mit den Fingern über die Lippen.

»Küss mich.«

Es war, als küsste er die Nacht oder den Wind. Ihre Motten zerstachen ihm die Haut, und was er verloren hatte, schmeckte wie Asche in seinem Mund. Als er sie losließ, glaubte er in ihrem Blick für einen Moment sein eigenes Ende zu sehen.

Draußen bellte eine Füchsin. Fuchs behauptete immer, dass sie spürte, wenn er in Gefahr war.

Miranda wandte ihm den Rücken zu.

»Es gibt nur ein Mittel gegen diesen Fluch.«

»Was ist es?«

»Du musst meine Schwester vernichten.«

Jacobs Herz setzte aus, nur für einen Schlag, aber er spürte die eigene Furcht wie Schweiß auf der Haut.

Die Dunkle Fee.

»Sie verwandelt ihre Feinde in den Wein, den sie trinkt, oder in das Eisen, aus dem ihr Liebhaber Brücken baut.«

Selbst Chanutes Stimme klang heiser vor Angst, wenn er über sie sprach.

»Man kann sie nicht töten«, sagte er. »Ebenso wenig wie dich.«

»Für eine Fee gibt es schlimmere Dinge als den Tod.«

Für einen Moment glich ihre Schönheit einer giftigen Blüte.

»Wie viel Zeit bleibt deinem Bruder noch?«

»Zwei, vielleicht drei Tage.«

Stimmen drangen durch die Dunkelheit. Die anderen Feen. Jacob hatte nie herausgefunden, wie viele von ihnen es gab.

Miranda blickte auf das Bett, als erinnerte sie sich an die Zeit, in der sie es geteilt hatten. »Meine Schwester ist bei ihrem Geliebten, in der Hauptfestung der Goyl.«

Bis dorthin war es ein Ritt von mehr als sechs Tagen.

Das würde zu spät sein. Viel zu spät.

Jacob war nicht sicher, was er stärker empfand: Verzweiflung oder Erleichterung.

Miranda streckte die Hand aus. Eine ihrer Motten ließ sich darauf nieder.

»Du kannst immer noch rechtzeitig dort sein.« Die Motte spreizte die Flügel. »Wenn ich Zeit für dich gewinne.«

Fuchs begann erneut zu bellen.

»Eine von uns hat einmal eine Prinzessin verflucht, an ihrem fünfzehnten Geburtstag zu sterben. Aber wir haben den Fluch aufgehalten. Durch einen tiefen Schlaf.«

Jacob sah das stille Schloss vor sich, eingehüllt in Dornen, und die reglose Gestalt in der Turmkammer.

»Sie ist trotzdem gestorben«, sagte er, »weil niemand sie geweckt hat.«

Miranda zuckte die Schultern. »Ich lasse deinen Bruder schlafen. Du musst dafür sorgen, dass er geweckt wird. Aber erst, nachdem du die Macht meiner Schwester gebrochen hast.«

Die Motte auf ihrer Hand putzte sich die Flügel.

»Das Mädchen, das bei euch ist: Sie gehört zu deinem Bruder, oder?«

Miranda fuhr mit dem nackten Fuß über den Boden und das Mondlicht zeichnete Claras Gesicht darauf.

»Ja«, sagte Jacob – und fühlte etwas, das er nicht verstand.

»Liebt sie ihn?«

»Ja. Ich denke schon.«

»Gut. Denn sonst wird er sich zu Tode schlafen.« Miranda wischte das Bild aus Mondlicht fort. »Bist du meiner Schwester je begegnet?«

Jacob schüttelte den Kopf. Er hatte unscharfe Fotos gesehen, ein gezeichnetes Porträt in einer Zeitung – die dämonische Geliebte, die Feenhexe, die Stein in Menschenfleisch wachsen ließ.

»Sie ist die Schönste von uns.« Miranda strich ihm übers Gesicht, als wollte sie sich an die Liebe erinnern, die sie gefühlt hatte. »Sieh sie nicht zu lange an«, sagte sie leise. »Und was immer sie verspricht – du musst genau das tun, was ich dir sage, oder dein Bruder ist verloren.«

Fuchs' Bellen drang wieder durch die Nacht. *Es geht mir gut, Fuchs,* dachte Jacob. *Alles wird gut.* Auch wenn er noch nicht verstand, wie.

Er griff nach Mirandas Hand. Sechs Finger, weißer als die Blüten draußen auf dem See. Sie ließ zu, dass er sie noch einmal küsste.

»Was, wenn ich als Preis für meine Hilfe verlange, dass du zurückkommst?«, flüsterte sie. »Würdest du es tun?«

»Verlangst du es?«, fragte er. Auch wenn er die Antwort fürchtete.

Sie lächelte.

»Nein«, sagte sie. »Mein Preis wird bezahlt, wenn du meine Schwester zerstörst.«

27
SO WEIT FORT

Will hatte den Blick noch nicht ein Mal von der Insel gewendet. Es tat Clara weh, die Furcht auf seinem Gesicht zu sehen – Furcht vor sich selbst, vor dem, was Jacob auf der Insel erfahren würde, aber vor allem davor, dass sein Bruder nicht zurückkommen und er allein bleiben würde mit der Haut aus Stein.

Er hatte sie vergessen. Aber Clara ging trotzdem zu ihm. Der Stein konnte den, den sie geliebt hatte, immer noch nicht völlig verbergen, und er war so allein.

»Jacob kommt bald zurück, Will. Ganz bestimmt.«

Er drehte sich nicht um.

»Bei Jacob weiß man nie, wann er zurückkommt«, sagte er nur. »Glaub mir, ich weiß, wovon ich rede.«

Sie waren beide da: der Fremde aus der Höhle, dessen Kälte sie immer noch wie Gift auf der Zunge schmeckte, und der andere, der vor dem Zimmer seiner Mutter auf dem Krankenhauskorridor gestanden und ihr jedes Mal, wenn sie vorbeiging, zugelächelt hatte. Will. Sie vermisste ihn so sehr.

»Er wird zurückkommen«, sagte sie. »Ich weiß es. Und er wird einen Weg finden. Er liebt dich. Auch wenn er nicht besonders gut darin ist, es zu zeigen.«

Aber Will schüttelte den Kopf.

»Du kennst meinen Bruder nicht«, sagte er und kehrte dem See den Rücken zu, als wäre er es leid, sein Spiegelbild zu sehen. »Jacob hatte sich noch nie damit abfinden können, dass manche Geschichten kein gutes Ende nehmen. Oder dass Dinge und Menschen verloren gehen ...«

Er wandte das Gesicht ab, als erinnerte er sich an die Jade. Aber Clara sah sie nicht. Es war immer noch das Gesicht, das sie liebte. Der Mund, den sie so oft geküsst hatte. Selbst die Augen waren noch die seinen, trotz des Goldes. Aber als sie die Hand nach ihm ausstreckte, schauderte er, wie er es in der Höhle getan hatte, und die Nacht war wie ein schwarzer Fluss zwischen ihnen.

Will zog die Pistole, die Jacob ihm gegeben hatte, unter dem Mantel hervor.

»Hier, nimm«, sagte er. »Du wirst sie vielleicht brauchen, falls Jacob nicht zurückkommt und ich morgen deinen Namen nicht mehr weiß. Falls du ihn töten musst – den anderen mit dem

Steingesicht –, sag dir einfach, dass er dasselbe mit mir getan hat.«

Sie wollte zurückweichen, aber Will hielt sie fest und drückte ihr die Pistole in die Hand. Er vermied es, ihre Haut zu berühren, aber er fuhr ihr mit den Fingern durchs Haar.

»Es tut mir so leid!«, flüsterte er.

Dann ging er an ihr vorbei und verschwand unter den Weiden. Und Clara stand da und starrte die Pistole an. Bis sie an den See trat und sie in das dunkle Wasser warf.

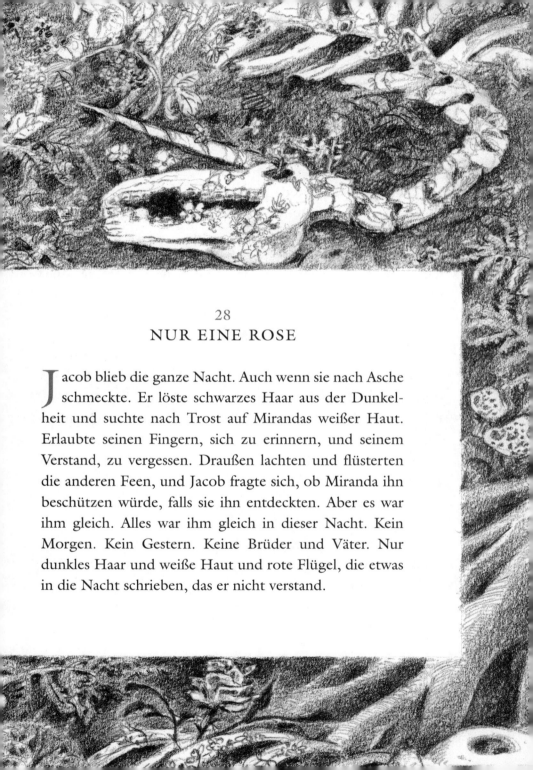

28
NUR EINE ROSE

Jacob blieb die ganze Nacht. Auch wenn sie nach Asche schmeckte. Er löste schwarzes Haar aus der Dunkelheit und suchte nach Trost auf Mirandas weißer Haut. Erlaubte seinen Fingern, sich zu erinnern, und seinem Verstand, zu vergessen. Draußen lachten und flüsterten die anderen Feen, und Jacob fragte sich, ob Miranda ihn beschützen würde, falls sie ihn entdeckten. Aber es war ihm gleich. Alles war ihm gleich in dieser Nacht. Kein Morgen. Kein Gestern. Keine Brüder und Väter. Nur dunkles Haar und weiße Haut und rote Flügel, die etwas in die Nacht schrieben, das er nicht verstand.

Doch als selbst das Zelt sie nicht mehr vor dem Tag schützen konnte, begann der Biss auf seiner Hand zu schmerzen, und alles war zurück: die Angst, der Stein, das Gold in Wills Augen – und die Hoffnung, dass er doch noch einen Weg gefunden hatte, all dem ein Ende zu machen.

Miranda fragte nicht, ob er zurückkommen würde. Bevor er ging, ließ sie ihn nur wiederholen, was sie ihm über ihre dunkle Schwester verraten hatte. Wort für Wort.

Bruder. Schwester.

Die Lilien schlossen sich schon vor dem ersten Morgenlicht und Jacob sah auf dem Weg zum Boot keine andere Fee. Aber der Schaum, der draußen auf dem See trieb, kündigte an, dass das Wasser bald eine weitere gebären würde.

Will war nirgends zu sehen, als Jacob auf das andere Ufer zuruderte, aber Clara schlief zwischen den Weiden. Sie schreckte auf, als er das Boot an Land schob. Nach der Schönheit der Feen glich sie einer Wiesenblume in einem Strauß von Lilien. Doch sie schien weder ihre schmutzigen Kleider noch das Laub in ihrem Haar zu bemerken. Alles, was Jacob auf Claras Gesicht sah, war die Erleichterung darüber, dass er zurück war – und die Angst um seinen Bruder. *Dein Bruder wird sie brauchen. Und du auch.* Fuchs hatte wieder einmal recht gehabt. Sie hatte immer recht. Und diesmal hatte er zum Glück auf sie gehört.

Sie kam mit so gesträubtem Fell unter den Weidenzweigen hervor, als wüsste sie genau, warum er erst jetzt zurückkam.

»Das war eine lange Nacht«, sagte sie mürrisch. »Ich habe mir schon die Fische daraufhin angesehen, ob einer von ihnen dir ähnlich sieht.«

»Ich bin zurück, oder?«, antwortete Jacob. »Und sie wird ihm helfen.«

»Warum?«

»Warum? Was weiß ich? Weil sie es kann. Weil sie ihre Schwester nicht mag. Es ist mir gleich. Solange sie es nur tut!«

Fuchs sah zu der Insel hinüber, die Augen schmal vor Misstrauen. Aber Clara wirkte so erleichtert, dass alle Müdigkeit von ihrem Gesicht verschwand.

»Wann?«, fragte sie.

»Bald.«

Fuchs las Jacob vom Gesicht, dass das nicht alles war, doch sie schwieg. Sie roch, dass ihr die ganze Wahrheit nicht gefallen würde. Clara aber war viel zu glücklich, um das zu bemerken.

»Fuchs dachte, du hättest uns vergessen.« Will trat zwischen den Weiden hervor, und Jacob hatte für einen Moment Angst, dass er zu lange auf der Insel geblieben war. Die Jade war dunkler geworden und verschmolz mit dem Grün der Bäume, als hätte die Welt hinter dem Spiegel seinen Bruder endgültig zu einem Teil von sich gemacht. Sie hatte ihre Saat in Will gelegt, wie eine Schlupfwespe im Körper einer Raupe, und starrte Jacob mit goldenen Augen an, seinen Bruder zwischen den Zähnen. Aber er würde ihn befreien, mit derselben Waffe, die sie gegen ihn benutzt hatte: mit den Worten einer Fee.

»Wir müssen eine Rose finden«, sagte Jacob.

»Eine Rose? Das ist alles?« Das Jadegesicht war undurchdringlich. So vertraut und fremd zugleich.

»Ja. Sie wächst nicht weit von hier.« *Und dann wirst du schlafen, Bruder, und ich muss die Dunkle Fee finden.*

»Du kannst es nicht einfach verschwinden lassen.« Wie Will ihn ansah. Als erinnerte er sich an nichts mehr – und doch an alles, was sie je entzweit hatte.

»Warum nicht?«, gab Jacob zurück. »Ich habe gewusst, dass sie dir helfen kann. Tu einfach nur, was ich dir sage, und alles wird gut.«

Fuchs ließ ihn nicht aus den Augen.

Was hast du vor, Jacob Reckless?, fragte ihr Blick. *Du hast Angst.*

Und, Fuchs?, wollte er antworten. *Das ist schließlich ein vertrautes Gefühl.*

29
INS HERZ

Sie ritten am Seeufer entlang nach Norden. Die Zeit ertrank in Blütenduft und dem Licht, das sich auf dem Wasser brach, und Clara war zum ersten Mal bereit, dieser Welt all die Furcht und Finsternis zu vergeben. Alles würde gut werden. Alles.

Aber Jacob kehrte dem See bald den Rücken zu. Die Pferde versanken in Brombeeren und Farn und über ihnen färbten sich die Blätter gelb. Ein kühler Wind strich durch die Zweige, und Clara konnte hinter den Stämmen plötzlich wieder das Tal sehen, in dem die Einhörner grasten. Sie waren so weit entfernt, dass sie kaum zu sehen waren in dem Nebel, der immer noch zwischen den Bergen hing. Doch ihre Toten lagen zu Claras Füßen.

Ihre Skelette waren überall, Moos und Gras zwischen den Rippen, Spinnennetze in den leeren Augenhöhlen, die weißen Hörner noch auf der knochigen Stirn. Ein Friedhof der Einhörner. Vielleicht kamen sie zum Sterben unter die Bäume, weil es im Schutz der Zweige leichter fiel. Oder weil sie im Tod die Nähe der Feen suchten. Ranken mit weißen Blüten schlangen sich durch die Knochen, wie ein letzter Gruß, den sie ihren Wächtern geschickt hatten.

Jacob stieg vom Pferd und ging auf eins der Skelette zu. Eine rote Rose trieb ihm aus der Brust.

»Will, komm her.« Jacob winkte seinen Bruder an seine Seite.

Fuchs lief zwischen die Bäume und spähte hinüber zu den Einhörnern. Sie hob die Schnauze misstrauisch in den Wind.

»Es riecht nach Goyl.«

»Und? Will steht gleich hinter dir.« Jacob kehrte dem Tal den Rücken zu. »Pflück die Rose, Will.«

Will streckte die Hand aus und zog sie zurück. Er blickte auf seine versteinerten Finger. Dann sah er sich zu Clara um, als suchte er in ihrem Gesicht nach dem, der er einmal gewesen war.

Bitte, Will. Sie sprach es nicht aus, aber sie dachte es. Wieder und wieder. *Tu, was dein Bruder sagt!* Und zwischen all dem Blühen und dem Tod sah Will sie für einen kostbaren Moment so an, wie er es früher getan hatte. *Alles wird gut.*

Clara hörte den holzigen Stiel brechen, als er die Rose pflückte. Einer der Dornen stach ihn in den Finger, und Will betrachtete überrascht das bernsteinblasse Blut, das ihm aus der Jadehaut drang. Er ließ die Rose fallen und strich sich über die Stirn.

»Was ist das?«, stammelte er und sah seinen Bruder an. »Was hast du getan?«

Clara streckte die Hand nach ihm aus, aber Will wich vor ihr zurück. Er stolperte über eins der Skelette. Die Knochen brachen unter seinen Stiefeln wie morsches Holz.

»Will, hör zu!« Jacob griff nach seinem Arm. »Du musst schlafen. Ich brauche Zeit! Wenn du aufwachst, ist alles vorbei. Ich verspreche es.«

Aber Will stieß ihn so heftig zurück, dass Jacob unter den schützenden Bäumen hervor und hinaus in das offene Tal stolperte. In der Ferne hoben die Einhörner die Köpfe.

»Jacob!«, bellte Fuchs. »Komm zurück unter die Bäume!«

Jacob sah sich um. Das Bild prägte sich Clara für alle Zeit ein. Sein Blick zurück. Und dann der Schuss.

So scharf. Wie zersplitterndes Holz.

Die Kugel traf Jacob in die Brust.

Fuchs schrie auf, als er in das gelbe Gras fiel. Will rannte zu ihm, bevor Clara ihn aufhalten konnte. Er warf sich neben seinem Bruder auf die Knie und rief seinen Namen, aber Jacob rührte sich nicht. Blut sickerte durch sein Hemd, direkt über dem Herzen.

Der Goyl tauchte aus dem Nebel auf wie ein böser Traum, die Flinte noch in der Hand. Er hinkte, und neben ihm ging einer seiner Soldaten, das Mädchen, auf das Jacob geschossen hatte, als es Clara mit dem Säbel angegriffen hatte. Die Uniform, die sie trug, war feucht von ihrem farblosen Blut.

Fuchs sprang ihnen mit gebleckten Zähnen entgegen, aber der Goyl stieß sie nur mit dem Stiefel zur Seite, und Fuchs wechselte die Gestalt, als hätte der Schmerz ihr das Fell gestohlen. Sie duckte sich schluchzend ins Gras und Clara schlang schützend die Arme um sie.

Will kam auf die Füße, das Gesicht verzerrt vor Zorn. Er wollte nach der Flinte greifen, die Jacob hatte fallen lassen, aber er schwankte wie betäubt, und der Goyl packte ihn und setzte ihm sein Gewehr an den Kopf.

»Ganz ruhig«, sagte er, während das Mädchen die Pistole auf Clara richtete. »Ich hatte eine Rechnung mit deinem Bruder offen, aber dir werden wir kein Haar krümmen.«

Fuchs machte sich von Clara los und zerrte Jacob die Pistole aus dem Gürtel, aber die Goyl trat sie ihr aus der Hand. Und Will stand da und starrte auf seinen Bruder herab.

»Sieh ihn dir an, Nesser«, sagte der Goyl und zwang Wills Gesicht grob in seine Richtung. »Es ist tatsächlich Jade, die ihm wächst.«

Will versuchte, ihm den Kopf ins Gesicht zu stoßen, aber er war immer noch wie betäubt, und der Goyl lachte.

»Ja, du bist einer von uns«, sagte er. »Auch wenn du es noch nicht wahrhaben willst. Fessle ihm die Hände!«, befahl er dem Goylmädchen. Dann trat er auf Jacob zu und musterte ihn wie ein Jäger die erlegte Beute.

»Das Gesicht kommt mir bekannt vor«, sagte er. »Wie ist sein Name?«

Will antwortete ihm nicht.

»Was soll's«, sagte der Goyl und wandte sich um. »Ihr Weichhäute seht alle gleich aus. Fang ihre Pferde ein«, befahl er dem Mädchen und stieß Will auf Jacobs Stute zu.

»Wo bringt ihr ihn hin?« Clara erkannte ihre eigene Stimme kaum.

Der Goyl drehte sich nicht um.

»Vergiss ihn!«, sagte er über die Schulter. »So, wie er dich vergessen wird.«

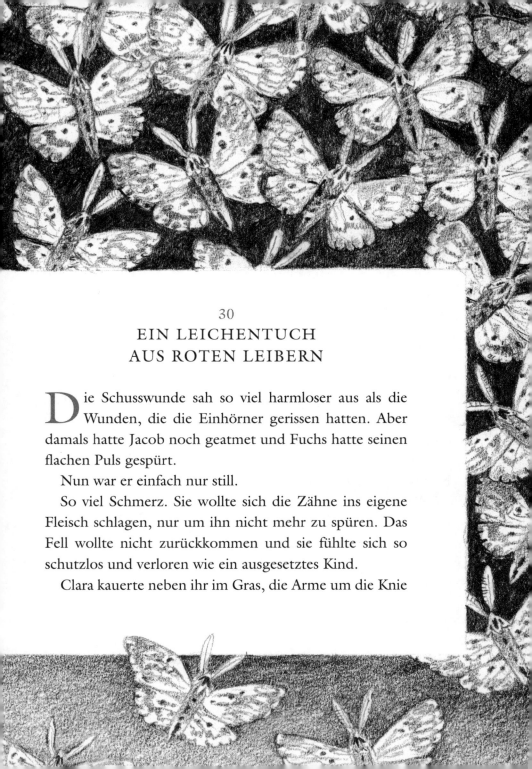

30
EIN LEICHENTUCH
AUS ROTEN LEIBERN

Die Schusswunde sah so viel harmloser aus als die Wunden, die die Einhörner gerissen hatten. Aber damals hatte Jacob noch geatmet und Fuchs hatte seinen flachen Puls gespürt.

Nun war er einfach nur still.

So viel Schmerz. Sie wollte sich die Zähne ins eigene Fleisch schlagen, nur um ihn nicht mehr zu spüren. Das Fell wollte nicht zurückkommen und sie fühlte sich so schutzlos und verloren wie ein ausgesetztes Kind.

Clara kauerte neben ihr im Gras, die Arme um die Knie

geschlungen. Sie vergoss keine Träne. Sie saß einfach nur da, als hätte ihr jemand das Herz herausgeschnitten.

Clara sah den Zwerg zuerst. Er stiefelte mit so unschuldigem Gesicht auf sie zu, als hätten sie ihn beim Pilzesammeln überrascht, aber nur ein Zwerg konnte den Goyl verraten haben, dass der Friedhof der Einhörner der einzige Ausgang des Feenreichs war.

Fuchs wischte sich die Tränen aus den Augen und tastete in dem feuchten Gras nach Jacobs Pistole.

»Halt, halt! Was soll das?«, schrie Valiant, als sie auf ihn anlegte, und duckte sich hastig hinter den nächsten Busch. »Konnte ich wissen, dass sie ihn gleich erschießen? Ich dachte, sie hätten es nur auf seinen Bruder abgesehen!«

Clara kam auf die Füße.

»Erschieß ihn, Fuchs«, sagte sie. »Wenn du es nicht machst, tue ich es.«

»Wartet!«, zeterte der Zwerg. »Sie haben mich auf dem Rückweg zur Schlucht gefangen! Was hätte ich tun sollen? Mich auch umbringen lassen?«

»Und? Warum bist du noch hier?«, fuhr Fuchs ihn an. »Vorm Heimweg ein bisschen Leichen fleddern?«

»Was für eine Unterstellung! Ich bin hier, um euch zu retten!«, gab der Zwerg mit ehrlicher Entrüstung zurück. »Zwei Mädchen, ganz allein und verlassen ...«

»... so verlassen, dass wir für die Hilfe sicher bezahlen werden?«

Das Schweigen, das ihr antwortete, war verräterisch, und Fuchs hob erneut die Pistole. Wenn nur all die Tränen nicht gewesen wären. Sie ließen alles verschwimmen, das neblige Tal, den Busch, hinter dem der verräterische Zwerg kauerte – und Jacobs stilles Gesicht.

»Fuchs!«

Clara griff nach ihrem Arm. Eine rote Motte hatte sich auf Jacobs zerschossener Brust niedergelassen. Eine zweite setzte sich auf seine Stirn.

Fuchs ließ die Pistole fallen.

»Verschwindet!«, rief sie mit tränenerstickter Stimme. »Und richtet Eurer Herrin aus, dass er nie mehr zu ihr zurückkommt!« Sie beugte sich über Jacob. »Hab ich es dir nicht gesagt?«, flüsterte sie ihm zu. »Geh nicht zurück zu den Feen! Diesmal wird es dich töten!«

Eine weitere Motte ließ sich auf dem reglosem Körper nieder. Mehr und mehr flatterten zwischen den Bäumen hervor. Sie ließen sich nieder wie Blüten, die aus Jacobs zerschossenem Fleisch sprossen.

Fuchs versuchte, die Motten fortzuscheuchen, aber es waren einfach zu viele, und schließlich gab sie auf und sah zu, wie sie Jacob mit ihren Flügeln zudeckten, als wollte die Rote Fee ihn noch im Tod für sich beanspruchen.

Clara kniete sich an ihre Seite und schlang die Arme um sie.

»Wir müssen ihn begraben.«

Fuchs befreite sich aus ihrer Umarmung und presste das Gesicht gegen Jacobs Brust.

Begraben.

»Ich mach das.« Der Zwerg hatte sich tatsächlich näher getraut. Er hob die Flinte auf, die Jacob hatte fallen lassen, und schlug den Lauf mit der bloßen Hand so mühelos flach, als wäre das Metall Kuchenteig.

»Was für eine Verschwendung!«, brummte er, während er die Flinte zum Blatt einer Schaufel umformte. »Ein Kilo roter Mondstein, und keiner wird es sich verdienen!«

Der Zwerg hob das Grab so mühelos aus, als hätte er schon viele gegraben. Fuchs aber saß da, die Arme um Clara geschlungen, und blickte auf Jacobs stilles Gesicht. Die Motten bedeckten ihn immer noch wie ein Leichentuch, als der Zwerg seine Schaufel ins Gras warf und sich die Erde von den Fingern wischte.

»Gut, hinein mit ihm«, sagte er und beugte sich über Jacob, »aber vorher sehen wir nach, was er in den Taschen hat. Warum sollten wir seine schönen Goldtaler in der Erde verrotten lassen.«

Fuchs' Fell kam auf der Stelle zurück.

»Rühr ihn nicht an!«, fauchte sie und schnappte nach Valiants gierigen Fingern.

Beiß ihn, Fuchs. Beiß, so fest du kannst. Vielleicht lindert das den Schmerz.

Der Zwerg versuchte, sie mit der Flinte abzuwehren, doch Fuchs zerriss ihm die Jacke und sprang nach seiner Kehle, bis Clara ihr ins Fell griff und sie zurückzerrte.

»Fuchs, lass ihn!«, flüsterte sie und drückte ihren zitternden Körper an sich. »Er hat recht. Wir werden Geld brauchen. Und Jacobs Waffen, den Kompass ... Alles, was er bei sich hatte.«

»Wozu?«

»Um Will zu finden.«

Wovon redete sie?

Hinter ihnen stieß der Zwerg ein ungläubiges Lachen aus. »Will? Es gibt keinen Will mehr.«

Aber Clara beugte sich über Jacob und schob die Hand in seine Manteltasche. »Wir geben dir alles, was er bei sich hatte, wenn du uns hilfst, seinen Bruder zu finden. Er hätte es so gewollt.«

Sie zog das Taschentuch aus Jacobs Manteltasche und zwei Goldtaler fielen ihm auf die Brust. Die Motten wirbelten auf wie Herbstlaub, in das der Wind fuhr.

»Seltsam, wie wenig ähnlich sie sich sahen«, sagte Clara, während sie Jacob das dunkle Haar aus der Stirn strich. »Hast du Geschwister, Fuchs?«

»Drei Brüder.«

Fuchs rieb den Kopf an Jacobs lebloser Hand. Eine letzte Motte erhob sich von seiner Brust und sie fuhr zurück. Durch den reglosen Körper lief ein Schaudern. Die Lippen rangen nach Atem und seine Hände griffen in das kurze Gras.

Jacob!

Fuchs sprang ihn so ungestüm an, dass er aufstöhnte.

Kein Grab. Keine feuchte Erde auf seinem Gesicht! Sie biss ihn ins Kinn und in die Wangen. Oh, sie wollte ihn auffressen vor Liebe.

»Fuchs! Was soll das?« Jacob hielt sie fest und setzte sich auf.

Clara wich vor ihm zurück wie vor einem Geist und der Zwerg ließ die Flinte fallen.

Aber Jacob saß nur da und musterte sein blutiges Hemd.

»Wessen Blut ist das?«

»Deins!« Fuchs schmiegte sich an seine Brust, um seinen Herzschlag zu spüren. »Der Goyl hat dich erschossen!«

Er blickte sie ungläubig an. Dann knöpfte er sich das blutgetränkte Hemd auf. Aber über seinem Herzen war statt einer Wunde nur der blassrote Abdruck einer Motte zu sehen.

»Du warst tot, Jacob.« Clara kämpfte mit den Worten, als müsste ihre Zunge nach jeder Silbe suchen. »Tot.«

Jacob berührte den Abdruck auf seiner Brust. Er war immer noch nicht ganz zurück. Fuchs sah es ihm an. Aber plötzlich blickte er sich suchend um.

»Wo ist Will?«

Er kam mühsam auf die Füße, als er den Zwerg hinter sich stehen sah.

Valiant schenkte ihm sein breitestes Lächeln. »Diese Fee muss wirklich einen Narren an dir gefressen haben. Ich habe gehört, dass sie ihre Geliebten vom Tod zurückbringen, aber dass sie es auch für die tun, die ihnen davonlaufen ...« Er schüttelte den Kopf und hob die verformte Flinte auf.

»Wo ist mein Bruder?« Jacob machte drohend einen Schritt auf den Zwerg zu, aber Valiant brachte sich mit einem Satz über das leere Grab in Sicherheit.

»Langsam, langsam!«, rief er und hielt Jacob drohend die Flinte entgegen. »Wie soll ich dir das verraten, wenn du mir vorher den Hals umdrehst?«

Clara schob Jacob das Taschentuch und die zwei Taler zurück in die Tasche. »Es tut mir leid. Ich wusste nicht, wie ich Will ohne ihn finden soll.« Sie verbarg das Gesicht an seiner Schulter. »Ich dachte, ich hätte euch beide verloren.«

Jacob strich ihr tröstend übers Haar, aber er ließ Valiant nicht aus den Augen. »Keine Sorge. Wir finden Will. Ich verspreche es dir. Dafür brauchen wir den Zwerg nicht.«

»Ach nein?« Valiant brach den verbogenen Lauf der Flinte ab wie einen morschen Ast. »Sie bringen deinen Bruder in die Königsfestung. Der letzte Mensch, der sich dort eingeschlichen hat, war ein kaiserlicher Spion. Sie haben ihn in Bernstein gegossen. Du kannst ihn gleich neben dem Haupttor besichtigen. Abscheulicher Anblick.«

Jacob hob seine Pistole auf und schob sie in den Gürtel. »Aber du weißt natürlich trotzdem einen Weg hinein.«

Valiant verzog den Mund zu einem so selbstzufriedenen Lächeln, dass Fuchs die Zähne bleckte. »Sicher.«

Jacob musterte den Zwerg wie eine giftige Schlange.

»Wie viel?«

Valiant bog die abgebrochene Flinte zurecht. »Dieser Goldbaum, den du letztes Jahr der Kaiserin verkauft hast ... Es heißt, sie hat dir einen Ableger überlassen.«

Zum Glück bemerkte er den Blick nicht, den Fuchs Jacob zuwarf. Der Baum wuchs hinter der Ruine, zwischen den niedergebrannten Ställen, und bisher war das einzige Gold, das er regnete, sein übel riechender Blütenstaub. Aber Jacob brachte trotzdem ein empörtes Gesicht zustande.

»Das ist ein unverschämter Preis.«

»Angemessen.« Valiants Augen leuchteten, als spürte er das Gold schon auf die Schultern prasseln. »Und die Füchsin muss mir den Baum selbst dann zeigen, wenn du nicht lebend aus der Festung zurückkommst. Darauf will ich dein Ehrenwort.«

»Ehrenwort?« Fuchs ließ ein Knurren hören. »Es wundert mich, dass deine Zunge bei dem Wort keine Blasen bekommt!«

Der Zwerg schenkte ihr ein verächtliches Lächeln. Und Jacob streckte ihm die Hand hin.

»Gib ihm dein Wort, Fuchs«, sagte er. »Was immer passiert, ich bin sicher, er wird sich den Baum verdient haben.«

31
DUNKLES GLAS

Ohne die Pferde dauerte es Stunden, bis sie endlich eine Straße erreichten, die aus dem Tal hinauf in die Berge führte, und Jacob musste Valiant auf dem Rücken tragen, damit er sie nicht zusätzlich aufhielt. Ein Bauer nahm sie schließlich auf seinem Karren mit in den nächsten Ort, wo Jacob zwei neue Pferde und einen Esel für den Zwerg kaufte. Die Pferde waren nicht allzu schnell, aber sie waren die steilen Bergpfade gewohnt, und Jacob hielt erst an, als die Dunkelheit sie immer öfter vom Weg abkommen ließ.

Er fand einen Platz unter einem Felsvorsprung, der

Schutz vor dem kalten Wind bot, und Valiant schnarchte schon bald so laut, als läge er in einem der weichen Betten, für die die Gasthäuser der Zwerge berühmt waren. Fuchs huschte davon, um zu jagen, und Jacob riet Clara, sich hinter den Pferden schlafen zu legen, damit ihre Wärme sie schützte. Er selbst aber zündete sich mit dem trockenen Holz, das er zwischen den Felsen fand, ein Feuer an und versuchte, etwas von dem Frieden wiederzufinden, den er auf der Insel gefühlt hatte. Er ertappte sich immer wieder dabei, dass er über das getrocknete Blut auf seinem Hemd strich, doch alles, woran er sich erinnerte, war Wills anklagender Blick, nachdem die Rose ihn gestochen hatte, und dann Fuchs, die ihm erleichtert die Schnauze ins Gesicht stieß. Dazwischen war nichts, nur eine Ahnung von Schmerz und Dunkelheit.

Und sein Bruder war fort.

»Wenn du aufwachst, ist alles vorbei. Ich verspreche es.«

Wie, Jacob? Selbst wenn der Zwerg ihn nicht wieder verriet und er die Dunkle Fee in der Festung fand. Wie sollte er ihr nah genug kommen, um sie zu berühren oder gar auszusprechen, was ihre Schwester ihm verraten hatte, bevor sie ihn tötete?

Denk nicht, Jacob. Tu es einfach.

Er brannte vor Ungeduld, als hätte der Tod seine alte Unrast nur schlimmer gemacht. Er wollte den Zwerg wachrütteln, weiterreiten.

Weiter, Jacob. Immer weiter. So, wie du es seit Jahren tust.

Der Wind fuhr in das Feuer und er knöpfte sich den Mantel über dem blutigen Hemd zu.

»Jacob?«

Clara stand hinter ihm. Sie hatte sich eine der Pferdedecken um die Schultern gelegt, und es fiel ihm auf, dass ihr Haar länger geworden war.

»Wie geht es dir?« Aus ihrer Stimme klang immer noch das ungläubige Staunen darüber, dass er am Leben war.

»Gut«, gab er zurück. »Willst du meinen Puls fühlen, um dich zu überzeugen?«

Sie musste lächeln, aber die Sorge in ihrem Blick blieb.

Über ihnen schrie eine Eule. In der Spiegelwelt hielt man sie für die Seelen toter Hexen. Clara kniete sich neben ihn auf die kalte Erde und hielt die Hände über die wärmenden Flammen.

»Glaubst du immer noch, dass du Will helfen kannst?«

Sie sah furchtbar müde aus.

»Ja«, sagte er. »Aber glaub mir, mehr willst du nicht wissen. Es würde dir nur Angst machen.«

Sie blickte ihn an. Ihre Augen waren so blau wie die seines Bruders. Bevor sie im Gold ertrunken waren.

»Hast du Will deshalb nicht gesagt, wozu er die Rose pflücken sollte?« Der Wind wehte ihr ein paar Funken ins Haar. »Ich glaube, dein Bruder weiß mehr über Angst als du.«

Worte. Nichts weiter. Aber sie machten dunkles Glas aus der Nacht und Jacob sah sein eigenes Gesicht darin.

»Ich weiß, warum du hier bist.« Clara sprach mit so abwesender Stimme, als spräche sie nicht über ihn, sondern über sich selbst. »Diese Welt macht dir nicht halb so viel Angst wie die andere. Du hast hier nichts und niemanden zu verlieren, außer Fuchs, und die macht sich mehr Sorgen um dich als du um sie. Alles, was wirklich Angst macht, hast du hinter dem Spiegel gelassen. Aber dann ist Will hergekommen und hat alles mitgebracht.«

Sie richtete sich wieder auf und wischte sich die Erde von den Knien.

»Was immer du vorhast, bitte pass auf dich auf. Du machst nichts wieder gut, indem du dich für Will umbringen lässt. Aber falls es einen anderen Weg gibt, irgendeinen Weg, ihn wieder zu dem zu machen, der er war, lass mich dabei helfen! Auch wenn du denkst, dass es mir Angst machen wird. Du bist nicht der Einzige, der ihn nicht verlieren will. Und wozu sonst bin ich noch hier?«

Clara ließ ihn allein, bevor er ihr antworten konnte. Und Jacob wünschte sie weit fort. Und war froh, dass sie da war. Und sah sein Gesicht in dem dunklen Glas der Nacht. Unverzerrt. Wie sie es gemalt hatte.

32
DER FLUSS

Sie brauchten noch vier Tage, um das Gebirge zu erreichen, das die Goyl ihre Heimat nannten. Frostige Tage und kalte Nächte. Zu viel Regen und feuchte Kleider. Eines der Pferde verlor ein Eisen, und der Schmied, zu dem sie es brachten, erzählte Clara von einem Blaubart, der im nächsten Ort drei Mädchen, kaum älter als sie, von ihren Vätern gekauft und in seinem Schloss getötet hatte. Clara lauschte ihm mit ausdruckslosem Gesicht, aber Jacob las ihr von der Stirn, dass sie ihre eigene Geschichte inzwischen für fast ebenso finster hielt.

»Was macht sie noch hier?«, fragte Valiant ihn irgendwann mit gesenkter Stimme, als Clara am Morgen vor Müdigkeit kaum auf ihr Pferd kam. »Was treibt ihr Menschen nur mit euren Frauen? Sie gehört in ein Haus. Schöne Kleider, Diener, Kuchen, ein weiches Bett, das ist es, was sie braucht.«

»Und einen Zwerg zum Ehemann und ein goldenes Schloss vor der Tür, zu dem du den Schlüssel hast«, gab Jacob zurück.

»Warum nicht?«, erwiderte Valiant – und schenkte Clara sein umwerfendstes Lächeln.

Die Nächte waren so kalt, dass sie in Gasthöfen übernachteten. Clara teilte sich das Bett mit Fuchs, während Jacob neben dem schnarchenden Zwerg lag, aber er schlief nicht nur deshalb unruhig. In seinen Träumen erstickten ihn rote Motten, und wenn er schweißgebadet aus dem Schlaf fuhr, schmeckte er das eigene Blut im Mund.

Am Abend des vierten Tages sahen sie die Türme, die die Goyl entlang ihrer Grenzen bauten. Schlank wie Tropfsteinsäulen, mit faserigen Mauern und Fenstern aus Onyx, aber Valiant kannte einen Weg durch die Berge, der sie umging.

Früher waren die Goyl in diesem Landstrich nur ein Schrecken von vielen gewesen, den man in einem Atemzug mit Menschenfressern und Braunen Wölfen nannte. Aber ihr schlimmstes Verbrechen war schon immer gewesen, dass sie allzu menschlich aussahen. Sie waren die verabscheuten Zwillinge. Die steinernen Vettern, die im Dunkeln hausten. Nirgendwo hatte man sie gnadenloser gejagt als in den Bergen, aus denen sie stammten, und die Goyl zahlten inzwischen mit gleicher Münze zurück. Ihre Herrschaft war nirgends mitleidloser als in ihrer alten Heimat.

Valiant mied die Straßen, die ihre Truppen benutzten, aber trotzdem gerieten sie immer wieder in ihre Patrouillen. Der Zwerg stellte Jacob und Clara als reiche Klienten vor, die beabsichtigten, nah der Königsfestung eine Glasfabrik zu bauen. Jacob hatte Clara einen der mit Goldfäden bestickten Röcke gekauft, die die wohlhabenderen Frauen in dieser Gegend trugen, und seine eigenen Kleider gegen die eines Kaufmanns eingetauscht. Er erkannte sich selbst kaum in dem Mantel mit dem pelzbesetzten Kragen und den weichen grauen Hosen, und für Clara war das Reiten in dem weiten Rock noch mühsamer, aber die Goyl winkten sie jedes Mal durch, wenn Valiant seine Geschichte erzählte.

An einem Abend, der nach Schnee roch, erreichten sie endlich den Fluss, hinter dem die Königsfestung lag. Die Fähre legte in Blenheim ab, einem Ort, den die Goyl schon vor Jahren eingenommen hatten. Fast die Hälfte der Häuser hatte zugemauerte Fenster. Die Besatzer hatten viele Straßen überdacht, um sich vor dem Tageslicht zu schützen, und hinter der Hafenmauer gab es einen bewachten Einstieg, der zeigte, dass Blenheim inzwischen auch ein unterirdisches Viertel hatte.

Während Fuchs zwischen den Häusern verschwand, um eines der mageren Hühner zu fangen, die auf dem Kopfsteinpflaster herumpickten, ging Jacob mit Valiant und Clara hinunter zum Fluss. Der Abendhimmel spiegelte sich in dem trüben Wasser und am anderen Ufer klaffte in der Bergflanke ein quadratisches Tor.

»Ist das der Eingang zur Festung?«, fragte Jacob den Zwerg.

Aber Valiant schüttelte den Kopf. »Nein. Das ist nur eine der

Städte, die sie überirdisch angelegt haben. Die Festung liegt weiter landeinwärts und so tief unter der Erde, dass du in ihr das Atmen verlernst.«

Jacob band die Pferde an und ging mit Clara zum Anleger hinunter. Der Fährmann spannte schon die Kette vor. Er war fast so hässlich wie die Trolle im Norden, die vor ihrem eigenen Spiegelbild erschraken, und sein Boot hatte schon bessere Tage gesehen. Der flache Rumpf war mit Metall beschlagen, und der Fährmann verzog den Mund zu einem verächtlichen Lächeln, als Jacob ihn fragte, ob er sie noch vor der Nacht übersetzen konnte.

»Dieser Fluss ist kein gastlicher Ort, wenn es dunkel wird.« Er sprach so laut, als wollte er auch am anderen Ufer zu hören sein. »Und ab morgen ist die Überfahrt verboten, weil der gekrönte Goyl sein Nest verlässt, um zu seiner Hochzeit zu fahren.«

»Hochzeit?«

Jacob warf Valiant einen fragenden Blick zu, aber der Zwerg zuckte die Schultern.

»Wo seid ihr gewesen?«, höhnte der Fährmann. »Eure Kaiserin kauft sich Frieden von den Steingesichtern, indem sie dem König ihre Tochter gibt. Morgen werden sie wie Termiten aus ihren Löchern schwärmen, und der Goyl wird in seinem Teufelszug nach Vena fahren, um die schönste aller Prinzessinnen mit sich unter die Erde zu nehmen.«

»Reist die Fee mit ihm?«, fragte Jacob.

Valiant warf ihm einen neugierigen Blick zu.

Aber der Fährmann zuckte nur die Schultern. »Sicher. Der Goyl geht nirgendwohin ohne sie. Nicht mal zur Hochzeit mit einer anderen.«

Und wieder läuft dir die Zeit davon, Jacob.
Er schob die Hand in die Tasche. »Hast du heute einen Goyloffizier übergesetzt?«

»Was?« Der Fährmann hielt die Hand ans Ohr.

»Einen Goyloffizier. Jaspishaut, ein Auge fast blind. Er hatte einen Gefangenen dabei.«

Der Fährmann blickte hinüber zu dem Goylposten, der hinter der Mauer Wache stand, aber er war weit entfernt und kehrte ihnen den Rücken zu. »Wieso? Bist du einer von denen, die sie immer noch jagen?« Der Fährmann sprach immer noch so laut, dass Jacob dem Posten einen besorgten Blick zuwarf. »Sein Gefangener könnte dir viel Geld einbringen. Er hatte eine Farbe, die ich noch bei keinem von ihnen gesehen habe.«

Jacob hätte ihm zu gern in sein hässliches Gesicht geschlagen. Stattdessen zog er einen Goldtaler aus dem Taschentuch.

»Du bekommst einen zweiten am anderen Ufer, wenn du uns noch heute übersetzt.«

Der Fährmann starrte begierig auf den Taler, aber Valiant griff nach Jacobs Arm und zog ihn zur Seite.

»Lass uns bis morgen warten!«, zischte er ihm zu. »Es wird schon dunkel und der Fluss wimmelt von Loreley.«

Loreley. Jacob blickte über das träge dahinfließende Wasser. Seine Großmutter hatte manchmal ein Lied mit demselben Namen gesungen. Der Text hatte ihn als Kind schaudern lassen, aber die Geschichten, die man in dieser Welt von den Loreley erzählte, waren noch wesentlich finsterer.

Trotzdem.

Er hatte keine Wahl.

»Keine Sorge!« Der Fährmann streckte ihm die schwielige Hand hin. »Wir werden sie schon nicht wecken!«

Aber als Jacob den Goldtaler hineinfallen ließ, griff er in die ausgebeulten Taschen und drückte ihm und Valiant Wachspfropfen in die Hand. Sie sahen aus, als hätten sie schon in vielen Ohren gesteckt.

»Nur zur Vorsicht. Man kann ja nie wissen.«

»Ihr braucht keine!« Er schenkte Clara ein verschlagenes Lächeln. »Die Loreley haben es nur auf Männer abgesehen.«

Fuchs tauchte erst auf, als sie die Pferde schon auf die Fähre führten. Sie zupfte sich ein paar Federn aus dem Fell, bevor sie auf das flache Boot sprang. Die Pferde waren unruhig, aber der Fährmann schob den Goldtaler in seine Tasche und löste die Seile.

Die Fähre trieb auf den Fluss hinaus. Hinter ihnen lösten sich die Häuser von Blenheim in der Dämmerung auf und das einzige Geräusch in der abendlichen Stille war das Schlagen des Wassers gegen den Fährenrumpf. Das andere Ufer kam langsam näher und der Fährmann zwinkerte Jacob zuversichtlich zu. Aber die Pferde waren immer noch unruhig und Fuchs stand mit aufgestellten Ohren da.

Eine Stimme wehte über den Fluss.

Zuerst klang sie wie die eines Vogels, doch dann immer mehr wie die einer Frau. Die Stimme kam von einem Felsen, der links von ihnen aus dem Wasser ragte, so grau, als wäre die Dämmerung zu Stein geworden. Eine Gestalt löste sich davon und glitt in den Fluss. Eine zweite folgte. Sie kamen von überall.

Valiant stieß einen Fluch aus. »Was habe ich dir gesagt?«, fuhr er Jacob an. »Schneller!«, rief er dem Fährmann zu. »Nun mach schon.«

Aber der schien weder den Zwerg noch die Stimmen zu hören, die immer lockender über das Wasser klangen. Erst als Jacob ihm die Hand auf die Schulter legte, fuhr er herum.

»Schwerhörig! Der verschlagene Hund ist fast so taub wie ein toter Fisch!«, schrie Valiant und stopfte sich hastig die Wachspfropfen in die Ohren.

Der Fährmann zuckte nur die Achseln und klammerte sich fest an sein Ruder, und Jacob fragte sich, wie oft er schon ohne seine Passagiere zurückgekommen war, während er sich das schmutzige Wachs in die Ohren schob.

Die Pferde scheuten. Er konnte sie kaum bändigen. Das letzte Tageslicht schwand, und das andere Ufer kam so langsam näher, als triebe das Wasser sie wieder zurück. Clara trat dicht an seine Seite, und Fuchs stellte sich schützend vor ihn, obwohl sich ihr das Fell vor Angst sträubte. Die Stimmen wurden so laut, dass Jacob sie trotz der Pfropfen hörte. Sie lockten ihn zum Wasser. Clara zog ihn von der Reling zurück, aber der Gesang drang ihm durch die Haut wie süßes Gift. Köpfe tauchten aus den Wellen auf. Haar trieb wie Schilf auf dem Wasser, und als Clara ihn für einen Augenblick losließ, um sich selbst die Hände auf die schmerzenden Ohren zu pressen, spürte Jacob, dass seine Finger nach den schützenden Pfropfen griffen und sie über Bord warfen.

Die singenden Stimmen schnitten ihm wie honigtriefende Messer ins Hirn. Clara versuchte erneut, ihn festzuhalten, als er auf den Fährenrand zutaumelte, aber Jacob stieß sie so unsanft zurück, dass sie gegen den Fährmann stolperte.

Wo waren sie? Er beugte sich über das Wasser. Zuerst sah er nur sein eigenes Spiegelbild, doch plötzlich verschmolz es mit einem Gesicht. Es glich dem einer Frau, aber es war nasenlos, mit Augen aus Silber und Fangzähnen, die sich über die blassgrünen Lippen schoben. Arme streckten sich aus dem Fluss und Finger krallten sich um Jacobs Handgelenk. Eine andere Hand griff ihm ins Haar. Wasser schwappte über den Fährenrand. Sie waren überall, streckten die Arme nach ihm aus, die fischigen Leiber halb aus dem Wasser gestemmt, die Zähne gebleckt. Loreley. So viel schlimmer als das Lied. Die Wirklichkeit war immer schlimmer.

Fuchs biss fest in einen der schuppigen Arme, die Jacob gepackt hielten, doch die anderen Loreley zerrten ihn über die Reling. Er verlor den Halt, sosehr er sich auch wehrte, aber plötzlich hörte er einen Schuss, und eine der Nixen versank mit zerschossener Stirn in dem trüben Wasser.

Clara stand hinter ihm und hielt die Pistole, die er ihr gegeben hatte. Sie erschoss eine weitere Loreley, die versuchte, den Zwerg ins Wasser zu zerren. Der Fährmann tötete zwei mit einem Messer, und Jacob selbst erschoss eine, die die Krallen in Fuchs' Fell geschlagen hatte. Als die toten Leiber davontrieben, wichen die anderen Loreley zurück und machten sich über ihresgleichen her.

Clara ließ bei dem Anblick die Pistole fallen. Sie verbarg das Gesicht in den Händen, während Jacob und Valiant die scheuenden Pferde einfingen und der Fährmann das wild schlingernde Boot auf den Anleger zusteuerte. Die Loreley schrien ihnen wütend nach, aber ihre Stimmen klangen nur noch wie ein Schwarm keifender Möwen.

Sie schrien auch noch, als sie die Pferde ans Ufer führten. Und der Fährmann trat Jacob in den Weg und hielt ihm die Hand hin. Valiant stieß ihn dafür so grob zurück, dass er fast in den Fluss stolperte.

»Ach, das mit dem zweiten Taler hast du also gehört!«, fuhr er ihn an. »Wie wär's, wenn du uns den ersten zurückgibst, oder lässt du dich immer dafür bezahlen, dass du den Loreley ihr Abendessen besorgst?«

»Was wollt ihr, ich hab euch übergesetzt!«, gab der Fährmann zurück. »Die verfluchte Fee hat sie ausgesetzt. Soll ich mir dadurch das Geschäft ruinieren lassen? Und abgemacht ist abgemacht.«

»Schon gut«, sagte Jacob und zog einen weiteren Taler aus der Tasche. Sie waren am anderen Ufer, das war alles, was zählte. »Gibt es sonst noch was, wovor wir uns besser in Acht nehmen sollten?«

Valiant folgte dem Taler mit den Augen, bis er in den schmutzigen Taschen des Fährmanns verschwand.

»Hat der Zwerg euch von den Drachen erzählt? Sie sind rot wie das Feuer, das sie speien, und wenn sie über den Bergen kreisen, brennen tagelang die Hänge.«

»Ja, die Geschichte hab ich auch schon gehört.« Valiant warf Jacob einen vielsagenden Blick zu. »Aber erzählt ihr euren Kindern nicht auch, dass an diesem Ufer noch Riesen hausen? Abergläubisches Geschwätz.« Der Zwerg senkte die Stimme. »Soll ich dir sagen, wo es tatsächlich Drachen gibt?«

Der Fährmann beugte sich neugierig zu ihm hinunter.

»Ich hab ihn mit eigenen Augen gesehen!«, rief Valiant ihm in das schwerhörige Ohr. »In seinem Knochennest, nur zwei Meilen flussaufwärts, aber er war grün, und aus seinem hässlichen Maul hing ein Bein, das genauso mager wie deine war! Beim Teufel und all seinen goldenen Haaren, hab ich mir gesagt, ich möchte nicht in Blenheim leben, sollte es dem Biest eines Tages einfallen, den Fluss abwärtszufliegen!«

Die Augen des Fährmanns wurden so groß wie Jacobs Goldtaler. »Zwei Meilen?« Er blickte besorgt den Fluss hinauf.

»Ja, vielleicht war es auch etwas weniger!« Valiant ließ ihm die schmutzigen Ohrenpfropfen in die Hand fallen. »Viel Spaß auf der Rückfahrt.«

»Keine schlechte Geschichte!«, flüsterte Jacob, als der Zwerg sich auf seinen Esel schwang. »Aber was sagst du, wenn ich dir erzähle, dass ich wirklich mal einen Drachen gesehen habe?«

»Dass du ein Lügner bist«, gab Valiant mit gesenkter Stimme zurück.

Hinter ihnen schrien immer noch die Loreley, und Jacob bemerkte die Klauenspuren an Claras Arm, als er ihr aufs Pferd half. Trotzdem fand sich in ihren Augen kein Vorwurf, dass er sie zu der Überfahrt gedrängt hatte.

»Was riechst du?«, fragte er Fuchs.

»Goyl«, antwortete sie. »Nichts als Goyl. Als wäre die Luft aus ihnen gemacht.«

33
SO MÜDE

Will wollte schlafen. Nur schlafen und das Blut vergessen, all das Blut auf Jacobs Brust. Er spürte die Zeit nicht mehr, ebenso wenig wie er die eigene Haut spürte oder das eigene Herz. Sein toter Bruder. Das war das einzige Bild, was den Weg in seine Träume fand. Und die Stimmen. Die eine rau. Die andere wie Wasser. Kühles, dunkles Wasser.

»Mach die Augen auf«, sagte sie. Aber er konnte nicht.
Er konnte nur schlafen.
Auch wenn das hieß, all das Blut zu sehen.
Eine Hand strich ihm übers Gesicht. Nicht steinern, sondern weich und kühl.

»Wach auf, Will.«

Aber er wollte erst wieder aufwachen, wenn er zurück war: in der anderen Welt, wo das Blut auf Jacobs Brust ebenso nur ein Traum sein würde wie die Jadehaut und der Fremde, der sich in ihm regte.

»Er war bei Eurer Roten Schwester.«

Die Stimme des Mörders. Will wollte ihm mit seinen neuen Krallen die Jaspishaut aufschlitzen und ihn ebenso reglos daliegen sehen wie Jacob. Aber der Schlaf hielt ihn gefangen und lähmte ihm die Glieder besser als jede Fessel.

»Wann?« Zorn. Will spürte ihn wie ein Messer aus Eis. »Warum hast du ihn nicht aufgehalten?«

»Wie? Ihr habt mir nicht verraten, wie man an den Einhörnern vorbeikommt!« Hass. Wie Feuer gegen das Eis. »Ihr seid mächtiger als Eure Schwester. Macht einfach rückgängig, was sie mit ihm getan hat.«

»Es ist ein Dornenzauber! Niemand kann ihn rückgängig machen. Ich habe gesehen, dass er ein Mädchen bei sich hatte. Wo ist sie?«

»Ich hatte keinen Befehl, sie herzubringen.«

Das Mädchen. Wie hatte sie ausgesehen? Will wusste es nicht mehr. Das Blut hatte ihr Gesicht fortgewaschen.

»Bring sie mir! Das Leben deines Königs hängt davon ab.«

Will spürte die Finger wieder auf dem Gesicht. So weich und kühl.

»Ein Schild aus Jade. Aus dem Fleisch seiner Feinde.« Ihre Stimme strich ihm über die Haut. »Meine Träume lügen nie.«

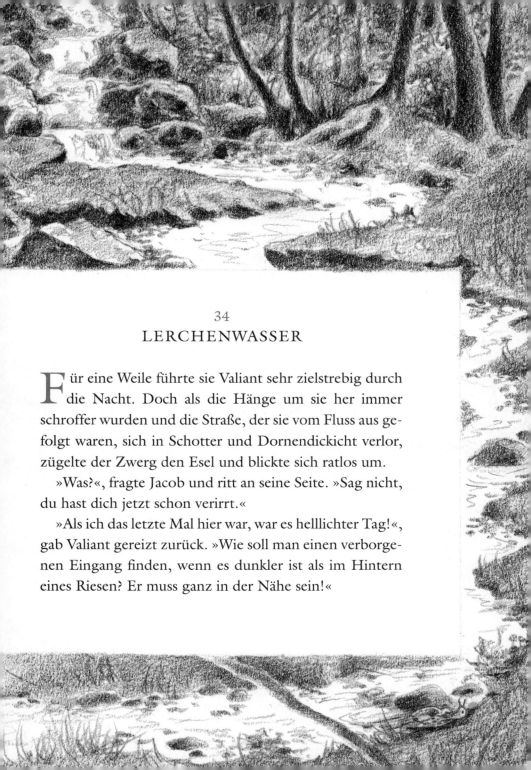

34
LERCHENWASSER

Für eine Weile führte sie Valiant sehr zielstrebig durch die Nacht. Doch als die Hänge um sie her immer schroffer wurden und die Straße, der sie vom Fluss aus gefolgt waren, sich in Schotter und Dornendickicht verlor, zügelte der Zwerg den Esel und blickte sich ratlos um.

»Was?«, fragte Jacob und ritt an seine Seite. »Sag nicht, du hast dich jetzt schon verirrt.«

»Als ich das letzte Mal hier war, war es helllichter Tag!«, gab Valiant gereizt zurück. »Wie soll man einen verborgenen Eingang finden, wenn es dunkler ist als im Hintern eines Riesen? Er muss ganz in der Nähe sein!«

Jacob stieg vom Pferd und drückte ihm die Taschenlampe in die Hand. »Hier!«, sagte er. »Finde ihn. Und wenn möglich, noch diese Nacht.«

Der Zwerg ließ den Strahl der Lampe ungläubig durch die Dunkelheit tasten. »Was ist das? Ein Feenzauber?«

»So ähnlich«, gab Jacob zurück.

Valiant leuchtete einen Hang hinab, der sich zu ihrer Linken im Dickicht verlor. »Ich könnte schwören, dass es da unten ist.«

Fuchs blickte ihm misstrauisch nach, als er hinunterstiefelte.

»Geh mit ihm«, sagte Jacob. »Sonst geht er noch verloren.«

Fuchs war nicht begeistert von der Aufgabe, aber schließlich huschte sie dem Zwerg hinterher.

Clara stieg vom Pferd und band es an den nächsten Baum. Die Goldfäden auf ihrem Rock schimmerten im Mondlicht noch stärker. Jacob pflückte ein paar Eichenblätter und gab sie ihr.

»Reib sie zwischen den Händen und streich über die Stickerei.«

Clara gehorchte und die Fäden verblassten unter ihren Fingern, als hätte sie das Gold von dem blauen Stoff gewischt.

»Elfengarn«, sagte Jacob. »Wunderschön. Aber jeder Goyl würde dich schon auf Meilen Entfernung sehen.«

Clara fuhr sich durch das verräterisch helle Haar, als wollte sie es ebenso umfärben wie das Kleid.

»Du willst allein in die Festung gehen.«

»Ja.«

»Du wärst tot, wenn du auf dem Fluss allein gewesen wärst! Lass mich mitkommen. Bitte.«

Aber Jacob schüttelte den Kopf. »Es ist zu gefährlich. Will ist verloren, wenn dir etwas passiert. Er wird dich bald wesentlich mehr brauchen als mich.«

»Wieso?« Es war so kalt, dass der Atem ihr weiß vor den Lippen hing.

»Du wirst ihn aufwecken müssen.«

»Aufwecken?«

Es dauerte ein paar Augenblicke, bis sie begriff.

»Die Rose …«, flüsterte sie.

Und der Prinz beugte sich über sie und weckte sie mit einem Kuss.

Über ihnen standen die Sicheln der zwei Monde so schmal am schwarzen Himmel, als wären sie in der Nacht verhungert.

»Wieso glaubst du, dass ich ihn wecken kann? Dein Bruder liebt mich nicht mehr!« Sie gab sich Mühe, den Schmerz in ihrer Stimme zu verbergen.

Jacob zog den Mantel aus, der ihn wie einen reichen Händler hatte aussehen lassen. Die einzigen Menschen in der Festung waren Sklaven und sie trugen bestimmt keinen Pelzbesatz am Kragen.

»Aber du liebst ihn«, sagte er. »Das muss reichen.«

Clara stand da und schwieg.

»Was, wenn nicht?«, sagte sie schließlich. »Was, wenn es nicht reicht?«

Er musste ihr nicht antworten. Sie erinnerten sich beide an das Schloss und die Toten unter den Blättern.

»Wie lange hat es gedauert, bis Will dich gefragt hat, ob du mit ihm ausgehst?« Jacob schlüpfte in seinen alten Mantel.

Die Erinnerung wischte Clara die Angst vom Gesicht. »Zwei Wochen. Ich dachte, er fragt nie. Dabei haben wir uns jeden Tag im Krankenhaus gesehen, wenn er eure Mutter besucht hat.«

»Zwei Wochen? Das ist schnell für Will.« Hinter ihnen raschelte es, und Jacob griff nach der Pistole, aber es war nur ein Dachs, der sich seinen Weg durch die Büsche suchte. »Wo ist er mit dir hingegangen?«

»Ins Krankenhauscafé. Kein sonderlich romantischer Ort.« Clara lächelte. »Er hat mir von einem angefahrenen Hund erzählt, den er gefunden hat. Bei unserer nächsten Verabredung hat er ihn mitgebracht.«

Jacob ertappte sich dabei, dass er Will um den Ausdruck auf ihrem Gesicht beneidete.

»Lass uns Wasser suchen«, sagte er und band die Pferde los.

Neben dem Tümpel, den sie fanden, stand ein verlassener Karren. Die Räder versanken im Uferschlamm und ein Reiher hatte auf der morschen Ladefläche sein Nest gebaut. Die Pferde senkten gierig die Nüstern ins Wasser, und Valiants Esel watete bis zu den Knien hinein, aber als Clara auch davon trinken wollte, zog Jacob sie zurück.

»Wassermänner«, sagte er. »Der Karren hat wahrscheinlich irgendeinem Bauernmädchen gehört. Sie holen sich zu gern eine Menschenbraut. Und in dieser Gegend warten sie bestimmt schon lange auf Beute.«

Jacob glaubte, den Wassermann seufzen zu hören, als Clara

von dem Tümpel zurückwich. Sie waren ziemlich abscheulich, aber sie fraßen ihre Opfer nicht wie die Loreley. Sie schleppten die Mädchen in Höhlen, in denen sie atmen konnten, fütterten sie und brachten ihnen Geschenke. Muscheln, Flussperlen, den Schmuck Ertrunkener ... Jacob hatte eine Zeit lang für die verzweifelten Eltern solcher Verschleppter gearbeitet. Er hatte drei Mädchen zurück ans Tageslicht gebracht, arme verstörte Dinger, die nie ganz aus den dunklen Höhlen zurückkehrten, in denen sie Monate zwischen Perlen und Fischgräten die schleimigen Küsse eines verliebten Wassermanns hatten ertragen müssen. Einmal hatten die Eltern die Bezahlung verweigert, weil sie ihre Tochter nicht wiedererkannt hatten.

Jacob ließ die Pferde weitertrinken und machte sich auf die Suche nach dem Bach, der den Tümpel speiste. Er fand ihn schon bald, ein schmales Rinnsal, das aus einem nahen Felsspalt floss. Jacob fischte die welken Blätter von der Oberfläche und Clara füllte sich die Hände mit dem eiskalten Wasser. Es schmeckte erdig und frisch, und Jacob sah die Vögel erst, nachdem er und Clara schon getrunken hatten. Zwei tote Lerchen, die aneinandergepresst zwischen den feuchten Steinen klemmten. Er spuckte aus und zerrte Clara auf die Füße.

»Was ist?«, fragte sie erschrocken.

Ihre Haut roch nach Herbst und nach dem Wind. *Nein, Jacob.* Aber es war schon zu spät. Clara wich nicht zurück, als er sie an sich zog. Er griff ihr ins Haar, küsste ihren Mund und spürte ihr Herz ebenso heftig schlagen wie seines. Den Lerchen zerplatzten die winzigen Herzen von der Raserei, daher der Name: Lerchenwasser. Unverdächtig, kühl und klar, aber ein Schluck, und man war verloren. *Lass sie los, Jacob.* Aber er küsste sie weiter, während Clara nicht Wills, sondern seinen Namen flüsterte.

»Jacob!«

Frau oder Füchsin. Für einen Moment schien Fuchs beides. Doch es war die Füchsin, die ihn biss, so fest, dass er Clara losließ, auch wenn alles in ihm sie weiter halten wollte.

Clara stolperte zurück und fuhr sich über den Mund, als könnte sie seine Küsse fortwischen.

»Sieh einer an!« Valiant richtete die Taschenlampe auf sie beide und bedachte Jacob mit einem schmutzigen Lächeln. »Heißt das, wir vergessen deinen Bruder?«

Fuchs sah ihn an, als hätte er sie getreten. Mensch und Tier, Füchsin und Frau. Sie schien immer noch beides zugleich, doch sie war ganz Fuchs, als sie an den Bach lief und die leblosen Vögel musterte.

»Seid wann bist du so dumm, Lerchenwasser zu trinken?«

»Verdammt. Es war dunkel, Fuchs.« Das Herz schlug ihm immer noch bis zum Hals.

»Lerchenwasser?« Clara strich sich mit zitternden Händen das Haar zurück. Sie blickte ihn nicht an.

»Ja. Abscheulich.« Valiant schenkte ihr ein übertrieben mitfühlendes Lächeln. »Man fällt über das hässlichste Mädchen her, wenn man davon trinkt. Bei Zwergen wirkt es kaum. Aber leider«, setzte er mit einem hämischen Blick in Jacobs Richtung hinzu, »war nicht ich, sondern er zur Stelle.«

»Wie lange wirkt es?« Claras Stimme war kaum hörbar.

»Manche behaupten, dass die Wirkung nach einem Anfall verfliegt. Aber es gibt auch die Ansicht, dass sie Monate anhält.

Und die Hexen –«, Valiant lächelte Jacob anzüglich zu, »die Hexen glauben, dass es nur zum Vorschein bringt, was eh schon da ist.«

»Du scheinst ja alles über Lerchenwasser zu wissen. Ziehst du es auf Flaschen und handelst damit?«, fuhr Jacob den Zwerg an.

Valiant zuckte bedauernd die Achseln. »Leider hält es sich nicht. Und die Wirkung ist zu unberechenbar. Eine Schande. Kannst du dir vorstellen, welche Geschäfte man damit machen könnte?«

Jacob spürte Claras Blick, aber sie wandte den Kopf ab, sobald er ihn erwiderte. Er fühlte ihre Haut noch unter den Fingern.

Hör auf, Jacob.

»Habt ihr den Eingang gefunden?«, fragte er Fuchs.

»Ja.« Sie wandte ihm den Rücken zu. »Er riecht nach Tod.«

»Ach was.« Valiant winkte verächtlich ab. »Es ist ein natürlicher Tunnel, der auf eine ihrer unterirdischen Straßen stößt. Die meisten lassen sie inzwischen bewachen, aber dieser ist ziemlich sicher.«

»Ziemlich?« Jacob glaubte, die Narben auf seinem Rücken zu spüren. »Woher weißt du von ihm?«

Valiant verdrehte die Augen über so viel Misstrauen. »Ihr König hat den Verkauf einiger Halbedelsteine verboten, die sehr gefragt sind. Aber einige seiner Untertanen sind zum Glück ebenso an einem gesunden Handel interessiert wie ich.«

»Ich sage, er riecht nach Tod.« Fuchs' Stimme klang noch heiserer als üblich.

»Ihr könnt es auch gern mit dem Haupteingang versuchen!«,

sagte Valiant spöttisch. »Vielleicht ist Jacob Reckless ja der einzige Mensch, der in die Königsfestung der Goyl spaziert, ohne in Bernstein gegossen zu werden.«

Clara verbarg die Hände hinter dem Rücken, als könnte sie so vergessen, wen sie berührt hatten.

Jacob mied es, sie anzusehen. Er lud die Pistole nach und nahm ein paar Dinge aus den Satteltaschen: das Fernrohr, die Schnupftabakdose, das Fläschchen aus grünem Glas und Chanutes Messer. Dann füllte er sich die Manteltaschen mit Munition.

Fuchs saß unter den Büschen. Sie duckte sich, sobald er auf sie zutrat, wie damals, als er sie in der Falle gefunden hatte.

»Nehmt euch vor den Goylpatrouillen in Acht«, sagte er. »Am besten versteckt ihr euch zwischen den Felsen. Wenn ich bis morgen Abend nicht zurück bin, bringst du sie zu der Ruine.«

Sie. Er traute sich nicht mal mehr, ihren Namen auszusprechen.

»Ich will nicht bei ihr bleiben.«

»Bitte, Fuchs.«

»Du wirst nicht zurückkommen. Diesmal nicht.«

Sie entblößte die Zähne, aber sie biss nicht zu. In ihren Bissen war immer Liebe zu spüren gewesen.

»Reckless.« Der Zwerg stieß ihm ungeduldig den Flintengriff in den Rücken. »Ich dachte, du hättest es eilig.«

Valiant hatte die Flinte zu einer abenteuerlichen Waffe umgeformt. Es gab Gerüchte, dass Metall unter Zwergenhänden sogar Wurzeln trieb.

Jacob richtete sich auf.

Clara stand immer noch am Bach. Sie wandte sich ab, als er auf sie zutrat, aber Jacob zog sie mit sich. Fort von dem Zwerg. Fort von Fuchs und ihrem Zorn.

»Sieh mich an.«

Sie wollte sich losmachen, aber er hielt sie fest, auch wenn das sein Herz gleich wieder schneller schlagen ließ.

»Es bedeutet nichts, Clara. Gar nichts!«

Ihre Augen waren dunkel vor Scham.

»Du liebst Will, hörst du? Wenn du das vergisst, können wir ihm nicht helfen. Niemand kann ihm dann helfen.«

Sie nickte, aber Jacob sah in ihrem Blick denselben Wahnsinn, den er selbst noch spürte. *Wie lange wirkt es?*

»Du wolltest wissen, was ich vorhabe.« Er griff nach ihrer Hand. »Ich muss die Dunkle Fee finden und sie zwingen, Will seine Haut zurückzugeben.«

Er sah den Schreck in ihren Augen und legte ihr warnend den Finger auf die Lippen. »Fuchs darf nichts davon erfahren«, flüsterte er ihr zu. »Sonst kommt sie mir nach. Aber ich schwöre es dir: Ich werde die Fee finden. Du wirst Will wecken. Und alles wird gut.«

Er wollte sie halten. Er hatte nie etwas mehr gewollt.

Jacob blickte nicht zurück, als er Valiant in die Nacht folgte. Und Fuchs kam ihm nicht nach.

35

IM SCHOSS DER ERDE

Fuchs hatte recht. Die Höhle, zu der Valiant Jacob führte, roch nach Tod, und man brauchte nicht die feine Nase einer Füchsin, um ihn zu wittern. Ein Blick, und Jacob wusste, wer darin hauste.

Der Boden war übersät mit Knochen. Menschenfresser lebten zwischen den Resten ihrer Mahlzeiten und ihr Name täuschte. Sie fraßen sich auch an Goyl- und Zwergenfleisch satt. Zwischen den Knochen lagen die Dinge, die die Opfer sichtbar machten: eine Taschenuhr, der zerfetzte Ärmel eines Kleides, ein Kinderschuh – bestürzend klein –, ein Notizbuch mit getrocknetem Blut auf den

Seiten. Für einen Moment wollte Jacob umdrehen, um Clara zu warnen, doch der Zwerg zog ihn weiter.

»Keine Sorge«, zischte Valiant ihm zu. »Die Goyl haben alle Menschenfresser in dieser Gegend längst erschlagen. Aber den Tunnel haben sie zum Glück nicht gefunden.«

Der Spalt in der Höhlenwand, durch den er verschwand, war für einen Zwerg mehr als weit genug, aber Jacob musste sich hindurchzwängen. Der Tunnel dahinter war so niedrig, dass er auf den ersten Metern kaum aufrecht gehen konnte, und führte schon bald tückisch steil in die Tiefe. Jacob fiel in dem engen Gang das Atmen schwer, und er war sehr erleichtert, als sie endlich auf eine der unterirdischen Straßen stießen, die die Festungen der Goyl miteinander verbanden. Sie war breit wie eine Menschenstraße und mit phosphoreszierenden Steinen gepflastert, die im Schein der Taschenlampe ein mattes Licht abgaben. Jacob glaubte, in der Ferne Maschinen zu hören und ein Summen wie von Wespen über einer Wiese voll Fallobst.

»Was ist das?«, fragte er den Zwerg mit gesenkter Stimme.

»Insekten, die die Abwässer der Goyl klären. Ihre Städte riechen wesentlich besser als unsere.« Valiant zog einen Stift aus der Jacke. »Bück dich! Zeit für dein Sklavenzeichen! P für Prussan«, raunte er, während er Jacob den Goyl-Buchstaben auf die Stirn malte. »Das ist der Name deines Besitzers, falls man dich fragt. Prussan ist ein Händler, mit dem ich Geschäfte mache. Allerdings sind seine Sklaven wesentlich sauberer als du und tragen ganz bestimmt keinen Waffengürtel. Du solltest ihn besser mir geben.«

»Nein danke«, raunte Jacob und knöpfte den Mantel über dem

Gürtel zu. »Falls sie mich anhalten, will ich mich bestimmt nicht auf dich verlassen müssen.«

Die nächste Straße, auf die sie stießen, war so breit wie die Alleen der kaiserlichen Hauptstadt, aber diese wurde nicht von Bäumen, sondern von Felswänden gesäumt, und als Valiant den Strahl der Taschenlampe an ihnen entlangwandern ließ, schälten sich Gesichter aus der Dunkelheit. Jacob hatte es immer für ein Märchen gehalten, dass die Goyl ihre Helden ehrten, indem sie die Mauern ihrer Festungen aus ihren Köpfen bauten. Aber offenbar hatte die Geschichte, wie alle Märchen, einen dunklen und sehr wahren Kern. Hunderte von Toten starrten auf sie herab. Tausende. Kopf an Kopf, wie groteske Steine. Die Gesichter blieben, wie bei allen Goyl, im Tod unverändert, nur die erloschenen Augen waren durch Goldtopas ersetzt worden.

Valiant blieb nicht lange auf der Allee der Toten. Stattdessen nahm er Tunnel, die sich schmal wie Bergstraßen abwärtswanden, tiefer und tiefer unter die Erde. Jacob sah immer öfter Licht am Ende eines Seitentunnels oder spürte den Lärm von Motoren wie ein Vibrieren auf der Haut. Ein paarmal hallte ihnen das Geräusch von Hufschlag oder Wagenrädern entgegen, aber zum Glück taten sich entlang der Straßen immer wieder lichtlose Höhlen auf, wo sie sich in einem Dickicht von Stalagmiten oder hinter Vorhängen aus Tropfstein verstecken konnten.

Das Tropfen des Wassers war überall zu hören, stetig und unentrinnbar, und um sie herum verbargen sich die Wunder, die es in Jahrtausenden geformt hatte, in der Dunkelheit: kalkweiße Kaskaden aus Stein, die wie gefrorenes Wasser von den Wänden schäumten, Wälder aus Sandsteinnadeln, die über ihnen von den Decken hingen, und Blumen aus Kristall, die in der Finsternis blühten. In vielen Höhlen war kaum eine Spur von den Goyl zu entdecken, außer einem geraden Pfad, der durch das Steindickicht führte, oder ein paar Tunneln, die sich quadratisch in einer Felswand öffneten. Andere zeigten Steinfassaden und Mosaiken, die aus älteren Zeiten zu stammen schienen – Ruinen zwischen den Säulen, die der Stein hatte wachsen lassen.

Es schien Jacob, als wären sie schon Tage durch diese unterirdische Welt geirrt, als sich vor ihnen eine Höhle öffnete, auf deren Grund ein See schimmerte. An den Wänden wuchsen Pflanzen, die keine Sonne brauchten, und über das Wasser spannte sich eine endlose Brücke, die kaum mehr als ein mit Eisen verstärkter Felsbogen war. Jeder Schritt darauf hallte verräterisch laut durch die weite Höhle und scheuchte Schwärme von Fledermäusen auf, die von der Decke hingen.

Sie hatten die Brücke erst zur Hälfte überquert, als Valiant so abrupt stehen blieb, dass Jacob in ihn hineinstolperte. Der Tote, dessen Körper ihnen den Weg versperrte, war kein Goyl, sondern ein Mensch. Auf seine Stirn war das Zeichen des Königs tätowiert und an Brust und Kehle klafften Bisswunden.

»Einer der Kriegsgefangenen, die sie als Sklaven nutzen.« Valiant starrte besorgt hinauf zur Höhlendecke.

Jacob zog die Pistole. »Was hat ihn getötet?«

Der Zwerg leuchtete mit der Taschenlampe zwischen die Stalaktiten, die über ihnen von der Decke hingen.

»Die Wächter«, raunte er. »Sie züchten sie als Wachhunde für die äußeren Tunnel und Straßen. Sie regen sich nur, wenn sie etwas anderes als Goyl wittern. Aber auf dieser Route hatte ich noch nie Ärger mit ihnen! Warte!«

Valiant ließ einen unterdrückten Fluch hören, als der Strahl der Taschenlampe eine Reihe beunruhigend großer Löcher zwischen den Stalaktiten fand.

Ein Zwitschern hallte durch die Stille. Scharf wie ein Warnruf.

»Renn!« Der Zwerg sprang über den Toten und zerrte Jacob mit sich.

Die Luft war plötzlich erfüllt vom Flattern lederiger Flügel. Die Wächter der Goyl stießen wie Raubvögel zwischen den Stalaktiten hervor: bleiche, menschenähnliche Kreaturen, mit Flügeln, die in scharfen Klauen endeten. Ihre Augen waren milchig weiß wie die von Blinden, doch offenbar wiesen ihre Ohren ihnen zuverlässig den Weg.

Jacob tötete zwei im Flug, und Valiant erschoss einen, der sich mit den Flügeln in Jacobs Rücken krallte, aber über ihnen krochen schon drei weitere aus den Löchern. Der eine versuchte, Jacob die Pistole zu entreißen. Er stieß ihm den Ellbogen in das blasse Gesicht und hieb ihm mit dem Säbel einen Flügel ab. Das Geschöpf schrie so schrill auf, dass Jacob fürchtete, es würde Dutzende von ihnen herbeirufen, doch zu ihrem Glück schien nicht jedes der Löcher bewohnt.

Die Wächter waren plumpe Angreifer, aber am Ende der Brücke gelang es einem von ihnen, den Zwerg zu Boden zu reißen. Er bleckte die Zähne schon nach Valiants Kehle, als Jacob ihm den Säbel zwischen die Flügel stieß. Sein Gesicht glich aus der Nähe dem eines menschlichen Embryos. Selbst der Körper hatte etwas Kindliches, und Jacob wurde so übel, als hätte er noch nie getötet.

Sie retteten sich mit zerbissenen Schultern und Armen in den nächsten Tunnel, aber keine der Wunden war allzu tief, und Valiant war zu aufgebracht, um sich über das Jod zu wundern, das Jacob ihm auf die Bisse träufelte.

»Ich hoffe, dieser Goldbaum trägt viele Jahre«, knurrte er, während Jacob ihm die Hand verband, »oder du hast jetzt schon Schulden bei mir!«

Draußen kreisten immer noch zwei Wächter über der Brücke. Sie flogen ihnen nicht nach, aber der Kampf mit ihnen war so anstrengend gewesen, dass Jacob das Atmen nur noch schwerer fiel, und die dunklen Straßen wollten einfach nicht enden. Er fragte sich gerade erschöpft, ob der Zwerg am Ende doch wieder ein schmutziges Spiel spielte, als der Tunnel vor ihnen eine Biegung machte und sich am Ende abrupt in Licht auflöste.

»Da ist es!«, raunte Valiant ihm zu. »Das Nest der Bestien oder die Höhle der Löwen, je nachdem, auf wessen Seite du stehst.«

Die Höhle, in deren Felswand der Tunnel sich öffnete, hatte so gewaltige Ausmaße, dass Jacob nicht erkennen konnte, wo sie endete. Unzählige Lampen verbreiteten das spärliche Licht, das Goylaugen behagte, aber sie schienen von Elektrizität statt von Gas betrieben und beleuchteten eine Stadt, die aussah, als hätte der Stein selbst sie hervorgebracht. Häuser, Türme und Paläste wuchsen vom Boden der Höhle und an ihren Wänden hinauf wie die Waben eines Wespennestes, und Dutzende eiserner Brücken spannten sich über das Häusermeer, als sei es ein Leichtes, Eisen durch die Luft zu bauen. Ihre Pfeiler wuchsen wie Bäume zwischen den Dächern empor, und einige wurden wie mittelalterliche Brücken in der anderen Welt von Häusern gesäumt, schwebende Gassen unter einem Himmel aus Sandstein. Sie glichen dem eisernen Netz einer Spinne, aber Jacobs Blick wanderte höher, hinauf zu der Höhlendecke, von der drei gigantische Stalaktiten hingen. Der größte war gespickt mit Türmen aus Kristall, die wie Speere nach unten wiesen, und seine Mauern leuchteten, als wären sie mit dem Mondlicht der oberen Welt getränkt.

»Ist das der Palast?«, raunte Jacob dem Zwerg zu. »Kein Wunder, dass sie nicht allzu beeindruckt von unseren Bauten sind. Und wann haben sie diese Brücken gebaut?«

»Was weiß ich?«, gab Valiant mit gesenkter Stimme zurück. »Goylgeschichte wird an Zwergenschulen nicht gelehrt. Der Palast ist angeblich mehr als siebenhundert Jahre alt, aber ihr König plant eine modernere Version, weil er ihn zu altmodisch findet. Die zwei Stalaktiten daneben sind Militärbaracken und Gefängnisse.« Der Zwerg grinste Jacob verschlagen zu. »Willst du, dass ich für dich herausfinde, in welchem dein Bruder steckt? Deine Goldtaler machen sicher auch Goylzungen gesprächig. Aber natürlich kostet das auch für mich extra.«

Als Jacob ihm zur Antwort zwei Goldtaler in die Hand drückte, konnte Valiant sich nicht beherrschen. Er reckte sich hoch und schob Jacob die kurzen Finger in die Manteltasche.

»Nichts!«, murmelte er. »Gar nichts! Ist es der Mantel? Nein, bei dem anderen hat es auch funktioniert! Wachsen sie dir zwischen den Fingern?«

»Genau«, antwortete Jacob und zog die Hand des Zwergs aus der Tasche, bevor sie sich um das Taschentuch schloss.

»Irgendwann komm ich drauf!«, knurrte der Zwerg, während er das Gold in seinen samtenen Taschen verschwinden ließ. »Und jetzt: Kopf runter. Gesenkter Blick. Du bist ein Sklave.«

Die Gassen, die das Häusermeer an den Höhlenwänden durchzogen, waren für Menschen noch unzugänglicher als die Straßen von Terpevas. Oft ging es so steil hinauf, dass Jacobs Füße hilflos abrutschten und er Halt an einem Türrahmen oder Fenstersims suchen musste. Valiant dagegen bewegte sich in ihnen fast so zügig wie ein Goyl. Die Haut der Menschen, denen sie begegneten, war grau vom Mangel an Sonnenlicht, und vielen war der Buchstabe ihres Besitzers in die Stirn gebrannt. Sie beachteten Jacob ebenso wenig wie die Goyl, die ihnen in dem dämmrigen Häuserlabyrinth entgegenkamen. Der Zwerg an seiner Seite schien tatsächlich Erklärung genug, und Valiant genoss es, ihn mit all dem zu beladen, was er in den Geschäften erstand, in denen er verschwand, um etwas über Wills Aufenthaltsort zu erfahren.

»Treffer!«, raunte er endlich, nach dem er Jacob fast eine halbe Stunde vor der Werkstatt eines Juweliers hatte warten lassen. »Gute und schlechte Nachrichten. Die gute ist: Ich habe erfahren, was wir wissen wollen. Der Adjutant des Königs hat einen Gefangenen in die Festung gebracht, nachdem ihn angeblich die Dunkle Fee selbst hat suchen lassen. Bestimmt ist das unser Jaspis-Freund. Aber noch hat sich nicht herumgesprochen, dass sein Gefangener eine Haut aus Jade hat.«

»Und was ist die schlechte Nachricht?«

»Er ist im Palast, in den Quartieren der Fee, und in einen tiefen Schlaf gefallen, aus dem ihn keiner wecken kann. Ich nehme an, du weißt, was es damit auf sich hat?«

»Ja.« Jacob blickte hinauf zu dem großen Stalaktiten.

»Vergiss es!«, raunte der Zwerg ihm zu. »Dein Bruder könnte sich ebenso gut in Luft aufgelöst haben. Die Zimmer der Fee sind in der äußersten Spitze. Du müsstest dich durch den ganzen Palast kämpfen. Nicht einmal du bist verrückt genug, das zu versuchen.«

Jacob musterte die dunklen Fenster in der schimmernden Steinfassade.

»Kannst du eine Audienz bei dem Offizier bekommen, mit dem du handelst?«

»Und dann?« Valiant schüttelte spöttisch den Kopf. »Den Sklaven im Palast wird das Zeichen des Königs auf die Stirn gebrannt. Selbst wenn deine brüderliche Liebe groß genug ist, dir das zuzulegen – keinem von ihnen ist erlaubt, die obersten Quartiere zu verlassen.«

»Was ist mit einer der Brücken?«

»Was soll damit sein?«

Zwei von ihnen waren mit dem Palast verbunden. Die eine war eine Eisenbahnbrücke, die in einem Tunnel im obersten Teil verschwand. Die zweite war eine der Häuserbrücken und auf halber Höhe mit dem Stalaktiten verankert. Dort, wo sie auf den Palast traf, war sie unbebaut und gab den Blick frei auf sein onyxschwarzes Tor und eine Phalanx von Wachtposten.

»Der Ausdruck auf deinem Gesicht gefällt mir nicht!«, knurrte Valiant.

Jacob beachtete ihn nicht. Er musterte die eisernen Streben, die die Häuserbrücke trugen. Auf die Entfernung sahen sie so aus, als wären sie nachträglich angebracht worden, um eine alte

Steinkonstruktion zu stützen. Sie krallten sich wie Metallklauen in die Seite des hängenden Palastes.

Jacob suchte Deckung in einem Hauseingang und richtete das Fernglas auf den Stalaktiten. »Die Fenster sind nicht vergittert«, flüsterte er.

»Warum sollten sie vergittert sein?«, raunte Valiant zurück. »Nur Vögel und Fledermäuse kommen in ihre Nähe. Aber offenbar hältst du dich ja für eines von beiden.«

Eine Schar Kinder drängte an der Gasse vorbei. Jacob hatte nie zuvor ein Goylkind gesehen, und für einen verrückten Augenblick glaubte er, in einem der Jungen seinen Bruder zu erkennen. Als sie vorbei waren, starrte Valiant immer noch hinauf zu der Brücke.

»Warte!«, zischte er. »Jetzt weiß ich, was du vorhast! Das ist Selbstmord!«

Jacob schob das Fernrohr zurück in die Manteltasche. »Wenn du den Goldbaum willst, bring mich zu der Brücke.«

Er würde Will finden. Auch wenn er sein Mädchen geküsst hatte.

36
DER FALSCHE NAME

»Fuchs?« Da. Sie rief sie schon wieder. Und Fuchs stellte sich vor, wie der Wassermann sie in den Tümpel zerrte. Wie die Wölfe ihr die Haut zerbissen. Oder der Zwerg sie auf einem Sklavenmarkt verkaufte. Die Rote Fee hatte Fuchs nie so fühlen lassen. Oder die Hexe, in deren Hütte Jacob vor Jahren fast jede Nacht verschwunden war. Oder die Zofe der Kaiserin, deren süßliches Parfüm sie wochenlang an seinen Kleidern gerochen hatte.

»Fuchs? Wo bist du?«

Sei still!

Fuchs duckte sich unter den Büschen und wusste nicht

mehr, ob sie Haut oder Fell hatte. Sie wollte ihr Fell nicht mehr. Sie wollte Haut und Lippen, die er küssen konnte, so, wie er Claras Lippen geküsst hatte. Sie sah sie in seinen Armen. Immer wieder.

Jacob.

Was war das nur? Dieses Sehnen, das in ihr riss und schmerzte wie Hunger oder Durst. Nicht Liebe. Liebe war warm und weich wie ein Bett aus Laub. Aber das hier war dunkel wie die Schatten unter einem Giftbusch – und hungrig.

So hungrig.

Es musste einen anderen Namen haben. Es konnte nicht dasselbe Wort für Leben und Tod geben, denselben Namen für Sonne und Mond.

Jacob. Selbst sein Name schmeckte plötzlich anders. Und Fuchs spürte, wie der kalte Wind ihr wieder über Menschenhaut strich.

»Fuchs?« Clara kniete sich vor ihr in das feuchte Moos.

Ihr Haar war wie Gold. Fuchs' Haar war immer rot, rot wie das Fell der Füchsin. Sie konnte sich nicht erinnern, ob es jemals anders gewesen war.

Sie stieß Clara zur Seite und richtete sich auf. Es tat gut, genauso groß zu sein wie sie.

»Fuchs.« Clara versuchte, sie festzuhalten, als sie sich an ihr vorbeischob. »Ich weiß nicht mal deinen Namen. Deinen wirklichen Namen.«

Wirklich? Was war wirklich an ihm? Und was ging er sie an? Nicht einmal Jacob kannte ihren Menschennamen. *»Celeste, wasch dir die Hände. Kämm dir das Haar.«*

»Und? Spürst du es noch?« Fuchs starrte ihr in die blauen Augen. Jacob konnte einem in die Augen sehen und dabei lügen. Er war sehr gut darin, doch der Füchsin konnte selbst er nichts vormachen.

Clara wandte den Blick ab, aber Fuchs roch, was sie fühlte: all die Angst und die Scham.

»Hast du je Lerchenwasser getrunken?«

»Nein«, antwortete Fuchs verächtlich. »Keine Füchsin wäre so dumm.« Auch wenn das eine Lüge war.

Clara blickte zum Bach. Die toten Lerchen klemmten immer noch zwischen den Steinen. Clara. Ihr Name klang nach Glas und kühlem Wasser, und Fuchs hatte sie sehr gemocht – bis sie Jacob geküsst hatte.

Es tat immer noch weh.

Ruf das Fell zurück, Fuchs. Aber sie konnte nicht. Sie wollte ihre Haut fühlen, ihre Hände und die Lippen, mit denen man küssen konnte. Fuchs wandte Clara den Rücken zu, aus Angst, ihr Menschengesicht könnte all das verraten. Sie wusste nicht mal genau, wie es aussah. War es hübsch oder hässlich? Ihre Mutter war hübsch gewesen, aber ihr Vater hatte sie trotzdem geschlagen. Oder gerade deshalb.

»Warum bist du lieber ein Fuchs?« Die Nacht färbte Clara die Augen schwarz. »Ist die Welt so leichter zu verstehen?«

»Füchse versuchen nicht, sie zu verstehen.«

Clara strich sich über die Arme, als fühlte sie Jacobs Hände immer noch dort. Und Fuchs sah, dass sie sich auch ein Fell wünschte.

37
DIE FENSTER DER DUNKLEN FEE

Schlachter, Schneider, Bäcker, Juweliere. Die Brücke, die auf den hängenden Palast zuführte, war eine Einkaufsstraße in schwindelerregender Höhe, in deren Ladenfenstern Edelsteine neben Echsenfleisch und schwarzblättrigem Kohl schimmerten, der ohne Sonne wuchs. Brot und Früchte aus den oberirdischen Provinzen lagen neben getrockneten Käfern, die bei den Goyl als Delikatesse galten. Doch das Einzige, was Jacob interessierte, war der Palast am Ende der Ladenfronten.

Wie ein Kronleuchter aus Sandstein hing er von der

Höhlendecke. Jacob schwindelte, als er sich zwischen zwei Läden über die Brückenbrüstung beugte und hinuntersah. Tief unter ihm endete der Stalaktit in einer Krone aus Kristallen, die schimmernde Spitze ins Nichts gestreckt.

»Welches sind die Fenster der Dunklen Fee?«

»Die aus Malachit.« Valiant sah sich nervös um.

Es waren viele Soldaten auf der Brücke, nicht nur als Wachen vor den Palasttoren, sondern auch in der Menge, die an den Läden vorbeischlenderte. Viele der Goylfrauen trugen Kleider, die mit dem Stein bestickt waren, dem ihre Haut glich. Er war zu so hauchdünnen Schuppen geschliffen, dass der Stoff wie Schlangenhaut schimmerte, und Jacob ertappte sich dabei, dass er sich fragte, wie Clara in einem solchen Kleid aussehen würde. *Wie lange wirkt es?*

Die Fenster der Fee klafften wie grüne Augen in dem hellen Sandstein. Die Eisenträger der Brücke waren kaum zwanzig Meter darüber in der Mauer verankert, aber die Palastfassade war spiegelglatt und bot im Gegensatz zu den anderen Stalaktiten keinen Halt zum Klettern.

Trotzdem. Er musste es versuchen.

Valiant murmelte hinter ihm etwas über die Beschränktheit des menschlichen Verstandes, aber Jacob zog die Schnupftabakdose aus der Tasche. Darin war einer der praktischsten magischen Gegenstände, die er je gefunden hatte: ein sehr langes goldenes Haar. Der Zwerg verstummte, als Jacob begann, es zwischen den Fingern zu zwirbeln. Das Haar trieb Faser um Faser, fein wie die Fäden einer Spinne. Schon bald war es so dick wie Jacobs Mittelfinger und fester als jedes Seil in dieser oder der anderen Welt.

Aber nicht nur seine Festigkeit machte es so nützlich. Es hatte noch andere, weit wunderbarere Eigenschaften. Das Seil wuchs zu jeder Länge, die man brauchte, und machte sich genau dort fest, wohin man blickte, wenn man es warf.

»Ein Rapunzelhaar. Nicht dumm!«, raunte Valiant, als Jacob das Seil in die Hand nahm und hinunter zu den grünen Fenstern blickte. »Aber das wird dir nicht gegen die Wachen helfen! Sie werden dich so deutlich sehen wie einen Käfer, der ihnen übers Gesicht kriecht!«

Zur Antwort zog Jacob das Fläschchen aus grünem Glas aus der Tasche. Er hatte es einem Stilz gestohlen, und es war gefüllt mit dem Schleim einer Schnecke, der für ein paar Stunden unsichtbar machte. Die Raubschnecken, die ihn produzierten, schlichen sich dank dieses Hilfsmittels sehr erfolgreich an alles heran, was ihnen schmeckte, und Stilze und Däumlinge züchteten sie, um ebenso unsichtbar auf die Jagd zu gehen. Man strich sich den Schleim unter die Nase – eine sehr unappetitliche Prozedur, auch wenn er geruchlos war –, aber er wirkte auf der Stelle. Das einzige Problem war, dass er stundenlange Übelkeit zur Folge hatte und Lähmungen hervorrief, wenn man ihn allzu oft benutzte.

»Schwindschleim und Rapunzelhaar.« Jacob hörte eine Spur von Bewunderung in der Stimme des Zwergs. »Ich gebe zu, du bist bestens ausgerüstet. Trotzdem. Ich will wissen, wo dein Goldbaum wächst, bevor du dort hinuntersteigst.«

Aber Jacob rieb sich schon den Schleim unter die Nase.

»O nein«, sagte er. »Was, wenn du mir wieder irgendetwas verschwiegen hast und da unten schon die Wachen auf mich warten?

Das Seil trägt nur einen, also kannst du hierbleiben, aber falls die Wachen Alarm schlagen, sorg besser für Ablenkung, oder du kannst deinen Goldbaum vergessen.«

Er schwang sich über die Brückenbrüstung, bevor der Zwerg protestieren konnte. Der Schleim ließ seinen Körper bereits verschwinden, und als Jacob sich zu den Eisenträgern hinunterhangelte, sah er die eigenen Hände nicht mehr. Er klammerte sich an eine der Streben und warf das Seil. Es wand sich durch die Luft, als schwämme es durch Wasser, bis es sich an einem Sims zwischen den Malachitfenstern festmachte.

Und was, wenn du Will tatsächlich dahinter findest, Jacob? Selbst wenn du den Fluch der Dunklen Fee brichst – er schläft! Wie willst du ihn aus der Festung schaffen? Er wusste die Antwort nicht. Er wusste nur, dass er es versuchen musste. Und dass er Claras Lippen immer noch auf den eigenen spürte.

Es kletterte sich leicht an Rapunzelhaar. Das Seil schmiegte sich in seine Hände und Jacob versuchte, die Tiefe unter sich zu vergessen. *Alles wird gut.* Der Stalaktit wuchs ihm entgegen, sehnig wie ein Muskel aus Stein. Er spürte die Übelkeit, die der Schwindschleim brachte. *Nur ein paar Meter noch, Jacob. Sieh nicht nach unten. Vergiss die Tiefe.*

Er klammerte sich an das straff gespannte Seil und kletterte weiter, bis seine unsichtbaren Hände endlich die glatte Mauer berührten. Seine Füße fanden Halt auf dem Sims, und er schöpfte für einen Moment Atem, während er sich gegen den kühlen Stein presste. Links und rechts von ihm schimmerten die Fenster der Fee wie erstarrtes Wasser. *Was nun, Jacob? Willst du sie einschlagen?* Das würde sämtliche Wachen herbeirufen.

Er zog Chanutes Messer aus dem Gürtel und setzte die Klinge an das Glas. Die mit Mondstein eingefassten Löcher bemerkte er erst, als die Schlange herausschoss. Mondstein, so blass wie ihre Schuppen oder die Haut ihrer Herrin. Sie wand sich Jacob um den Hals, bevor er begriff, wie ihm geschah. Er versuchte, ihr das Messer in den Leib zu stoßen, aber sie umschlang ihn so unerbittlich, dass seine Finger den Messerknauf losließen und sich nur noch verzweifelt in den schuppigen Körper krallten. Seine Füße rutschten ab, und er hing so hilflos über dem Abgrund wie ein gefangener Vogel, um den Hals die würgende Schlange. Zwei weitere krochen aus einem Loch neben ihm und schlangen sich um seine Brust und seine Beine. Jacob rang nach Luft, aber er konnte nicht mehr atmen, und das Letzte, was er sah, war das Goldene Seil, das sich von dem Sims löste und über ihm in der Dunkelheit verschwand.

38
GEFUNDEN UND VERLOREN

Sandsteinmauern und eine vergitterte Tür. Ein Stiefel aus Echsenleder, der ihm in die Seite trat. Graue Uniformen, umgeben von dem roten Nebel, der ihm den Kopf füllte. Aber wenigstens waren die Schlangen fort und er konnte atmen. Der Zwerg hatte ihn wieder verkauft. Das war der einzige Gedanke, der in dem Nebel existierte. Wo hatte er es getan? *In einem der Läden, vor denen du wie ein Schaf gewartet hast, Jacob?*

Er wollte sich aufsetzen, doch sie hatten ihm die Hände gefesselt, und sein Hals schmerzte so sehr, dass er Schwierigkeiten hatte zu schlucken.

»Wer hat dich von den Toten zurückgeholt? Ihre Schwester?« Der Jaspisgoyl löste sich aus der Dunkelheit.

»Ich habe der Fee nicht geglaubt, dass du noch lebst. Schließlich war es ein guter Schuss.« Er sprach den Dialekt des Kaiserreichs mit schwerem Akzent. »Es war ihre Idee, verbreiten zu lassen, dass dein Bruder bei ihr ist, und du bist ihr wie eine Fliege ins Netz gegangen. Dein Pech, dass die Schlangen selbst Schwindschleim nicht täuscht. Aber du hast dich wesentlich geschickter angestellt als die beiden Onyxgoyl, die zu den Räumen des Königs hinunterklettern wollten. Wir mussten ihre Reste von den Dächern der Stadt kratzen.«

Jacob stemmte den Rücken gegen die Mauer und schaffte es, sich aufzusetzen. Die Zelle, in die sie ihn geworfen hatten, unterschied sich in nichts von den Zellen in Menschengefängnissen: dieselben Gitter, dieselben verzweifelten Kritzeleien an den Wänden.

»Wo ist mein Bruder?« Seine Stimme war so heiser, dass er sich kaum selbst verstand, und ihm war übel von dem Schleim.

Der Goyl antwortete ihm nicht.

»Wo hast du das Mädchen gelassen?«, fragte er stattdessen.

Er sprach sicher nicht von Fuchs. Aber was wollten sie von Clara? *Was denkst du, Jacob? Dein Bruder schläft. Und sie können ihn nicht wecken. Das sind gute Nachrichten, oder?*

Und dass Valiant Clara nicht auch verraten hatte, bewies wohl, dass der Zwerg tatsächlich eine Schwäche für sie hatte.

Also. Stell dich dumm, Jacob.

»Was für ein Mädchen?« Die Frage brachte ihm einen Tritt

in den Magen ein, der ihm fast ebenso die Luft nahm wie die Schlange. Der Soldat, der zutrat, war eine Frau. Ihr Gesicht kam Jacob bekannt vor. Natürlich, er hatte sie bei den Einhörnern aus dem Sattel geschossen. Es würde ihr eine Freude sein, ihn weiter zu treten. Aber der Jaspisgoyl hielt sie zurück.

»Lass das, Nesser«, sagte er. »So dauert es bei ihm Stunden.«

Jacob hatte von ihren Skorpionen gehört.

Nesser ließ sich den ersten fast zärtlich über die steinernen Finger kriechen, bevor sie ihn Jacob auf die Brust setzte. Der Skorpion war farblos und kaum länger als Jacobs Daumen, doch die Scheren glänzten silbrig wie Metall.

»Auf Goylhaut richten sie nicht viel an«, sagte der Jaspisgoyl, als der Skorpion Jacob unters Hemd kroch, »aber eure Haut ist so viel weicher. Also noch mal: Wo ist das Mädchen?«

Der Skorpion grub ihm die Zangen in die Brust, als wollte er ihn bei lebendigem Leibe fressen. Aber Jacob verbiss sich die Schreie, bis er ihm den Stachel ins Fleisch stieß. Das Gift goss ihm Feuer unter die Haut und ließ ihn keuchen vor Angst und Schmerz.

»Wo ist das Mädchen?«

Die Goyl setzte ihm drei weitere Skorpione auf die Brust.

»Wo ist das Mädchen?« Immer wieder dieselbe Frage. Aber Will würde schlafen, solang er es ihnen nicht verriet, und Jacob schrie sich heiser vor Schmerz und wünschte sich Jadehaut. Er fragte sich, ob das Gift wenigstens das Lerchenwasser verbrennen würde, bevor er endlich das Bewusstsein verlor.

Als Jacob aufwachte, konnte er sich nicht erinnern, ob er den Goyl gesagt hatte, was sie wissen wollten. Er war in einer anderen Zelle, durch deren Fenster man den hängenden Palast sah. Sein ganzer Körper schmerzte, als hätte er sich die Haut verbrüht, und sein Waffengürtel war ebenso fort wie alles, was er in den Taschen gehabt hatte, aber zum Glück hatten sie ihm wenigstens das Taschentuch gelassen. *Glück, Jacob? Was sollen dir nun ein paar Goldtaler nützen?* Goylsoldaten waren berüchtigt für ihre Unbestechlichkeit.

Er schaffte es, auf die Knie zu kommen. Seine Zelle war nur durch ein Gitter von der nächsten getrennt, und als er durch die Stäbe blickte, vergaß er seine Schmerzen.

Will.

Jacob stemmte die Schulter gegen die Wand und schaffte es, sich aufzurichten. Sein Bruder lag da wie tot, aber er atmete, und an Stirn und Wangen waren immer noch Spuren von Menschenhaut zu sehen. Die Rote Fee hatte ihr Versprechen erfüllt und die Zeit angehalten.

Draußen auf dem Korridor näherten sich Schritte, und Jacob wich an das Gitter zurück, hinter dem sein Bruder schlief. Der Jaspisgoyl kam mit zwei Wächtern den Gang hinunter. Hentzau. Inzwischen kannte Jacob seinen Namen – und als er sah, wen sie hinter ihm herzerrten, wollte er den Kopf gegen die Stäbe schlagen.

Er hatte ihnen gesagt, was sie wissen wollten.

Clara hatte eine blutige Schramme auf der Stirn und ihre Augen waren weit vor Angst. *Wo ist Fuchs?*, wollte Jacob sie fragen, aber sie bemerkte ihn gar nicht. Sie sah nur seinen Bruder.

Hentzau stieß sie zu Will in die Zelle. Clara machte einen Schritt auf ihn zu und blieb wie verloren stehen, als hätte sie sich daran erinnert, dass sie erst vor ein paar Stunden den anderen Bruder geküsst hatte.

»Clara.«

Sie drehte sich zu ihm um. Jacob sah so viel auf ihrem Gesicht: Erschrecken, Sorge, Verzweiflung, ... Scham.

Sie trat zu ihm ans Gitter und strich über die Würgemale an seinem Hals. »Was haben sie mit dir gemacht?«, flüsterte sie.

»Es ist nichts. Wo ist Fuchs?«

»Sie haben sie auch gefangen.«

Sie griff nach seiner Hand, als die Goyl vor den Zellen Haltung annahmen. Selbst Hentzau straffte die Schultern, auch wenn er es deutlich widerstrebend tat, und Jacob wusste sofort, wer die Frau war, die den Gang hinunterkam.

Das Haar der Dunklen Fee war heller als das ihrer Schwester, aber Jacob fragte sich nicht, wie sie zu ihrem Namen kam. Er spürte ihre Dunkelheit wie einen Schatten auf der Haut, doch sein Herz schlug nicht vor Angst schneller.

Du musst sie nicht mehr finden, Jacob. Sie kommt zu dir!

Clara wich zurück, als die Fee in Wills Zelle trat, aber Jacob schloss die Finger um die Gitter, die ihn von ihr trennten. *Komm näher! Na, komm schon!*, dachte er. Eine Berührung nur und die drei Silben, die ihre Schwester ihm verraten hatte. Doch das Gitter machte die Fee so unerreichbar, als läge sie im Bett ihres königlichen Liebhabers. Ihre Haut schien aus Perlen gemacht, und ihre Schönheit ließ sogar die ihrer Schwester verblassen.

Sie musterte Clara mit der Abneigung, die ihresgleichen für alle Menschenfrauen empfanden.

»Liebst du ihn?« Sie strich Will über das schlafende Gesicht. »Nun sag schon.«

Als Clara zurückwich, wurde ihr eigener Schatten lebendig und legte ihr schwarze Finger um die Knöchel.

»Antworte ihr, Clara«, sagte Jacob.

»Ja!«, stammelte sie. »Ja, ich liebe ihn.«

Ihr Schatten wurde erneut nichts als ein Schatten und die Fee lächelte.

»Gut. Dann willst du doch sicher, dass er aufwacht. Du musst ihn nur küssen.«

Clara blickte sich Hilfe suchend zu Jacob um.

Nein!, wollte er sagen. *Tu es nicht!* Aber seine Zunge gehorchte ihm nicht mehr. Seine Lippen waren so taub, als hätte die Fee sie ihm versiegelt, und er konnte nur hilflos zusehen, wie sie nach Claras Arm griff und sie sanft an Wills Seite zog.

»Sieh ihn dir an!«, sagte sie. »Wenn du ihn nicht weckst, wird er für immer so daliegen, weder tot noch lebendig, bis selbst die Seele in seinem verwelkten Körper zu Staub geworden ist.«

Clara wollte sich abwenden, aber die Fee hielt sie fest.

»Ist das Liebe?«, hörte Jacob sie flüstern. »Ihn so zu verraten, nur weil seine Haut nicht mehr so weich ist wie deine? Lass ihn gehen.«

Clara hob die Hand und fuhr Will über das versteinerte Gesicht.

Die Fee ließ ihren Arm los und trat mit einem Lächeln zurück.

»Leg all deine Liebe in den Kuss!«, sagte sie. »Du wirst sehen. Sie stirbt nicht so leicht, wie du denkst.«

Und Clara schloss die Augen, als wollte sie Wills versteinertes Gesicht vergessen, und küsste ihn.

39

AUFGEWACHT

Für einen Moment hoffte Jacob wider besseres Wissen, dass es immer noch sein Bruder war, der sich aufsetzte. Aber Claras Gesicht verriet ihm die Wahrheit. Sie wich vor Will zurück, und der Blick, den sie Jacob zuwarf, war so verzweifelt, dass er für einen Augenblick den eigenen Schmerz vergaß.

Sein Bruder war fort.

Jede Spur von Menschenhaut war verschwunden. Will war nichts als atmender Stein. Der vertraute Körper in Jade gefasst wie ein totes Insekt in Bernstein.

Goyl.

Will erhob sich von der Bank aus Sandstein, auf der er gelegen hatte, und beachtete weder Jacob noch Clara. Sein Blick suchte nur ein Gesicht: das der Fee, und Jacob fühlte, wie der Schmerz all die schützenden Schichten zerbrach, die er so viele Jahre um sein Herz gelegt hatte. Es war wieder so schutzlos, wie er es als Kind im leeren Zimmer seines Vaters gespürt hatte. Und wie damals gab es keinen Trost. Nur Liebe. Und Schmerz.

»Will?« Clara flüsterte den Namen seines Bruders, als wäre es der eines Toten. Sie machte einen Schritt auf Will zu, aber die Dunkle Fee trat ihr in den Weg.

»Lass ihn gehen«, sagte sie.

Die Wachen öffneten die Zellentür und die Fee zog Will mit sich.

»Komm«, sagte sie zu ihm. »Es wird Zeit aufzuwachen. Du hast viel zu lange geschlafen.«

Clara sah ihnen nach, bis sie auf dem dunklen Korridor verschwunden waren. Dann wandte sie sich zu Jacob um. Vorwürfe, Verzweiflung, Schuld. Sie machten ihre Augen dunkler als die der Fee. *Was habe ich getan?*, fragten sie. *Warum hast du es nicht verhindert? Hattest du nicht versprochen, ihn zu beschützen?* Aber vielleicht las er auch nur seine eigenen Gedanken in ihrem Blick.

»Sollen wir den hier erschießen?«, fragte eine der Wachen und wies mit der Flinte auf ihn.

Hentzau zog die Pistole, die sie Jacob abgenommen hatten, aus dem Gürtel. Er öffnete das Kugellager und betrachtete es wie den Kern einer fremden Frucht.

»Das ist eine interessante Pistole. Wo hast du sie her?«

Jacob wandte ihm den Rücken zu. *Schieß schon*, dachte er.

Die Zelle, der Goyl, der hängende Palast. Alles um ihn herum schien unwirklich. Die Feen und verwunschenen Wälder, die Füchsin, die ein Mädchen war – alles nichts als die Fieberträume eines Zwölfjährigen. Jacob sah sich wieder in der Zimmertür seines Vaters stehen und Will neugierig an ihm vorbeistarren, auf die staubigen Flugzeugmodelle, die alten Revolver. Und den Spiegel.

»Dreh dich um.« Hentzaus Stimme klang ungeduldig. Ihr Zorn war so leicht zu wecken. Er brannte gleich unter ihrer steinernen Haut.

Jacob gehorchte trotzdem nicht. Und hörte den Goyl lachen.

»Dieselbe Arroganz.«.

»Dein Bruder sieht ihm nicht ähnlich. Deshalb habe ich erst nicht begriffen, wieso dein Gesicht mir so bekannt vorkam. Du hast dieselben Augen, denselben Mund. Aber dein Vater konnte seine Angst nicht halb so gut verbergen wie du.«

Jacob drehte sich um. *Du bist so ein Idiot, Jacob Reckless.*

»Die Goyl haben die besseren Ingenieure.« Wie oft hatte er den Satz schon hinter dem Spiegel gehört – ob in Schwanstein oder als Seufzer von Offizieren der Kaiserin – und sich nie etwas dabei gedacht.

Den Vater gefunden, den Bruder verloren.

»Wo ist er?«, fragte er.

Hentzau hob die Augenbrauen. »Ich hoffte, das könntest du mir sagen. Wir haben ihn vor fünf Jahren in Blenheim gefangen. Er sollte dort eine Brücke bauen, weil die Bewohner es leid waren, von den Loreley gefressen zu werden. Der Fluss wimmelte schon damals von ihnen, auch wenn gern erzählt wird, dass die

Fee sie ausgesetzt hat. John Reckless, so nannte er sich. Er trug immer ein Foto von seinen Söhnen bei sich. Kami'en hat ihn eine Kamera bauen lassen, lange bevor die Erfinder der Kaiserin darauf kamen. Er hat uns viel beigebracht. Aber wer hätte gedacht, dass einem seiner Söhne eines Tages eine Jadehaut wächst!«

Hentzau strich der Pistole über den altmodischen Lauf. »Er war nicht halb so störrisch wie du, wenn man ihm Fragen stellte, und was wir von ihm gelernt haben, war sehr hilfreich in diesem Krieg. Doch dann ist er uns davongelaufen. Ich habe Monate nach ihm gesucht, ohne je eine Spur von ihm zu entdecken. Und nun habe ich stattdessen seine Söhne gefunden.«

Er wandte sich zu den Wachen um.

»Lasst ihn am Leben, bis ich von der Hochzeit zurück bin. Es gibt viel, was ich ihn fragen will.«

»Und das Mädchen?« Der Wächter, der auf Clara wies, hatte eine Haut aus Mondstein.

»Lasst sie ebenfalls am Leben«, antwortete Hentzau. »Und das Fuchsmädchen auch. Die zwei machen ihn wahrscheinlich schneller gesprächig als die Skorpione.«

Hentzaus Schritte verhallten auf dem Korridor und durch das vergitterte Fenster drang der Lärm der unterirdischen Stadt herein. Aber Jacob war weit fort im Zimmer seines Vaters und fuhr mit Kinderfingern über den Rahmen des Spiegels.

40
DIE STÄRKE DER ZWERGE

Jacob hörte Clara in der Dunkelheit atmen – und weinen. Sie waren immer noch durch das Gitter getrennt, aber der Gedanke an Will trennte sie mehr voneinander als die Eisenstäbe. In Jacobs Kopf verschmolzen die Küsse, die Clara ihm gegeben hatte, mit dem Kuss, der seinen Bruder geweckt hatte. Und immer wieder sah er, wie Will die Augen aufschlug und in Jade ertrank.

Er erstickte fast an seiner eigenen Verzweiflung. Hatte Miranda ihn in ihren Träumen beobachtet? Hatte sie gesehen, wie kläglich er versagt hatte? Clara lehnte den Kopf gegen die kalte Zellenwand und Jacob wollte sie

umarmen und ihr die Tränen vom Gesicht wischen. *Es ist nichts, Jacob. Nichts als das Lerchenwasser.*

Hinter dem vergitterten Fenster schimmerte der hängende Palast wie eine verbotene Frucht. Vermutlich war Will inzwischen dort ...

Clara hob den Kopf. Ein dumpfes Scharren drang von draußen herein, als kletterte etwas die Mauer hinauf, und gegen das Gitter ihres Zellenfensters presste sich ein bärtiges Gesicht.

Valiants Bart sprießte schon wieder fast so üppig wie in den Tagen, in denen er ihn mit Stolz getragen hatte, und seine kurzen Finger bogen die Eisenstäbe mühelos auseinander.

»Euer Glück, dass die Goyl selten Zwerge einsperren!«, flüsterte er, während er sich durch die verbogenen Stäbe zwängte. »Die Kaiserin lässt allen Zellengittern Silber zusetzen.«

Er ließ sich geschickt wie ein Wiesel von dem Fenster herab und verbeugte sich vor Clara.

»Was starrst du mich so an?«, sagte er zu Jacob. »Es sah zu komisch aus, als die Schlangen dich gepackt haben. Absolut unbezahlbar.«

»Ich bin sicher, die Goyl haben dich sehr gut für den Anblick bezahlt!« Jacob kam auf die Füße und warf einen Blick auf den Korridor, aber es war keine der Wachen zu sehen. »Wo genau hast du mich verkauft? Als ich Stunden vor dem Juwelierladen gewartet habe? Oder bei dem Schneider, der den Palast beliefert?«

Valiant schüttelte nur den Kopf, während er die Eisenschellen an Claras Handgelenken ebenso selbstverständlich auseinanderbog wie die Gitter vor dem Fenster. »Hört Euch das an!«, flüsterte er Clara zu. »Er kann einfach niemandem trauen. Ich habe ihm gesagt, dass es eine idiotische Idee ist, wie eine Kakerlake am Palast ihres Königs herumzuklettern. Aber hat er auf mich gehört? Nein.«

Der Zwerg stemmte die Gitter zwischen den Zellen auseinander und blieb vor Jacob stehen. »Ich nehme an, du gibst mir auch die Schuld dafür, dass sie die Mädchen gefunden haben. Es war nicht meine Idee, sie allein in der Wildnis zu lassen. Und es war bestimmt nicht Evenaugh Valiant, der den Goyl erzählt hat, wo sie sind.«

Er beugte sich mit wissendem Grinsen zu Jacob herab. »Sie haben die Skorpione auf dich losgelassen, stimmt's? Ich gebe zu, das hätte ich gern gesehen.«

Aus einer der Nachbarzellen drangen Stimmen herein, und Clara wich unter das Fenster zurück, aber der Korridor blieb leer.

»Ich habe deinen Bruder gesehen«, flüsterte Valiant Jacob zu, während er ihm die Handschellen auseinanderbog. »Falls du ihn noch so nennen willst. Jeder Zentimeter Haut ein Goyl, und er folgt der Fee wie ein Hund. Sie hat ihn mitgenommen zur Hochzeit ihres Liebsten. Die Hälfte der Wachen ist mit ihnen gezogen. Nur deshalb konnte ich riskieren, hier einzusteigen.«

Clara stand da und wandte den Blick nicht von der Sandsteinbank, auf der Will gelegen hatte.

»Hinaus mit Euch, Gnädigste«, raunte Valiant und half ihr so mühelos zum Fenster hinauf, als wöge sie nicht mehr als ein Kind. »Da draußen wartet ein Seil, das das Klettern fast allein besorgt, und an diesem Gebäude gibt es keine Schlangen.«

»Was ist mit Fuchs?«, flüsterte Jacob.

Valiant wies zur Decke. »Sie ist gleich über euch.«

Die Fassade des Gefängnisstalaktiten war zerklüftet wie Tropfstein und bot reichlich Halt, aber Clara zitterte, als sie sich aus dem Fenster schob. Sie klammerte sich an die Brüstung, während ihre Füße Halt zwischen den Steinen suchten. Valiant dagegen krallte sich an die Mauer, als wäre er daran geboren worden.

»Ganz ruhig«, flüsterte er Clara zu, während er nach ihrem Arm griff. »Und einfach nicht nach unten sehen.«

Der Zwerg hatte sich von einer Brücke abgeseilt, die kaum mehr als ein eiserner Fußweg war. Das Rapunzelseil spannte sich straff zwischen ihren Eisenträgern und dem Gefängnisstalaktiten. Es waren zehn steile Meter.

»Valiant hat recht!«, flüsterte Jacob, während er Claras Hände um das Seil legte. »Sieh nur nach oben. Und bleib unter der Brücke, bis wir mit Fuchs nachkommen.«

Das Goldene Seil war kaum mehr als ein Spinnenfaden in der riesigen Höhle und Clara kletterte quälend langsam. Jacob folgte ihr mit den Augen, bis sie die Brücke erreicht hatte und sich an eine der Metallstreben klammerte. Zwerge und Goyl waren bekannt für ihre Kletterkünste, doch Jacob fühlte sich nicht einmal an Berghängen wohl, geschweige denn an der Fassade eines Baus, der Hunderte von Metern über einer feindlichen Stadt hing. Aber zum Glück mussten sie nicht weit klettern. Valiant hatte recht. Sie hatten Fuchs gleich über ihnen eingesperrt.

Sie war in Menschengestalt, und als Jacob sich neben sie kniete, schlang sie ihm die Arme um den Hals und weinte wie ein Kind, während Valiant ihr die Ketten löste.

»Sie haben gesagt, sie ziehen mir das Fell ab, wenn ich mich verwandle!«, schluchzte sie. Von ihrem Zorn war nichts mehr zu spüren.

»Es ist gut!«, flüsterte Jacob und strich ihr über das rote Haar. »Alles wird gut.«

Wirklich, Jacob? Wie?

Natürlich las Fuchs ihm die Verzweiflung vom Gesicht.

»Du hast Will nicht gefunden«, flüsterte sie.

»Doch. Aber er ist fort.«

Auf dem Korridor schlug eine Tür zu. Valiant spannte die Flinte, doch die Wächter zerrten einen anderen Gefangenen auf den Gang hinaus.

Fuchs kletterte ebenso gut wie der Zwerg, und Clara sah sehr erleichtert aus, als sie und Jacob sich neben ihr auf den Eisenträger zogen. Valiant schwang sich schon über das Brückengeländer, während Jacob das Rapunzelseil zwischen den Fingern rieb, bis es sich wieder in nichts als ein goldenes Haar verwandelte. Es verstrich eine Ewigkeit, bis der Zwerg sie zu sich hinaufwinkte. Unter ihnen marschierte ein Trupp Goyl über eine andere Brücke und ein Güterzug keuchte beim Überqueren des Abgrunds schmutzigen Rauch in die gewaltige Höhle. Bis auf zwei Schächte, durch die ein Schatten von Tageslicht fiel, war nichts zu entdecken, wodurch die Goyl sich der Abgase entledigten, die ihre Welt produzierte. *Dein Vater wird ihnen wohl auch das beigebracht haben, Jacob,* dachte er, während er Valiant über die eisernen Brückenplanken folgte. Aber er schob den Gedanken fort. Er wollte nicht an seinen Vater denken. Er wollte nicht einmal an Will denken. Er wollte zurück zu der Insel und wieder vergessen, alles vergessen, die Jade, das Lerchenwasser und die eisernen Brücken, die aussahen, als hätte John Reckless seine Signatur auf dieser Welt hinterlassen.

»Was ist mit Pferden?«, fragte Jacob den Zwerg, als sie sich in einem der Bogengänge verbargen, die sich an der Höhlenwand entlangzogen.

»Vergiss es«, knurrte Valiant. »Die Ställe sind zu nah beim Haupteingang. Zu viele Wachen.«

»Das heißt, du willst zu Fuß durch die Berge?«

»Hast du einen besseren Plan?«, zischte der Zwerg zurück.

Nein, hatte er nicht. Und wenn sie diesmal an den blinden Wächtern vorbeikamen, hatten sie nur Valiants Flinte und das Messer, das er Jacob mitgebracht hatte – nicht ohne dafür einen Goldtaler zu verlangen.

Fuchs verwandelte sich neben ihm wieder in die Füchsin, und Clara lehnte sich gegen eine der Säulen und blickte in die Tiefe, als wäre sie nicht wirklich bei ihnen. Vielleicht war sie wieder hinter dem Spiegel und saß mit Will in dem schäbigen Krankenhauscafé. Es war ein weiter Weg dorthin zurück, und jede Meile würde sie daran erinnern, dass Will nicht bei ihnen war.

Fenster und Türen hinter Vorhängen aus Sandstein. Häuser wie Schwalbennester. Goldaugen überall. Um nicht zu sehr aufzufallen, nahm Valiant zuerst Clara mit sich, während Jacob sich mit Fuchs zwischen den Häusern verbarg. Dann holte der Zwerg sie nach, und Clara versteckte sich in irgendeinem dunklen Winkel. Hinunter waren die steilen Straßen und Treppen für Menschen noch unbegehbarer als hinauf.

Valiant hatte den Buchstaben auf Jacobs Stirn nachgezogen

und ging mit so selbstzufriedener Miene an Claras Seite, als führte er den Goyl seine frisch angetraute Frau vor. Wie auf dem Hinweg begegneten sie vielen Soldaten, und Jacob erwartete jedes Mal, wenn sie sich an einem vorbeidrängten, einen scharfen Zuruf oder den Griff einer steinernen Hand. Aber niemand hielt sie an, und nach ein paar endlosen Stunden erreichten sie endlich die Öffnung, durch die sie zum ersten Mal in die Höhle geblickt hatten. Erst in dem Tunnel dahinter verließ sie das Glück.

Sie waren so erschöpft, dass sie zusammenblieben. Jacob stützte Clara, auch wenn ihm die Blicke, die Fuchs ihm zuwarf, nicht entgingen. Die ersten Goyl, die ihnen begegneten, kamen von der Jagd. Sie waren zu sechst und hatten eine Meute zahmer Wölfe dabei, die ihnen selbst in die tiefsten Höhlen folgten. Zwei Knechte führten die Pferde mit der Beute: drei der großen Echsen, deren Stacheln die Goylkavallerie auf den Helmen trug, und sechs Fledermäuse, deren Hirn angeblich eine Delikatesse war. Keiner der Jäger warf Jacob mehr als einen schnellen Blick zu, als sie ihre Pferde an ihm vorbeitrieben. Doch die Goylpatrouille, die plötzlich aus einem der Seitentunnel auftauchte, war neugieriger. Es waren drei Soldaten. Einer von ihnen war ein Alabastergoyl – die Hautfarbe, die viele ihrer Spione hatten.

Sobald Valiant ihnen den Händler nannte, dem Jacob angeblich gehörte, wechselten sie einen raschen Blick. Der Alabastergoyl griff nach der Pistole, während er Valiant eröffnete, dass sein Handelspartner wegen illegaler Mineraliengeschäfte verhaftet worden war, aber der Zwerg war schneller. Er schoss den Alabastergoyl vom Pferd und Jacob warf dem zweiten das Messer in die Brust. Valiant hatte es in einem der Läden auf der Palastbrücke gekauft und die Klinge fuhr ohne Mühe durch seine Zitrinhaut. Jacob schauderte, als er begriff, wie sehr er sie alle töten wollte. Fuchs sprang dem Pferd des dritten zwischen die Beine, doch der Goyl brachte es unter Kontrolle und galoppierte davon, bevor Jacob einem der Toten die Waffe aus dem Gürtel ziehen konnte.

Valiant stieß einen Fluch aus, den selbst Jacob noch nie gehört hatte, und während die Hufschläge des galoppierenden Pferdes noch in der Dunkelheit verhallten, erhob sich ein Ton, der den Zwerg abrupt verstummen ließ. Er klang, als begännen tausend mechanische Grillen in den Felsen zu zirpen, und um sie her wurden die Steinwände lebendig. Käfer krochen aus Rissen und Löchern, Tausendfüßler, Spinnen, Kakerlaken. Motten schwirrten ihnen ins Gesicht, Mücken, Schnaken, Drachenfliegen. Sie setzten sich ihnen ins Haar und krochen ihnen in die Kleider. Der Alarm der Goyl ließ die Erde atmen, und ihre felsige Haut atmete Leben aus, krabbelnd, flatternd und beißend.

Sie stolperten weiter, fast blind in der Dunkelheit, um sich schlagend, und zertraten, was ihnen entgegenkroch. Keiner von ihnen wusste noch, wo sie hergekommen waren oder in welcher Richtung der Weg nach draußen lag. Um sie her zirpten weiter die Wände und das Licht der Taschenlampe war ein tastender Finger in der Dunkelheit. Jacob glaubte, Hufe in der Ferne zu hören, Stimmen. Sie steckten in der Falle, einer endlos verzweigten Falle, und die Angst ließ ihn die Verzweiflung vergessen, die er in der Zelle gespürt hatte, und weckte wieder den Willen zu leben. Nur leben, nichts weiter, und wieder ans Licht kommen. Luft atmen.

Fuchs bellte und Jacob sah sie in einem Seitengang verschwinden. Ein kühler Windzug strich ihm übers Gesicht, als er Clara mit sich zerrte. Licht fiel eine weite Treppe hinunter, und da waren sie: die Drachen, von denen der Fährmann erzählt hatte. Aber sie waren aus Metall und Holz und die erwachsenen Brüder der Modelle, die verstaubt über dem Schreibtisch von John Reckless hingen.

41
FLÜGEL

Der Alarm war auch in der Flugzeughöhle zu hören, aber dort kroch nichts aus den Wänden. Sie waren versiegelt und begradigt und durch einen weiten Tunnel fiel eine Ahnung von Tageslicht. Zwischen den Flugzeugen standen nur zwei unbewaffnete Goyl: Mechaniker, keine Soldaten. Sie hoben die Hände, sobald Valiant die Flinte auf sie richtete.

Auf ihren Gesichtern war die Todesangst ebenso deutlich zu sehen wie ihr berüchtigter Zorn. Jacob fesselte sie mit Kabeln, die Clara zwischen den Flugzeugen fand, aber einer riss sich los und holte mit den Krallen aus. Er

ließ die Hände sinken, sobald Valiant die Flinte spannte, aber Jacob konnte nur an die Klauen denken, die Will den Nacken aufgerissen hatten. Er hatte nie Spaß am Töten gehabt, aber die Verzweiflung, die er spürte, seit Will der Dunklen Fee gefolgt war, ließ ihn Angst vor den eigenen Händen haben.

»Nein«, flüsterte Clara, während sie ihm das Messer aus der Hand nahm, und für einen Moment verband es sie stärker als das Lerchenwasser, dass sie die Dunkelheit in ihm verstand.

Valiant hatte die Goyl vergessen. Er hatte alles vergessen. Der Zwerg schien nichts mehr zu sehen und zu hören, weder das Zirpen in den Wänden noch die Stimmen, die draußen immer lauter durch die Tunnel schallten. Er hatte nur Augen für die drei Flugzeuge.

»Oh, das ist wunderbar!«, murmelte er. »Viel wunderbarer als ein stinkender Drache. Aber wie fliegen sie und was hat der Goyl mit ihnen vor?«

»Sie spucken Feuer«, sagte Jacob. »Wie alle Drachen.«

Es waren Doppeldecker, wie man sie im frühen zwanzigsten Jahrhundert in Europa gebaut hatte. Ein gewaltiger Sprung in die Zukunft für die Spiegelwelt – weiter als alles, was in den Fabriken von Schwanstein oder von den Ingenieuren der Kaiserin entwickelt wurde. Zwei der Maschinen glichen den Einsitzern, die die Kampfpiloten im Ersten Weltkrieg geflogen hatten, aber die dritte glich der Junkers J 4, einem Zweisitzer, der als Bomber und Erkundungsflugzeug konstruiert war. Jacob hatte ein Modell desselben Flugzeugs mit seinem Vater gebaut.

Fuchs ließ ihn nicht aus den Augen, als er in das enge Cockpit kletterte.

»Komm da runter!«, rief sie ihm zu. »Lass es uns mit dem Tunnel versuchen. Er führt ins Freie. Ich rieche es!«

Aber Jacob strich über die Kontrollinstrumente und prüfte die Ventile. Die Junkers war relativ leicht zu fliegen. Nur am Boden war sie plump und schwierig zu lenken. *Das weißt du aus einem Buch, Jacob, und von Spielen mit Modellflugzeugen. Du kannst nicht ernsthaft glauben, dass du sie deshalb fliegen kannst.* Er war ein paarmal mit seinem Vater geflogen, als John Reckless der anderen Welt noch in einem Sportflugzeug statt durch den Spiegel entflohen war. Aber das war so lange her, dass es ebenso unwirklich schien wie die Tatsache, dass er einmal einen Vater gehabt hatte.

Der Alarm schrillte durch die Höhle, als hätte man Grillen in einer frisch gemähten Wiese aufgescheucht.

Jacob pumpte den Benzindruck hoch. Wo war die Zündung?

Valiant blickte entgeistert zu ihm hinauf.

»Warte! Du kannst dieses Ding fliegen?«

»Sicher!« Jacob hätte sich selbst fast überzeugt, so selbstverständlich kam ihm die Antwort über die Lippen.

»Zum Teufel, woher?«

Fuchs bellte warnend zu Jacob hinauf.

Die Stimmen draußen wurden lauter. Sie kamen.

Clara hob Valiant hastig auf eine der Tragflächen. Fuchs wich vor dem Flugzeug zurück, aber Clara nahm sie kurzerhand auf den Arm und kletterte mit ihr zum Cockpit hinauf.

Jacobs Finger fanden den Anzünder.

Der Motor sprang an. Der Propeller begann sich zu drehen, und während Jacob noch einmal durch die Kontrollinstrumente ging, glaubte er, die Hände seines Vaters bei denselben Handgriffen zu sehen. In einer anderen Welt. Einem anderen Leben.

»Sieh dir das an, Jacob! Ein Aluminiumrumpf auf einem Metallskelett. Nur das Flugruder ist noch aus Holz.« John Reckless hatte nie leidenschaftlicher geklungen, als wenn er über alte Flugzeuge gesprochen hatte. Oder über Waffen.

Fuchs sprang zu Jacob nach vorn und duckte sich zitternd hinter seinen Beinen.

Maschinen. Metallener Lärm. Gebaute Bewegung. Mechanischer Zauber für die, denen kein Fell und keine Flügel wuchsen.

Jacob steuerte das Flugzeug auf den Tunnel zu. Ja, es war plump am Boden. Er konnte nur hoffen, dass es besser flog.

Schüsse hallten ihnen nach, als die Maschine in den Tunnel rollte. Der Lärm des Motors fing sich zwischen den Felswänden. Öl spritzte Jacob ins Gesicht und ein Flügel streifte fast die Felsen. *Schneller, Jacob.* Er beschleunigte, auch wenn es dadurch nicht leichter wurde, den Tunnelwänden fernzubleiben, und atmete auf, als die schwerfällige Maschine hinaus auf eine schotterbedeckte Startbahn schoss, über der eine blasse Sonne zwischen regenschweren Wolken trieb. Der Motorenlärm zerriss die Stille, und ein Schwarm Krähen erhob sich aus den nahen Bäumen, aber zum Glück flogen sie ihm nicht in den Propeller.

Zieh sie hoch, Jacob. Fuchs lässt sich ein Fell wachsen, dein Bruder trägt eine Haut aus Stein und du hast nun Flügel.

Maschinenzauber.

Sein Vater hatte Drachen aus Metall hinter den Spiegel gebracht. Und wie damals, als Jacob den Bogen Papier in einem seiner Bücher gefunden hatte, wollte der Gedanke nicht weichen, dass John Reckless seinem ältesten Sohn erneut etwas hinterlassen hatte.

Das Flugzeug stieg höher und höher, und Jacob sah unter sich Straßen und Gleise, die durch massive Torbögen im Innern eines Berges verschwanden. Noch vor wenigen Jahren war der Eingang der Goylfestung nur ein natürlicher Spalt am Fuß des Berges gewesen. Doch inzwischen schmückten Echsen aus Jade die Tore, und in die Bergflanke war das Wappen des Königs eingelassen, das Kami'en erst vor einem Jahr zu dem seinen erklärt hatte: der Umriss einer schwarzen Motte in einem Feld aus Karneol. Die Sonne zeichnete ihr den Schatten des Flugzeugs unter die Flügel, als Jacob an dem Wappen vorbeiflog.

Er stahl dem König der Goyl seinen Drachen. Aber auch das gab ihm nicht seinen Bruder zurück.

42
ZWEI WEGE

Zurück. Über den Fluss, auf dem sie fast die Loreley gefressen hatten, die Berge, in denen Jacob gestorben war, das geplünderte Land, in dem die Prinzessin zwischen Rosen schlief und Will die Goyl zum ersten Mal wie seinesgleichen angestarrt hatte ... Die Junkers brachte die Meilen, für die sie mehr als eine Woche gebraucht hatten, in wenigen Stunden hinter sich. Aber Jacob kam der Weg trotzdem ebenso lang vor, denn jede Meile machte es unwiderruflicher, dass er keinen Bruder mehr hatte.

»*Wo ist Will, Jacob?*« Als Kind hatte er ihn mehr als einmal verloren. Beim Einkaufen oder im Park, weil es ihm peinlich gewesen war, die Hand seines kleinen Bruders zu halten. Will war fort gewesen, sobald man seine kurzen Finger losließ. Einem Eichhörnchen nach, einem streunenden Hund, einer Krähe ... Einmal hatte Jacob Stunden nach ihm gesucht, bis er Will mit verheultem Gesicht vor einem Ladeneingang gefunden hatte. Aber diesmal gab es keinen Ort, an dem er suchen konnte, keinen Weg, den er zurückgehen konnte, um seinen Fehler ungeschehen zu machen, den einen Moment der Unachtsamkeit.

Jacob folgte einer Gleisstrecke nach Osten, in der Hoffnung, dass sie Richtung Schwanstein führte. Es war bitterkalt in dem offenen Flugzeug, obwohl er nicht allzu hoch flog, und der Wind fuhr immer wieder so tückisch unter die aluminiumverkleideten Flügel, dass Jacob die Selbstvorwürfe vergaß und nur mit der schwankenden Maschine kämpfte. Hinter ihm begann der Zwerg jedes Mal zu fluchen, wenn das Flugzeug an Höhe verlor, auch wenn er es bestimmt genoss, sich den engen Rücksitz mit Clara zu teilen, und Fuchs ließ immer öfter ein klägliches Jaulen hören. Nur von Clara kam kein Laut, als ließe sie den Wind alles fortwehen, was in den letzten Tagen passiert war.

Fliegen.

Es war, als wären beide Welten verschmolzen. Als gäbe es den Spiegel nicht mehr. Wenn aus den Drachen Maschinen wurden, was kam als Nächstes?

Es war nicht gut, solche Gedanken hinter dem Steuerknüppel eines Doppeldeckers zu haben, schon gar nicht, wenn man zum ersten Mal dahintersaß. Der aufsteigende Dampf einer Lok nahm Jacob die Sicht. Er zog das Flugzeug zu schnell hoch, und die

Junkers stützte auf die Erde zu, als hätte sie sich plötzlich daran erinnert, dass sie eigentlich aus einer anderen Welt stammte. Fuchs duckte sich winselnd und Valiants Flüche übertönten den spuckenden Motor.

Natürlich. Wie hast du glauben können, dass auf etwas Verlass ist, das von deinem Vater stammt, Jacob?

Er spürte, wie Clara die Finger in seine Schulter grub. Was würde sein letzter Gedanke sein? Die Erinnerung an Wills Jadegesicht oder die toten Lerchen?

Er fand es nicht heraus.

Ein Windstoß fing den Fall der stöhnenden Maschine auf, und Jacob konnte sie abfangen, bevor sie die ersten Baumwipfel streifte. Das Flugzeug schlingerte wie ein angeschossener Vogel, aber er schaffte es, die Räder auf einer morastigen Anhöhe aufzusetzen. Das Ruder zerbrach bei dem Aufprall. Einer der Flügel zersplitterte an einem Baum, und der Rumpf riss auf, als es über den steinigen Grund schlitterte, aber schließlich kam es zum Halten. Der Motor erstarb mit einem letzten Röcheln – und sie lebten noch.

Valiant kletterte stöhnend auf die Tragfläche und übergab sich unter einem Baum. Der Zwerg hatte sich die Nase aufgeschlagen, und Clara hatte ein Zweig die Hand verletzt, aber ansonsten waren sie unversehrt. Fuchs war so glücklich, festen Boden unter den Pfoten zu spüren, dass sie dem ersten Kaninchen nachsprang, das den Kopf aus dem Gras hob.

Die Füchsin warf Jacob einen erleichterten Blick zu, als sie zu ihrer Linken den Hügel mit der Ruine bemerkte. Sie waren tatsächlich nicht weit entfernt von Schwanstein. Aber Jacob starrte auf die Gleise, die sich am Fuß der Anhöhe wie eine Eisennaht nach Süden zogen, nicht bloß nach Schwanstein, sondern weiter, sehr viel weiter ... bis nach Vena, in die Hauptstadt der Kaiserin. Er glaubte, die fünf Brücken vor sich zu sehen, den Palast, die Türme der Kathedrale ...

»Reckless! Hörst du mir überhaupt zu?« Valiant wischte sich mit dem Ärmel das Blut von der Nase. »Wie weit ist es noch?«

»Was?« Jacob starrte immer noch auf die Gleise.

»Zu deinem Haus. Mein Goldbaum!«

Jacob antwortete nicht. Er blickte nach Osten, wo der Zug, der sie hatte abstürzen lassen, zwischen den Hügeln auftauchte. Weißer Rauch und schwarzes Eisen.

»Fuchs.« Er kniete sich neben sie. Ihr Fell war immer noch zerzaust vom Wind. »Ich will, dass du Clara zu der Ruine zurückbringst. Ich komm in ein paar Tagen nach.«

Sie fragte ihn nicht, wohin er wollte. Fuchs blickte ihn an, als wüsste sie es seit Langem. So war es schon immer gewesen. Sie kannte ihn besser als er sich selbst. Aber Jacob sah ihr an, dass sie es müde war, Angst um ihn zu haben. Und der Zorn war zurück. Sie hatte ihm weder das Lerchenwasser vergeben noch die Tatsache, dass er ohne sie in die Festung gegangen war. Und nun würde er sie wieder zurücklassen. *Gib endlich auf!*, sagten ihre Augen.

Wie, Fuchs?

Jacob richtete sich auf.

Der Zug wuchs und fraß die Wiesen und Felder in sich hinein. Fuchs sah ihm entgegen, als säße der Tod selbst darin.

Zehn Stunden bis nach Vena. *Und dann, Jacob?* Er wusste

nicht einmal, wann genau die Hochzeit war. Aber er wollte nicht denken. Seine Gedanken waren aus Jade.

Er stolperte die Anhöhe hinunter. Valiant rief ihm entgeistert nach, aber Jacob blickte sich nicht um. Die Luft füllte sich mit Rauch und dem Lärm des Zuges. Er rannte schneller, klammerte sich an Eisen, fand Halt auf einem Trittbrett.

Zehn Stunden. Zeit zu schlafen und alles zu vergessen. Bis auf das, was die Rote Fee ihm über ihre dunkle Schwester verraten hatte.

43
HUND UND WOLF

Tramwagen, Kutschen, Karren, Reiter. Fabrikarbeiter, Bettler und Bürger. Dienstmädchen in gestärkten Schürzen, Soldaten und Zwerge, die sich von ihren menschlichen Dienern durch das Gedränge tragen ließen. Jacob hatte die Straßen von Vena noch nie so überlaufen gesehen, und er brauchte fast eine Stunde vom Bahnhof zu dem Hotel, in dem er immer abstieg, wenn er in die Hauptstadt kam. Die Zimmer hatten mehr mit der Schatzkammer eines Blaubarts gemein als mit den kargen Kammern in Chanutes Gasthaus, aber Jacob gefiel es, ab und zu in einem Himmelbett zu schlafen. Außerdem bezahlte er eins der Zimmermädchen dafür, dass sie immer ein paar frische Kleider für ihn bereithielt, die selbst für eine Audienz im Palast gut genug waren. Das Mädchen verzog keine Miene, als er ihm seine mit Blut und Schmutz bedeckten Kleider gab. Sie war solche Flecken von ihm gewohnt.

Die Glocken der Stadt schlugen zwölf, als Jacob sich auf den Weg zum Palast machte. An vielen Hauswänden waren Anti-Goyl-Parolen auf die Plakate mit dem Foto des Brautpaars geschmiert. Sie wetteiferten mit den pompösen Schlagzeilen, die die Zeitungsverkäufer an jeder Ecke verkündeten: *Ewiger Frieden ... Historisches Ereignis ... Zwei mächtige Reiche ... Unsere Völker ...* Dieselbe Vorliebe für große Worte auf beiden Seiten des Spiegels.

Jacob hatte dem Hoffotografen, der das Brautpaar verewigt hatte, vor einem Jahr selbst Modell gestanden. Der Mann verstand sein Handwerk, aber die Prinzessin machte es ihm nicht leicht. Die Schönheit, zu der die Feenlilie Amalie von Austrien verholfen hatte, war kalt wie Porzellan, und ihr Gesicht war auch im echten Leben so ausdruckslos wie auf den Plakaten. Ihr Bräutigam dagegen sah selbst auf den Fotos aus wie steingewordenes Feuer.

Die Menschenmenge vor dem Palast war so groß, dass Jacob Mühe hatte, sich zu dem schmiedeeisernen Tor durchzudrängen. Die kaiserlichen Garden richteten die Bajonette auf ihn, sobald er davor stehen blieb, doch zum Glück entdeckte er unter einem der Federbuschhelme ein Gesicht, das er kannte: Justus Kronsberg, jüngster Sohn eines Landadligen. Seine Familie verdankte ihren Reichtum der Tatsache, dass in den Wiesen seines Vaters

Schwärme der Elfen lebten, deren Garn und Glas so viele Kleider am Hof schmückten.

Die Kaiserin ließ für die kaiserliche Garde nur Soldaten zu, die mindestens zwei Meter groß waren, und der jüngste Kronsberg-Sohn war keine Ausnahme. Justus Kronsberg überragte Jacob um einen halben Kopf, den Helm nicht mitgerechnet, aber sein spärlicher Schnurrbart verbarg nicht, dass er immer noch das Gesicht eines Kindes hatte.

Jacob hatte einen von Justus' Brüdern vor Jahren vor einer Hexe beschützt, die sehr verärgert darüber gewesen war, dass er ihre Tochter zurückgewiesen hatte. Der Vater sandte ihm zum Dank immer noch jedes Jahr so viel Elfenglas, dass es Knöpfe für all seine Kleider lieferte. Dass es vor Stilzen und Däumlingen schützte, hatte sich allerdings nicht bewahrheitet.

»Jacob Reckless!« Der jüngste Kronsberg sprach den weichen Dialekt, den man in den Dörfern nahe der Hauptstadt hörte. »Mir hat erst gestern jemand erzählt, die Goyl hätten dich erschlagen.«

»Tatsächlich?«

Jacob griff sich unwillkürlich an die Brust. Der Mottenabdruck färbte ihm immer noch die Haut.

»Wo haben sie den Bräutigam einquartiert?«, fragte er, als Kronsberg ihm das Tor öffnete. »Im Nordflügel?«

Die anderen Wachen musterten ihn misstrauisch.

»Wo sonst?« Kronsberg senkte die Stimme. »Kommst du von einem Auftrag zurück? Ich habe gehört, dass die Kaiserin dreißig Goldtaler auf einen Wünschsack ausgesetzt hat, seit der Krumme König sich damit brüstet, einen zu besitzen.«

Ein Wünschsack. Chanute besaß einen. Jacob war dabei gewesen, als er ihn einem Stilz gestohlen hatte. Aber selbst Chanute war nicht so gewissenlos, ein solches Ding in die Hände einer Kaiserin zu geben. Man musste nur den Namen eines Feindes nennen und der Sack ließ ihn spurlos verschwinden. Der Krumme König hatte sich auf die Art angeblich schon Hunderter von Männern entledigt.

Jacob blickte hinauf zu dem Balkon, auf dem die Kaiserin am nächsten Tag ihren Untertanen das Brautpaar präsentieren würde.

»Nein, wegen des Wünschsacks bin ich nicht hier«, sagte er. »Ich bringe ein Geschenk für die Braut. Grüß deinen Bruder und deinen Vater von mir.«

Justus Kronsberg war sichtlich enttäuscht, nicht mehr zu erfahren, aber das Tor zum ersten Palasthof öffnete er Jacob trotzdem. Schließlich verdankte sein Bruder ihm, dass er keine Kröte am Grund irgendeines Brunnens war oder, was viele Hexen inzwischen bevorzugten, eine Fußmatte oder ein Tablett für ihr Teegeschirr.

Es war drei Monate her, dass Jacob zuletzt im Palast gewesen war. Er hatte in den Wunderkammern der Kaiserin eine Zaubernuss auf ihre Echtheit geprüft. Die weiten Höfe nahmen sich im Vergleich zu dem, was er in der Goylfestung gesehen hatte, fast bescheiden aus, und die Gebäude, die sie umgaben, schienen trotz ihrer Kristallbalkone und vergoldeten Dachfirste schlicht im Vergleich zu dem hängenden Palast. Aber die Pracht im Inneren war immer noch beeindruckend.

Die austrischen Kaiser hatten besonders im Nordflügel an

nichts gespart. Schließlich war er erbaut worden, um ihren Gästen den Reichtum und die Macht des Kaiserreichs zu demonstrieren. An den Säulen der Eingangshalle rankten Früchte und Blüten aus Gold. Der Fußboden war aus weißem Marmor – auch von Mosaiken verstanden die Goyl mehr als ihre Feinde –, und die Wände waren bemalt mit Austriens Sehenswürdigkeiten, den höchsten Bergen, ältesten Städten, schönsten Schlössern. Die Ruine, die den Spiegel beherbergte, war noch in alter Pracht abgebildet, und Schwanstein war ein Märchenidyll zu ihren Füßen. Weder Straßen noch Eisenbahngleise durchzogen die gemalten Hügel. Stattdessen wimmelten sie von all dem, was die Vorfahren der Kaiserin mit Leidenschaft gejagt hatten: Riesen und Hexen, Wassermänner und Loreley, Einhörner und Menschenfresser.

Entlang der Treppe, die in die oberen Stockwerke führte, hingen weniger friedliche Bilder. Der Vater der Kaiserin hatte sie malen lassen: See- und Landschlachten, Sommer- und Winterschlachten, Schlachten gegen seinen Bruder in Lothringen, den Vetter in Albion, rebellische Zwerge und die Wolfsfürsten im Osten. Jeder Gast, wo immer er herkam, fand mit Sicherheit ein Gemälde, das seine Heimat im Krieg mit dem Kaiserreich zeigte. Und natürlich gehörte er immer zu den Verlierern. Nur die Goyl waren die Treppen hinaufgestiegen, ohne ihre Vorfahren auf einem gemalten Schlachtfeld untergehen zu sehen, denn seit sie sich Schlachten mit den Menschen lieferten, waren ohne Ausnahme sie die Sieger gewesen.

Die beiden Wachen, die Jacob auf der Treppe entgegenkamen, hielten ihn nicht an, obwohl er bewaffnet war, und der Diener, der ihnen nachhuschte, nickte ihm ehrerbietig zu. Jeder im Nordflügel kannte Jacob Reckless, denn Therese von Austrien ließ ihn gern rufen, damit er wichtige Gäste durch ihre Wunderkammern führte und ihnen wahre und unwahre Geschichten über die dort ausgestellten Schätze erzählte.

Die Goyl waren im zweiten und prächtigsten Stock untergebracht. Jacob sah ihre Posten, sobald er in den ersten Korridor spähte. Sie blickten zu ihm herüber, aber Jacob tat, als bemerkte er sie nicht, und wandte sich nach links, wo gleich neben der Treppe ein Saal lag, in dem die Kaiserin ihr Interesse am Rest der Welt demonstrierte, indem sie die Reiseandenken ihrer Familie ausstellte.

Der Saal war leer, wie Jacob gehofft hatte. Die Goyl waren nicht an der Trollfellkappe interessiert, die der Urgroßvater der Kaiserin aus Jetland heimgebracht hatte, oder an Leprechaunstiefeln aus Albion, und was immer in den Büchern, die die Wände säumten, über ihresgleichen stand, war sicher nicht schmeichelhaft.

Der Nordflügel war weit entfernt von den Gemächern, in denen die Kaiserin residierte, was ihren Gästen die Illusion gab, unbeobachtet zu sein. Aber hinter den Wänden gab es ein Netz von Geheimgängen, mit dem sich jedes Zimmer beobachten und in einigen Fällen sogar betreten ließ. Jacob hatte der Tochter eines Botschafters auf die Art ein paar nächtliche Besuche abgestattet. Man betrat die Gänge durch getarnte Türen und eine davon verbarg sich hinter einem kaiserlichen Reiseandenken aus Lothringen. Der Vorhang war bestickt mit Perlen, wie man sie im Magen von Däumlingen fand, und die Tür, die der schwere Stoff verbarg, sah aus wie ein Teil der Holztäfelung.

Jacob stolperte über den Kadaver einer Ratte, als er den dunklen Gang dahinter betrat. Die Kaiserin ließ sie regelmäßig vergiften, aber die Nager liebten ihre Geheimgänge. In die Wände waren alle drei Meter Gucklöcher von der Größe eines Daumennagels eingelassen, die auf der anderen Seite durch Stuckornamente oder falsche Spiegel getarnt waren. Im ersten Raum, in den Jacob blickte, staubte ein Kammermädchen die Möbel ab. Im zweiten und dritten hatten die Goyl provisorische Büros eingerichtet, und Jacob hielt unwillkürlich den Atem an, als er Hentzau hinter einem der Tische sitzen sah. Aber er war nicht seinetwegen gekommen.

Es war stickig in den dunklen Gängen und die Enge ließ das Herz schneller schlagen. Das Singen einer Zofe drang durch die dünnen Wände und das Klirren von Geschirr, aber Jacob schaltete hastig die Taschenlampe aus, als er plötzlich direkt vor sich ein Husten hörte. Natürlich. Therese von Austrien ließ all ihre Gäste belauschen. Warum sollte es bei ihrem größten Feind anders sein, auch wenn sie ihm ihre Tochter zur Frau gab?

Eine Gaslampe leuchtete vor ihm auf. Sie beschien einen Mann, der so blass war, als verbrächte er sein ganzes Leben in den lichtlosen Gängen. Jacob verbarg sich mit angehaltenem Atem in der Dunkelheit, bis der kaiserliche Spion an ihm vorbeigeschlurft und durch die getarnte Tür verschwunden war. Falls er ging, um Ablösung zu holen, blieb nicht viel Zeit.

Der Spion hatte den Raum beobachtet, nach dem Jacob gesucht hatte. Er erkannte die Stimme der Dunklen Fee, bevor er sie durch das winzige Loch sah. Nur ein paar Kerzen beleuchteten das Zimmer dahinter. Die Vorhänge waren zugezogen, aber das Sonnenlicht sickerte unter dem blassgoldenen Brokat hervor, und sie stand vor einem der verhängten Fenster, als wollte sie ihren Geliebten vor dem Licht beschützen. Ihre Haut leuchtete selbst in dem abgedunkelten Raum wie fleischgewordenes Mondlicht. *Sieh sie nicht an, Jacob.*

Der König der Goyl stand an der Tür. Feuer im Dunkeln. Jacob glaubte, seine Ungeduld selbst hinter der Wand zu spüren.

»Du verlangst, dass ich an ein Märchen glaube.« Jedes Wort füllte den Raum. Seine Stimme verriet seine Stärke – und die Fähigkeit, sie in Zaum zu halten. »Ich gebe zu, es amüsiert mich, dass all die es tun, die verlangen, dass wir zurück unter die Erde kriechen. Aber erwarte nicht, dass ich so naiv bin. Kein Mann kann mir nur durch die Farbe seiner Haut verschaffen, was die beste Armee nicht erkämpfen kann. Ich bin nicht unbesiegbar und kein Jadegoyl wird mich dazu machen. Selbst diese Hochzeit wird mir nur für eine Weile Frieden geben.«

Die Fee wollte etwas erwidern, aber er ließ sie nicht zu Wort kommen.

»Es gibt Aufstände im Norden, und im Osten haben wir nur Ruhe, weil sie sich lieber gegenseitig erschlagen. Im Westen nimmt der Krumme König meine Bestechungsgelder und rüstet hinter meinem Rücken auf, von seinem Vetter auf der Insel ganz zu schweigen. Den Onyxgoyl gefällt meine Hautfarbe nicht. Meine Munitionsfabriken produzieren nicht so schnell, wie meine Soldaten schießen. Die Lazarette sind überfüllt und die Partisanen haben zwei meiner wichtigsten Schienenwege gesprengt. Soweit ich mich erinnere, ist in den Märchen, die meine Mutter erzählt hat, von alldem nicht die Rede. Lass das Volk an den Jadegoyl und an Glückssteine glauben. Aber die Welt ist inzwischen aus Eisen gemacht.«

Er legte die Hand auf die Klinke und musterte die Goldbeschläge, die das Türblatt schmückten. »Sie machen schöne Dinge«, murmelte er. »Ich frage mich nur, warum sie so besessen von Gold sind. Silber ist so viel schöner.«

»Versprich, dass er an deiner Seite bleibt.« Die Fee streckte die Hand aus und alles Gold in dem dunklen Raum überzog sich mit Silber. »Selbst, wenn du ihr das Jawort gibst. Bitte!«

»Er ist ein Menschengoyl! Selbst die Jade lässt meine Offiziere diese Tatsache nicht übersehen. Und er ist unerfahrener als jeder andere meiner Leibwächter.«

»Er hat sie trotzdem alle geschlagen! Versprich es.«

Er liebte sie. Jacob sah es auf seinem Gesicht. So sehr, dass es ihm Angst machte.

»Ich muss gehen.« Er wandte sich um, aber als er die Tür öffnen wollte, gehorchte sie ihm nicht. »Lass das!«, fuhr er die Fee an.

Sie ließ die Hand sinken und die Tür sprang auf.

»Versprich es«, sagte sie noch einmal. »Bitte!«

Doch ihr Geliebter ging, ohne zu antworten, und sie war allein.

Jetzt, Jacob!

Er tastete nach einer geheimen Tür, aber seine Finger fanden nichts als eine hölzerne Wand, und die Fee ging auf die Tür zu, durch die ihr Geliebter sie verlassen hatte. *Nun mach schon, Jacob. Noch ist sie allein. Draußen wird es Wachen geben!* Vielleicht konnte er die Wand eintreten. Und dann? Schon der Lärm würde ein Dutzend Goyl herbeirufen. Jacob stand immer noch in dem engen Gang und wusste nicht, was er tun sollte, als ein Goylsoldat zu der Fee in das dunkle Zimmer trat.

Jadehaut.

Es war das erste Mal, dass Jacob seinen Bruder in der grauen Uniform sah. Will trug sie, als hätte er nie etwas anderes getragen. Nichts an ihm erinnerte noch daran, dass er ein Mensch gewesen war. Vielleicht waren seine Lippen im Vergleich zu denen der Goyl etwas voller und sein Haar etwas feiner, aber selbst der Körper seines Bruders sprach eine andere Sprache. Und er blickte die Fee an, als wäre sie Anfang und Ende der Welt.

»Ich habe gehört, dass du Kami'ens besten Leibwächter entwaffnet hast.« Sie strich Will übers Gesicht. Das Gesicht, das ihr Zauber in Jade verwandelt hatte.

»Er ist nicht halb so gut, wie er denkt.«

Sein Bruder hatte nie so geklungen. Will war nie auf einen Kampf aus gewesen oder darauf, seine Kräfte mit jemandem zu messen. Nicht einmal mit seinem Bruder.

Die Dunkle Fee lächelte, als Will die Finger fast zärtlich um den Säbelgriff schloss.

Finger aus Stein.

Ich werde dich für ihn bezahlen lassen, dachte Jacob, während er in Hass und hilflosem Schmerz ertrank. *Und deine Schwester hat den Preis festgesetzt.*

Den Spion hatte er vollkommen vergessen. Der Mann riss entsetzt die Augen auf, als seine Lampe Jacobs Gestalt aus der Dunkelheit löste. Jacob schlug ihm die Taschenlampe gegen die Schläfe und fing den zusammensackenden Körper auf, aber eine der mageren Schultern streifte die Holzwand, und die Gaslampe fiel zu Boden, bevor Jacob sie auffangen konnte.

»Was war das?«, hörte er die Fee fragen.

Jacob löschte die Lampe und hielt den Atem an.

Schritte.

Er tastete nach der Pistole, bis ihm einfiel, wer da auf die Holzwand zukam.

Will trat sie ein, als wäre sie aus Pappmaschee, und Jacob wartete nicht ab, bis sein Bruder sich durch das zersplitterte Holz zwängte. Er stolperte zurück zu der getarnten Tür, während die Dunkle Fee nach den Wachen rief.

Bleib stehen, Jacob. Aber nichts hatte ihm je so viel Angst gemacht wie die Schritte, die ihm folgten. Will sah in der Dunkelheit sicher ebenso gut wie Fuchs. Und er war bewaffnet.

Mach, dass du aus der Dunkelheit kommst, Jacob. Da ist er im Vorteil. Jacob riss den Vorhang herunter, als er durch die getarnte Tür ins Freie stolperte.

Das plötzliche Licht blendete Will. Er hob schützend den Arm vors Gesicht und Jacob schlug ihm den Säbel aus der Hand.

»Lass den Säbel liegen, Will!«

Er richtete die Pistole auf ihn. Will bückte sich trotzdem. Jacob versuchte, ihm den Säbel aus der Hand zu treten, doch diesmal war sein Bruder schneller. *Er wird dich töten, Jacob! Schieß!* Aber er konnte nicht. Es war immer noch dasselbe Gesicht, auch wenn es aus Jade war.

»Will, ich bin es!«

Will stieß ihm den Kopf ins Gesicht. Das Blut lief Jacob aus der Nase, und er schlug den Säbel seines Bruders nur mit knapper

Not zur Seite, bevor ihm die Klinge die Brust aufschlitzte. Wills nächster Hieb schnitt ihm den Unterarm auf. Er kämpfte wie ein Goyl, ohne zu zögern, kalt und präzise, jede Furcht gelöscht von ihrem Zorn. *»Ich habe gehört, dass du Kami'ens besten Leibwächter entwaffnet hast.« »Er ist nicht so gut, wie er denkt.«* Noch ein Hieb. *Wehr dich, Jacob.*

Klinge auf Klinge, geschliffenes Metall statt der Spielzeugwaffen, mit denen sie sich als Kinder geschlagen hatten. So lange her. Über ihnen fing sich das Sonnenlicht in den Glasblüten eines Kronleuchters, und der Teppich trug das Muster der Hexen, auf dem sie den Frühling herbeitanzten. Will rang nach Atem. Sie keuchten beide so laut, dass sie die kaiserlichen Garden erst bemerkten, als sie die langen Flinten auf sie richteten. Will wich vor den weißen Uniformen zurück, und Jacob stellte sich unwillkürlich schützend vor ihn, so wie er es immer getan hatte. Aber sein Bruder brauchte seine Hilfe nicht. Auch die Goyl hatten sie gefunden. Sie kamen aus der getarnten Tür. Graue Uniformen hinter ihnen, weiße vor ihnen. Will senkte den Säbel erst, als einer der Goyl ihm mit scharfer Stimme den Befehl gab.

Brüder.

»Dieser Mann hat versucht, in die Gemächer des Königs einzudringen!«

Ihr Offizier war ein Onyxgoyl und beherrschte die Sprache des Kaiserreichs fast akzentfrei. Will ließ Jacob nicht aus den Augen, während er an seine Seite trat. Immer noch dasselbe Gesicht, und doch so wenig das seines Bruders, wie ein Hund einem Wolf glich. Jacob wandte ihm den Rücken zu. Er ertrug es nicht mehr, ihn anzusehen.

»Jacob Reckless.« Er hielt den Garden den Säbel hin. »Ich muss mit der Kaiserin sprechen.«

Der Gardist, der den Säbel entgegennahm, raunte dem Offizier etwas zu. Vielleicht hing auf irgendeinem Korridor noch das Porträt, das die Kaiserin von Jacob hatte malen lassen, nachdem er ihr den Gläsernen Schuh gebracht hatte.

Will blickte Jacob nach, als die Garden ihn abführten. *Vergiss, dass du einen Bruder hattest, Jacob. Er hat es auch vergessen.*

44
DIE KAISERIN

Es war lange her, dass Jacob im Audienzsaal der Kaiserin gestanden hatte. Selbst wenn er oder Chanute etwas abgeliefert hatten, wonach sie seit Jahren suchen ließ, war es meist nur einer ihrer Zwerge gewesen, der die Bezahlung ausgehandelt oder ihnen einen neuen Auftrag erteilt hatte. Die Kaiserin gewährte bloß dann eine persönliche Audienz, wenn die Aufgabe sich, wie beim Gläsernen Schuh oder dem Tischleindeckdich, als besonders gefährlich herausgestellt hatte und die Geschichte, die man ihr erzählen konnte, ausreichend Blut und Todesangst enthielt. Therese von Austrien hätte eine gute

Schatzjägerin abgegeben, wäre sie nicht als Tochter eines Kaisers geboren worden.

Sie saß hinter ihrem Schreibtisch, als die Garden Jacob hereinbrachten. Die Seide ihres Kleides war bestickt mit Elfenglas und es war ebenso goldgelb wie die Rosen auf ihrem Schreibtisch. Ihre Schönheit war Legende, doch Krieg und Niederlage hatten sich ihr ins Gesicht geschrieben. Die Linien auf der Stirn waren schärfer, die Schatten unter den Augen dunkler, und ihr Blick war noch etwas kühler geworden.

Einer ihrer Generäle und drei Minister standen vor den Fenstern, durch die man auf die Dächer und Türme der Stadt blickte und auf die Berge, die die Goyl bereits erobert hatten. Den Adjutanten, der neben der Büste des vorletzten Kaisers lehnte, erkannte Jacob erst, als er sich umwandte. Donnersmarck. Er hatte Jacob auf drei Expeditionen für die Kaiserin begleitet. Zwei davon waren erfolgreich gewesen und hatten Jacob sehr viel Geld und Donnersmarck einen Orden eingebracht. Sie waren Freunde, aber der Blick, den er Jacob zuwarf, verriet nichts davon. An seiner weißen Uniform steckten ein paar Orden mehr als bei ihrer letzten Begegnung, und als er zu dem General trat, sah Jacob, dass er das linke Bein nachzog. Verglichen mit dem Krieg war die Schatzsuche ein harmloses Vergnügen.

»Unerlaubtes Eindringen in den Palast. Bedrohung meiner Gäste. Einen meiner Spione bewusstlos geschlagen.« Die Kaiserin legte den Federhalter zur Seite und winkte den Zwerg zu sich, der neben ihrem Schreibtisch stand. Er ließ Jacob nicht aus den Augen, während er ihr den Stuhl zurückzog. Die Zwerge der austrischen Kaiser hatten im Lauf der Jahrhunderte schon mehr als ein Dutzend Mordanschläge verhindert, und Therese von Austrien hatte mindestens drei von ihnen stets an ihrer Seite. Angeblich nahmen sie es sogar mit Rieslingen auf.

Auberon, der Favorit der Kaiserin, zupfte ihr das Kleid zurecht, bevor sie hinter dem Schreibtisch hervortrat. Sie war immer noch schlank wie ein junges Mädchen.

»Was soll das, Jacob? Hattest du nicht den Auftrag, ein Stundenglas zu finden? Stattdessen duellierst du dich in meinem Palast mit dem Leibwächter meines künftigen Schwiegersohns.«

Jacob beugte den Kopf. Sie mochte es nicht, wenn man ihr in die Augen sah. »Ich hatte keine Wahl. Er hat mich angegriffen und ich habe mich gewehrt.« Sein Unterarm blutete immer noch. Die neue Handschrift seines Bruders.

»Liefert ihn aus, Euer Majestät«, sagte einer der Minister. »Oder noch besser: Lasst ihn erschießen, um Euren Friedenswillen zu beweisen.«

»Unsinn«, erwiderte die Kaiserin gereizt. »Als ob mich dieser Krieg nicht schon genug gekostet hat. Er ist der beste Schatzsucher, den ich habe! Er ist sogar besser als Chanute.«

Sie trat so dicht an Jacob heran, dass er ihr Parfüm roch. Angeblich ließ sie Zaubermohn hineinmischen. Wer den Duft allzu tief einatmete, tat, was immer man verlangte – und hielt es für den eigenen Entschluss.

»Hat dich jemand bezahlt?«, fragte sie. »Jemand, dem dieser Frieden nicht gefällt? Richte ihm etwas aus: Mir gefällt er auch nicht.«

»Majestät!« Die Minister blickten so alarmiert zur Tür, als lauschten die Goyl daran.

»Oh, seid still!«, fuhr die Kaiserin sie an. »Ich bezahle mit meiner Tochter für diesen Frieden.«

Jacob blickte zu Donnersmarck, aber der mied seinen Blick.

»Es hat mich niemand bezahlt«, sagte er. »Und es hat nichts mit Eurem Frieden zu tun. Ich bin wegen der Fee hier.«

Das Gesicht der Kaiserin wurde fast so ausdruckslos wie das ihrer Tochter.

»Die Fee?«

Sie gab sich Mühe, gleichgültig zu klingen, aber ihre Stimme verriet sie. Hass und Abscheu. Jacob hörte beides heraus. Und Ärger. Ärger darüber, dass sie die Fee fürchtete.

»Was willst du von ihr?«

»Verschafft mir fünf Minuten mit ihr allein. Ihr werdet es nicht bereuen. Oder gefällt es Eurer Tochter, dass ihr Bräutigam seine dunkle Geliebte mitgebracht hat?«

Vorsicht, Jacob. Doch er war zu verzweifelt, um vorsichtig zu sein. Sie hatte ihm seinen Bruder gestohlen. Und er wollte ihn zurück.

Die Kaiserin wechselte einen Blick mit ihrem General.

»Genauso respektlos wie sein Lehrmeister«, sagte sie. »Chanute hat in demselben impertinenten Ton mit meinem Vater gesprochen.«

»Fünf Minuten nur«, wiederholte Jacob. »Ihr Fluch hat Euch den Sieg gekostet! Und Tausende von Untertanen!«

Sie sah ihn nachdenklich an.

»Majestät!«, sagte der General – und verstummte, als sie ihm einen warnenden Blick zuwarf. Sie wandte sich um und kehrte zu ihrem Schreibtisch zurück.

»Du kommst zu spät«, sagte sie über die Schulter zu Jacob. »Ich habe den Vertrag schon unterzeichnet. Richtet den Goyl aus, dass er Elfenstaub eingeatmet hatte«, befahl sie, während eine der Garden nach Jacobs Arm griff. »Bringt ihn zum Tor und gebt Befehl, ihn nicht wieder einzulassen.«

»Und, Jacob«, rief sie, als die Zwerge die Türen öffneten, »vergiss das Stundenglas. Ich will einen Wünschsack.«

45
VERGANGENE ZEITEN

Jacob wusste nicht, wie er zum Hotel zurückfand. In jedem Schaufenster, an dem er vorbeikam, glaubte er das hassverzerrte Gesicht seines Bruders zu sehen, und jede Frau, die ihm entgegenkam, verwandelte sich in die Dunkle Fee.

Es konnte nicht vorbei sein. Er würde sie finden. Bei der Hochzeit. Am Bahnhof, wenn sie mit ihrem frisch verheirateten Geliebten in seinen onyxschwarzen Zug stieg. Oder in dem hängenden Palast, trotz ihrer Schlangen.

Jacob war nicht mehr sicher, was ihn inzwischen antrieb: der Wunsch nach Rache, die Hoffnung, Will doch noch zurückzubekommen, oder einfach nur sein verletzter Stolz.

In der Eingangshalle des Hotels warteten zwischen Koffern und umherhastenden Pagen die frisch eingetroffenen Gäste. Sie alle kamen zur Hochzeit. Sogar ein paar Goyl waren darunter. Sie zogen mehr Blicke auf sich als die jüngste Schwester der Kaiserin. Sie war ohne ihren fürstlichen Ehemann aus dem Osten angereist und trug schwarzen Pelz, als wäre sie in Trauer wegen der Heirat ihrer Nichte.

Die Hochzeit würde am nächsten Morgen stattfinden, so viel wusste Jacob inzwischen. In der Kathedrale, in der auch Therese von Austrien getraut worden war und vor ihr ihr Vater.

Das Zimmermädchen hatte ihm die Kleider geflickt und gewaschen, und Jacob trug sie unter dem Arm, als er sein Zimmer aufschloss. Er ließ sie fallen, sobald er den Mann vor dem Fenster stehen sah, aber Donnersmarck wandte sich um, bevor er die Pistole zog. Seine Uniform war so makellos weiß, als wollte sie vergessen machen, dass Schlamm und Blut die Farben eines Soldaten waren.

»Gibt es irgendeinen Raum, in den der Adjutant der Kaiserin nicht hineinkommt?«, fragte Jacob, während er die Kleider aufhob und die Tür hinter sich schloss.

»Das Geheimzimmer eines Blaubarts. Dort helfen deine Talente immer noch besser als die Uniform.«

Donnersmarck hinkte auf Jacob zu.

»Was hast du mit der Dunklen Fee zu schaffen?«

Sie hatten sich fast ein Jahr nicht gesehen, aber gemeinsam einem Blaubart zu entkommen oder nach dem Haar eines Teufels zu suchen, knüpft ein Band, das nicht so leicht zerreißt. Jacob hatte mit Donnersmarck all das und noch einiges mehr überstanden. Nach dem Teufelshaar hatten sie vergebens gesucht, aber Donnersmarck hatte Jacob den Braunen Wolf vom Leib gehalten, der den Gläsernen Schuh bewacht hatte, und Jacob hatte ihn davor bewahrt, von einem Knüppelausdemsack erschlagen zu werden.

»Was ist mit deinem Bein passiert?«

Donnersmarck blieb vor ihm stehen.

»Was denkst du? Wir hatten Krieg.«

Unter dem Fenster lärmten die Droschken. Pferde wieherten, Kutscher fluchten. Nicht so viel anders als die andere Welt. Aber über einem Strauß Rosen, der auf dem Nachttisch neben dem Bett stand, schwirrten zwei hummelgroße Elfen. Viele Hotels setzten sie in den Zimmern aus, weil ihr Staub zu guten Träumen verhalf.

»Ich bin mit einer Frage hier. Du kannst dir sicher vorstellen, in wessen Auftrag ich sie stelle.«

Donnersmarck scheuchte eine Fliege von seiner weißen Uniform.

»Wenn du die fünf Minuten bekämst, würde der König der Goyl danach immer noch eine Geliebte haben?«

Jacob brauchte ein paar Augenblicke, um zu begreifen, was er gehört hatte.

»Nein«, antwortete er schließlich. »Er würde sie nie wiedersehen.«

Donnersmarck musterte ihn, als wollte er ihm von der Stirn lesen, was er vorhatte. Schließlich wies er auf Jacobs Hals.

»Du trägst das Medaillon nicht mehr. Hast du mit ihrer roten Schwester Frieden geschlossen?«

»Ja. Und sie hat mir verraten, was die Dunkle verletzlich macht.«

Donnersmarck rückte sich den Säbel zurecht. Er war ein sehr guter Fechter, aber das steife Bein hatte das vermutlich geändert.

»Du schließt Frieden mit der einen Schwester, um der anderen den Krieg zu erklären. So ist es immer mit dem Frieden, oder? Immer gegen jemanden, immer schon die Saat legend für den nächsten Krieg.«

Er hinkte zum Bett.

»Dann bleibt nur noch das Warum. Ich weiß, dass dir dieser Krieg egal ist. Also, wofür willst du es riskieren, von der Dunklen Fee getötet zu werden?«

»Der Jadegoyl, der ihren König bewacht, ist mein Bruder.«

Die Worte schienen es endgültig zur Wahrheit zu machen.

Donnersmarck rieb sich das verletzte Bein. »Ich wusste gar nicht, dass du einen Bruder hast. Aber wenn ich es mir genau überlege – es gibt vermutlich viel, was ich über dich nicht weiß.«

Er sah zum Fenster. »Ohne die Fee hätten wir diesen Krieg gewonnen.«

Nein, das hättet ihr nicht, dachte Jacob. *Weil ihr König mehr vom Krieg versteht als ihr alle. Weil mein Vater ihm gezeigt hat, wie man bessere Flinten baut. Weil sie die Zwerge zu ihren Verbündeten gemacht haben. Und weil ihr ihren Zorn seit Jahrhunderten schürt.*

Donnersmarck wusste all das auch. Aber es war so viel bequemer, der Fee die Schuld zu geben. Er stand auf und trat wieder ans Fenster.

»Sie geht jeden Abend nach Sonnenuntergang in die kaiserlichen Gärten. Kami'en lässt sie vorher durchsuchen, aber seine Männer sind nicht allzu gründlich. Sie wissen, dass ihr niemand etwas anhaben kann.«

Er wandte sich um.

»Was, wenn deinem Bruder nichts helfen kann? Was, wenn er einer von ihnen bleibt?«

»Einer von ihnen ist bald mit der Tochter deiner Kaiserin verheiratet.«

Darauf erwiderte Donnersmarck nichts. Draußen auf dem Flur waren Stimmen zu hören. Donnersmarck wartete, bis sie verklangen.

»Sobald es dunkel wird, schick ich dir zwei meiner Männer. Sie werden dich in die Gärten bringen.«

Er hinkte an Jacob vorbei, aber an der Tür blieb er noch einmal stehen. »Habe ich dir den je gezeigt?« Er strich über einen der Orden an seiner Jacke, einen Stern mit dem Siegel der Kaiserin in der Mitte. »Sie haben ihn mir verliehen, nachdem wir den Gläsernen Schuh gefunden hatten. Nachdem DU ihn gefunden hattest.«

Er blickte Jacob an.

»Ich bin in meiner Uniform hier. Ich hoffe, du weißt, was das heißt. Aber ich betrachte mich auch als deinen Freund, obwohl ich weiß, dass du das Wort nicht gern benutzt. Was immer du über die Dunkle Fee weißt ... Es ist Selbstmord, was du vorhast. Ich weiß, du bist ihrer Schwester davongelaufen und hast es überlebt. Aber diese Fee ist anders. Sie ist gefährlicher als alles, was dir je begegnet ist. Geh lieber den Wünschsack suchen oder den Baum des Lebens. Das Feuerpferd, einen Menschenschwan – was auch immer. Schick mich zurück zum Palast mit der Antwort, dass du es dir überlegt hast. Schließ Frieden. So, wie wir alle es tun sollten.«

Jacob sah eine Warnung in seinem Blick. Und eine Bitte.
Aber er schüttelte den Kopf.
»Ich werde hier sein, wenn es dunkel wird.«
»Natürlich wirst du das«, sagte Donnersmarck.
Und schob sich aus der Tür.

46
DIE DUNKLE SCHWESTER

Es war seit einer Stunde dunkel, aber auf dem Flur vor Jacobs Zimmer blieb es still, und er befürchtete schon, dass Donnersmarck ihn vor sich selbst beschützen wollte, als es endlich an seiner Tür klopfte. Aber es standen keine kaiserlichen Soldaten davor, sondern eine Frau.

Jacob erkannte Fuchs erst kaum. Sie trug einen schwarzen Mantel über ihrem Kleid und hatte sich das Haar hochgesteckt.

»Clara wollte deinen Bruder noch ein letztes Mal sehen.« Ihre Stimme klang nicht nach erleuchteten Straßen, sondern nach Wald und dem Fell der Füchsin. »Sie hat den Zwerg überredet, dass er morgen mit ihr auf die Hochzeit geht.«

Sie strich sich über den Mantel. »Es sieht so lächerlich aus, oder?«

Jacob zog sie ins Zimmer und schloss die Tür.

»Warum hast du es Clara nicht ausgeredet?«

»Warum sollte ich?«

Er zuckte zusammen, als sie seinen verletzten Arm berührte.

»Was ist passiert?«

»Nichts.«

»Clara sagt, du willst die Dunkle Fee finden. Jacob?« Sie nahm sein Gesicht zwischen ihre Hände. So schmale Hände, immer noch wie die eines Mädchens. »Ist das wahr?«

Ihre braunen Augen blickten ihm ins Herz. Fuchs spürte immer, wenn er log, aber diesmal musste er es schaffen, sie zu täuschen, oder sie würde ihm folgen, und Jacob wusste, er konnte sich viel verzeihen, aber nicht, dass sie seinetwegen verloren ging.

»Stimmt. Das hatte ich vor«, sagte er. »Aber ich habe Will gesehen. Du hattest recht. Es ist vorbei.«

Glaub mir, Fuchs. Bitte.

Diesmal waren es Donnersmarcks Männer. Es klopfte erneut.

»Jacob Reckless?« Die zwei Soldaten, die vor der Tür standen, waren kaum älter als Will.

Jacob zog Fuchs mit sich hinaus auf den Korridor. »Ich geh mich mit Donnersmarck betrinken. Wenn du morgen mit Clara zu der Hochzeit gehen willst, bitte. Aber ich werde den ersten Zug nach Schwanstein nehmen.«

Ihre Augen wanderten von ihm zu den Soldaten. Und die Dunkle Fee war sicher schon in den kaiserlichen Gärten.

Sie glaubte ihm nicht. Jacob sah es in ihrem Gesicht. Wie auch? Niemand kannte ihn besser. Nicht einmal er selbst. Sie sah so verletzlich aus in den Menschenkleidern, aber sie würde ihm nachkommen. Was immer er sagte.

Fuchs sprach kein Wort, als sie den Soldaten zum Aufzug folgten. Sie war immer noch aufgebracht wegen des Lerchenwassers. Und gleich würde sie noch zorniger sein.

»Du siehst kein bisschen lächerlich aus in dem Mantel«, sagte er, als sie vor dem Aufzug stehen blieben. »Du siehst sehr schön aus. Aber ich wünschte, du wärst nicht gekommen.«

»Sie darf mir nicht folgen«, sagte er zu den Soldaten. »Einer von euch muss bei ihr bleiben.«

Fuchs versuchte, sich zu verwandeln, doch Jacob griff nach ihrem Arm. Haut auf Haut, das hielt das Fell zurück. Sie versuchte sich verzweifelt zu befreien, aber Jacob ließ sie nicht los und drückte einem der Soldaten seinen Zimmerschlüssel in die Hand. Er war breit wie ein Schrank, trotz seines Kindergesichts, und würde sie hoffentlich gut bewachen.

»Sorg dafür, dass sie mein Zimmer nicht vor morgen früh verlässt«, wies er ihn an. »Und pass auf. Sie ist eine Gestaltwandlerin.«

Der Soldat sah nicht sonderlich glücklich aus über den Auftrag, aber er nickte und griff nach Fuchs' Arm. Die Verzweiflung in ihrem Blick tat weh, doch schon der bloße Gedanke, sie zu verlieren, schmerzte mehr.

»Sie wird dich töten!«

Ihre Augen ertranken in Wut und Tränen.

»Vielleicht«, sagte Jacob. »Aber es macht es nicht besser, wenn sie dasselbe auch mit dir tut.«

Der Soldat zog sie zum Zimmer zurück. Sie sträubte sich, wie die Füchsin es getan hätte, und vor der Tür riss sie sich fast los.

»Jacob! Geh nicht!«

Er hörte ihre Stimme noch, als der Aufzug unten in der Eingangshalle hielt, und für einen Moment wollte er tatsächlich wieder hinauffahren, nur um ihr die Wut und die Angst vom Gesicht zu wischen.

Der andere Soldat war sichtlich erleichtert, dass Jacob nicht ihn auserwählt hatte, auf Fuchs aufzupassen, und Jacob erfuhr auf dem Weg zum Palast, dass er aus einem Dorf im Süden kam, das Soldatenleben immer noch aufregend fand und ganz offensichtlich keine Ahnung hatte, wen Jacob in den kaiserlichen Gärten zu treffen hoffte.

Das große Tor auf der Rückseite des Palastes wurde nur einmal im Jahr für das Volk geöffnet. Sein Führer brauchte eine Ewigkeit, bis er das Schloss endlich aufbekam, und Jacob vermisste einmal mehr den magischen Schlüssel und all die anderen Dinge, die er in der Goylfestung verloren hatte. Der Soldat legte die Kette wieder vor, sobald Jacob sich durch das Tor geschoben hatte, aber er blieb mit dem Rücken dazu auf dem Gehsteig stehen. Schließlich würde Donnersmarck wissen wollen, ob Jacob auch wieder herausgekommen war.

Von ferne hörte man die Geräusche der Stadt, Kutschen und Pferde, Betrunkene, Straßenverkäufer und die Rufe der Nachtwächter. Aber hinter den Gartenmauern rauschten die Brunnen der Kaiserin, und in den Bäumen sangen die künstlichen Nachtigallen, die Therese zu ihrem letzten Geburtstag von einer ihrer Schwestern bekommen hatte. Im Palast brannte hinter einigen Fenstern noch Licht, doch auf den Balkonen und Treppen war es gespenstisch still für den Vorabend einer kaiserlichen Hochzeit, und Jacob versuchte, sich nicht zu fragen, wo Will gerade war.

Es war eine kalte Nacht, und seine Stiefel hinterließen dunkle Spuren auf den raureifweißen Rasenflächen, aber das Gras verschluckte das Geräusch seiner Schritte weit besser als die kiesbestreuten Wege. Jacob hielt nicht Ausschau nach den Spuren der Dunklen Fee. Er wusste, wohin sie gegangen war. Im Herzen der kaiserlichen Gärten lag ein Teich, dessen Oberfläche so dicht mit Lilien bedeckt war wie der See der Feen, und wie dort beugten sich Weiden über das dunkle Wasser.

Die Fee stand am Ufer und das Licht der Sterne haftete an ihrem Haar. Die zwei Monde liebkosten ihr die Haut, und Jacob spürte, wie sein Hass in ihrer Schönheit ertrank. Aber die Erinnerung an Wills versteinertes Gesicht brachte ihn schnell zurück.

Sie fuhr herum, als sie seine Schritte hörte, und er schlug den schwarzen Mantel zurück, damit das weiße Hemd darunter sichtbar wurde, wie ihre Schwester es ihm geraten hatte. »*Weiß wie Schnee. Rot wie Blut. Schwarz wie Ebenholz.*« Eine Farbe fehlte noch.

Die Dunkle Fee löste mit einem raschen Griff ihr Haar und ihre Motten schwärmten auf ihn zu. Aber Jacob zog sich das Messer schon über den Arm und wischte das Blut auf das weiße

Hemd. Die Motten taumelten zurück, als hätte er ihnen die Flügel verbrannt.

»Weiß, rot, schwarz ...«, sagte er, während er die Messerklinge am Ärmel abstrich. »Schneewittchenfarben. So hat mein Bruder sie immer genannt. Er mochte das Märchen sehr. Aber wer hätte gedacht, dass sie so mächtig sind?«

»Woher weißt du von den drei Farben?« Die Fee machte einen Schritt zurück.

»Deine Schwester hat sie mir verraten.«

»Sie verrät dir unsere Geheimnisse als Dank dafür, dass du sie verlassen hast?«

Sieh sie nicht an, Jacob. Sie ist zu schön.

Die Fee streifte die Schuhe ab und trat näher ans Wasser. Jacob spürte ihre Macht so deutlich wie die Kälte der Nacht.

»Offenbar ist das, was du getan hast, schwerer zu verzeihen«, sagte er.

»Ja, sie sind immer noch empört darüber, dass ich fortgegangen bin.« Sie lachte leise und die Motten schlüpften ihr zurück ins Haar. »Aber ich kann mir nicht vorstellen, was meine Schwester damit zu gewinnen glaubt, dass sie dir von den drei Farben erzählt. Als ob ich die Motten bräuchte, um dich zu töten.«

Sie trat zurück, bis das Wasser des Teichs sich über ihren nackten Füßen schloss, und die Nacht begann zu flirren, als verwandelte die Luft selbst sich in schwarzes Wasser.

Jacob spürte, wie ihm das Atmen schwer wurde.

»Ich will meinen Bruder zurück.«

»Warum? Ich habe ihn nur zu dem gemacht, der er immer sein sollte.« Die Fee strich sich das lange Haar zurück. »Weißt du, was ich glaube? Meine Schwester ist immer noch zu verliebt in dich, um dich selbst zu töten. Also hat sie dich zu mir geschickt!«

Er fühlte, wie ihre Schönheit ihn alles vergessen ließ, den Hass, der ihn hergebracht hatte, die Liebe zu seinem Bruder und sich selbst.

Sieh sie nicht an, Jacob!

Er umklammerte seinen verletzten Arm, damit der Schmerz ihn schützte. Der Schmerz vom Schwert seines Bruders. Er drückte so fest zu, dass ihm Blut über die Hand rann, und sah erneut Wills hassverzerrtes Gesicht. Sein verlorener Bruder.

Die Dunkle Fee trat auf ihn zu.

Ja. Komm näher.

»Bist du wirklich so arrogant zu glauben, dass du herkommen und mir Forderungen stellen kannst?«, sagte sie und blieb dicht vor ihm stehen. »Denkst du, weil eine Fee dir nicht widerstehen konnte, ist es um uns alle geschehen?«

»Nein. Das ist es nicht«, sagte Jacob.

Ihre Augen weiteten sich, als er nach ihrem weißen Arm griff. Die Nacht spann sich ihm wie Spinnweben um den Mund, aber er sprach ihren Namen aus, bevor sie ihm die Zunge lähmen konnte.

Sie stieß ihn zurück und hob die Hände, als könnte sie die verhängnisvollen Silben noch abwehren. Doch ihre Finger verwandelten sich schon in Zweige und ihre Füße trieben Wurzeln. Ihr Haar wurde zu Blättern, ihre Haut zu Rinde, und ihr Aufschrei klang wie der Wind im Laub einer Weide.

»Es ist ein schöner Name«, sagte Jacob, während er zwischen die herabhängenden Zweige trat. »Zu schade, dass man ihn nur in eurem Reich aussprechen darf. Hast du ihn je deinem Liebhaber verraten?«

Die Weide ächzte, und ihr Stamm beugte sich über den Teich, als weinte sie herab auf ihr Spiegelbild.

»Du hast meinem Bruder eine Haut aus Stein gegeben. Ich gebe dir eine aus Rinde. Das klingt nach einem fairen Handel, oder?« Jacob schloss den Mantel über dem blutverschmierten Hemd. »Ich werde Will jetzt suchen gehen. Und wenn seine Haut immer noch aus Jade ist, komme ich zurück und lege Feuer an deine Wurzeln.«

Jacob konnte nicht sagen, woher ihre Stimme kam. Vielleicht war sie nur in seinem Kopf, aber er hörte sie so deutlich, als flüsterte sie ihm jedes Wort ins Ohr: »Lass mich frei und ich gebe deinem Bruder seine Menschenhaut zurück.«

»Deine Schwester hat mir gesagt, dass du das versprechen wirst. Und dass ich dir nicht glauben soll.«

»Bring ihn zu mir und ich beweise es dir!«

»Deine Schwester hat mir geraten, noch etwas anderes zu tun.« Jacob griff in die Zweige und pflückte eine Handvoll der silbrigen Blätter.

Die Weide seufzte, als er sie in sein Taschentuch einschlug.

»Ich sollte diese Blätter deiner Schwester bringen«, sagte Jacob. »Aber ich glaube, ich werde sie behalten und gegen die Haut meines Bruders eintauschen.«

Der Teich war ein Spiegel aus Silber, und die Hand, mit der er den Arm der Fee berührt hatte, fühlte sich an wie erfroren.

»Ich bringe ihn zu dir«, sagte er. »Noch heute Nacht.«

Aber durch das Laub der Weide lief ein Schauder.

»Nein!«, flüsterten die Blätter. »Kami'en braucht ihn! Er muss an seiner Seite bleiben, bis die Hochzeit vorbei ist.«

»Warum?«

»Versprich es, oder ich werde dir nicht helfen.«

Jacob hörte ihre Stimme auch noch, als der Teich längst hinter den Hecken verschwunden war.

»Versprich es!«

Immer wieder.

47
DIE WUNDERKAMMERN
DER KAISERIN

Ich bringe ihn zu dir. Aber wie? Jacob stand bestimmt eine Stunde hinter den Stallungen, die zwischen den Gärten und dem Palast lagen, und starrte zu den Fenstern des Nordflügels hinauf. Dort brannte immer noch Licht – Kerzenlicht, wie es Goylaugen gefiel –, und einmal glaubte er, den König hinter einem der Fenster stehen zu sehen. Er wartete auf seine Geliebte. Am Vorabend seiner Hochzeit.

Ich bringe ihn zu dir. Aber wie, Jacob?

Es war ein Kinderspielzeug, das ihm die Antwort gab.

Ein schmutziger Ball, der zwischen den Eimern lag, mit denen die Knechte die Pferde tränkten. *Natürlich, Jacob. Der Goldene Ball.*

Er selbst hatte ihn vor drei Jahren an die Kaiserin verkauft. Der Ball war einer ihrer liebsten Schätze und lag in ihren Wunderkammern. Aber kein Wächter würde Jacob noch einmal in den Palast lassen und den Schwindschleim hatten die Goyl ihm abgenommen.

Es kostete ihn eine weitere Stunde, eine der Schnecken zu finden, die den Schleim produzierten. Die kaiserlichen Gärtner töteten alle, die sie fanden, aber schließlich entdeckte Jacob zwei unter dem moosbedeckten Rand eines Brunnens. Ihre Häuser wurden schon wieder sichtbar, und ihr Schleim wirkte, sobald er ihn unter die Nase strich. Es war nicht viel, aber für ein, zwei Stunden würde es reichen.

Vor dem Eingang, den die Lieferanten und Dienstboten benutzten, lehnte nur ein Wächter an der Mauer, und Jacob gelang es, sich an ihm vorbeizuschleichen, ohne ihn aus dem Halbschlaf zu wecken.

In den Küchen und Wäschekammern wurde selbst nachts gearbeitet, und eine der müden Mägde blieb erschrocken stehen, als seine unsichtbare Schulter sie streifte. Aber schon bald kam er zu den Treppen, die fort von den Dienern und hinauf zu den Herren führten. Er spürte, wie seine Haut taub wurde, weil er den Schleim erst vor ein paar Tagen benutzt hatte, doch zum Glück setzte noch keine Lähmung ein.

Die Wunderkammern lagen im Südflügel, dem jüngsten Teil des Palastes. Die sechs Säle, die sie inzwischen einnahmen, waren mit Lapislazuli verkleidet, weil es von diesem Stein hieß, dass er die magische Potenz der ausgestellten Artefakte schwächte. Die kaiserliche Familie hatte schon immer Geschmack an den Zaubergegenständen dieser Welt gefunden und versucht, so viele wie möglich in ihren Besitz zu bringen. Aber erst der Vater der jetzigen Kaiserin hatte es zum Gesetz gemacht, dass Gegenstände, Tiere und Menschen mit magischen Eigenschaften den Behörden zu melden waren. Schließlich war es nicht leicht, in einer Welt zu regieren, in der Bettler von einem Goldbaum zu Fürsten gemacht wurden und sprechende Tiere Waldarbeitern rebellische Weisheiten zuflüsterten.

Vor den vergoldeten Türen standen keine Wachen. Der Großvater der Kaiserin hatte einen Schmied mit der Herstellung beauftragt, der sein Handwerk von einer Hexe gelernt hatte. In die Bäume, die auf den Türblättern ihre goldenen Zweige spreizten, waren die Zweige von Hexenbäumen eingelassen, und wer die Türen öffnete, ohne ihr Geheimnis zu kennen, wurde von den Zweigen aufgespießt. Sie schnellten heraus wie Lanzen, sobald man die Klinken berührte, und zielten, wie die Bäume im Schwarzen Wald, zuerst nach den Augen. Aber Jacob kannte das Geheimnis, wie man sie unbeschadet öffnete.

Er trat dicht an die Türen heran, ohne die Klinken zu berühren. Zwischen den geschmiedeten Blättern hatte der Schmied einen Specht verborgen. Sein Gefieder färbte sich bunt wie die Federn eines lebenden Vogels, sobald Jacob auf das Gold hauchte, und die Türen schwangen so lautlos auf, als hätte ein Windstoß sie geöffnet.

Die Wunderkammern von Austrien.

Der erste Saal war zum Großteil mit Zaubertieren gefüllt, die zur Jagdbeute der kaiserlichen Familie verkommen waren. Als Jacob an den Vitrinen vorbeischritt, die die ausgestopften Körper vor Staub und Motten schützten, schienen ihm ihre glasgefüllten Blicke zu folgen. Ein Einhorn. Geflügelte Hasen. Ein Brauner Wolf. Menschenschwäne. Zauberkrähen. Sprechende Pferde. Natürlich gab es auch eine Füchsin. Sie war nicht so zartgliedrig wie Fuchs, aber Jacob ertrug es trotzdem nicht, sie anzusehen.

Die zweite Kammer enthielt Artefakte, die von Hexen stammten. Die Wunderkammern machten keinen Unterschied zwischen Heilerinnen und Kinderfresserinnen. Messer, die Fleisch von Menschenknochen gelöst hatten, lagen neben einer Nadel, die mit einem Stich Wunden heilte, und Eulenfedern, die Blinde wieder sehen ließen. Es gab zwei der Besen, auf denen die Hexen so schnell und hoch wie Vögel flogen, und Lebkuchen von den tödlichen Häusern ihrer kinderfressenden Schwestern.

In den Vitrinen der dritten Kammer waren Nymphen- und Wassermannschuppen ausgestellt, die einem, wenn man sie unter die Zunge legte, erlaubten, sehr tief und lange zu tauchen. Aber es waren auch Drachenschuppen in jeder Größe und Farbe zu finden. In fast jedem Winkel dieser Welt gab es Gerüchte über angeblich noch lebende Exemplare. Jacob selbst hatte hoch im Norden schon Schatten am Himmel gesehen, die verdächtig dem mumifizierten Körper glichen, der in der vierten Kammer ausgestellt war. Allein der Schwanz nahm fast eine halbe Wand ein, und die gewaltigen Zähne und Klauen machten Jacob fast dankbar dafür, dass die kaiserliche Familie seine Art ausgerottet hatte.

Der Goldene Ball, nach dem er suchte, lag in der fünften Kammer auf einem Kissen aus schwarzem Samt. Jacob hatte ihn in einer Wassermannhöhle neben der entführten Tochter eines Bäckers gefunden. Er war kaum größer als ein Hühnerei, und die Beschreibung, die auf den Samt geheftet war, klang fast wie das Märchen, das in der anderen Welt von einem Goldenen Ball erzählte:

Ursprünglich Lieblingsspielzeug der jüngsten Tochter Leopolds des Gutmütigen, mit dem sie ihren Bräutigam (später Wenzeslaus der Zweite) fand und von einem Frosch-Fluch befreite.

Aber das war nicht die ganze Wahrheit. Der Ball war eine Falle. Jeder, der ihn auffing, wurde in sein Inneres gezogen und erst wieder freigelassen, wenn man das Gold polierte.

Jacob brach die Vitrine mit dem Messer auf und war für einen Moment versucht, noch ein paar andere Dinge mitzunehmen, die die Truhe in Chanutes Gasthaus hätten auffüllen können, doch die Kaiserin würde über den Ball verärgert genug sein. Jacob schob ihn gerade in die Manteltasche, als in der ersten Kammer die Gaslichter aufflammten. Sein Körper begann schon wieder sichtbar zu werden, und er verbarg sich hastig hinter einer Vitrine, in der ein abgetragener Siebenmeilenstiefel aus Salamanderleder stand, den Chanute dem Vater der Kaiserin verkauft hatte (der zweite stand in der Wunderkammer des Königs von Albion). Schritte hallten durch die Säle, und schließlich hörte Jacob, wie jemand sich an den Vitrinen zu schaffen machte. Aber er konnte nicht sehen, wer es war, und wagte nicht, sich zu rühren, aus Angst, seine Schritte würden ihn verraten. Wer immer es war, er blieb nicht lange. Das Licht erlosch, die schweren Türen fielen zu und Jacob war wieder allein in der Dunkelheit.

Ihm war speiübel von dem Schleim, aber er konnte es nicht lassen, an den Vitrinen entlangzugehen, um herauszufinden, weswegen der andere nächtliche Besucher gekommen war. Die Heilende Hexennadel fehlte, zwei Drachenkrallen, die angeblich vor Verletzung schützten, und ein Stück Wassermannhaut, dem man dieselbe Wirkung zuschrieb. Jacob konnte sich keinen Reim darauf machen, und schließlich gab er sich mit der Erklärung zufrieden, dass die Kaiserin dem Bräutigam ein paar magische Dinge zur Hochzeit schenken wollte, um sicherzustellen, dass er nicht schon bald von einem weniger friedensbereiten Goyl ersetzt wurde.

Als die goldenen Türen wieder hinter ihm zufielen, war Jacob bereits so übel, dass er sich fast übergab. Er hatte Krämpfe – die ersten Vorboten der Lähmung, die der Schleim auslösen konnte –, und die Palastkorridore nahmen kein Ende. Jacob beschloss, ihnen zurück in die Gärten zu folgen. Die Mauern, die sie von der Straße trennten, waren hoch, doch das Rapunzelseil ließ ihn auch diesmal nicht im Stich. Wenigstens eine nützliche Sache, die ihm geblieben war.

Donnersmarcks Mann stand immer noch vor dem Tor, aber er bemerkte Jacob nicht, als er sich davonstahl. Sein Körper war noch schemenhaft wie der eines Geistes, und ein Nachtwächter, der seine Runden in den nächtlichen Straßen zog, ließ bei seinem Anblick vor Schreck die Laterne fallen.

Zum Glück war er wieder sichtbar genug, als er das Hotel erreichte. Jeder Schritt war mühsam und seine Finger wollten sich kaum noch krümmen. Er schaffte es gerade noch in den Aufzug, und erst als er vor seinem Zimmer stand, fiel ihm Fuchs ein.

Er musste so laut gegen die Tür klopfen, dass zwei Gäste die Köpfe aus ihren Zimmern steckten, bevor der Soldat endlich öffnete. Jacob stolperte an ihm vorbei und übergab sich im Badezimmer. Fuchs war nirgends zu sehen.

»Wo ist sie?«, fragte Jacob, als er wieder aus dem Badezimmer kam. Er musste sich gegen die Wand lehnen, damit ihm die Knie nicht nachgaben.

»Ich habe sie in den Schrank gesperrt!« Der Soldat hielt ihm anklagend seine mit einem blutigen Taschentuch umwickelte Hand hin. »Sie hat mich gebissen!«

Jacob schob ihn auf den Korridor hinaus. »Richte Donnersmarck aus, dass erledigt ist, was ich versprochen habe.«

Er lehnte sich erschöpft gegen die Tür. Eine der Elfen, die immer noch in dem Zimmer herumschwirrten, hinterließ ihren silbrigen Staub auf seiner Schulter. *Süße Träume, Jacob.*

Fuchs trug ihr Fell und entblößte die Zähne, als er den Schrank öffnete. Falls sie erleichtert war, ihn zu sehen, verbarg sie es gut.

»War das die Fee?«, fragte sie nur beim Anblick seines blutverschmierten Hemdes und beobachtete mit unbewegtem Gesicht, wie er vergebens versuchte, es auszuziehen. Seine Finger waren inzwischen steif wie Holz.

»Ich rieche Schwindschleim.« Fuchs leckte sich das Fell, als spürte sie immer noch, wo der Soldat sie zu packen versucht hatte.

Jacob setzte sich aufs Bett, solange er es noch konnte. Seine Knie wurden auch schon steif.

»Hilf mir, Fuchs. Ich muss morgen auf die Hochzeit und ich kann mich kaum noch bewegen.«

Sie musterte ihn so lange, dass Jacob dachte, sie hätte das Sprechen verlernt.

»Ein fester Biss könnte dir vielleicht helfen«, sagte sie schließlich. »Und ich gebe zu, es würde mir ein Vergnügen sein. Aber vorher verrätst du mir, was du vorhast.«

48
HOCHZEITSPLÄNE

Das erste Morgenrot zeigte sich über den Dächern der Stadt und die Kaiserin hatte nicht geschlafen. Sie hatte gewartet, Stunde um Stunde, aber als endlich einer der Zwerge Donnersmarck in ihr Audienzzimmer führte, verbarg ihr Gesicht all das Warten und Hoffen hinter einer Maske aus Puder.

»Er hat es getan. Kami'en lässt bereits nach ihr suchen, aber falls Jacob die Wahrheit sagt, werden sie sie nicht finden.«

Donnersmarck schien nicht sehr glücklich über die Nachricht, die er brachte, doch Thereses Herz schlug schneller, denn es war die Nachricht, auf die sie gehofft hatte.

»Gut.« Sie strich sich über das straff zurückgesteckte Haar. Es wurde grau, aber sie ließ es färben. Golden wie das ihrer Tochter. Sie würde sie behalten. Ebenso wie ihren Thron. Und ihren Stolz.

»Gib die vorbereiteten Befehle.«

Donnersmarck senkte den Kopf, wie immer, wenn er von einem Befehl wenig hielt.

»Was?«

»Ihr könnt ihren König töten, aber seine Armeen stehen immer noch kaum zwanzig Meilen entfernt.«

»Sie sind verloren ohne Kami'en und die Fee.«

»Einer der Onyxgoyl wird ihn ersetzen.«

»Und Frieden machen! Die Onyxgoyl wollen nur unter der Erde herrschen.« Sie hörte selbst, wie ungeduldig ihre Stimme klang. Sie wollte nicht denken, sie wollte handeln. Bevor die Gelegenheit verstrich.

»Aber ihre unterirdischen Städte sind überfüllt. Und sein Volk wird Rache wollen. Sie vergöttern ihren König!«

Er war so störrisch. Und er war den Krieg leid. Aber keiner war klüger als er. Und unbestechlicher.

»Ich sage es nicht noch einmal. Gib die vorbereiteten Befehle!«

Sie winkte dem jüngsten ihrer Zwerge. »Bring mein Frühstück. Ich bin hungrig.«

Der Zwerg huschte davon und Donnersmarck hatte sich immer noch nicht gerührt.

»Was ist mit seinem Bruder?«

»Was soll mit ihm sein? Er ist der Leibwächter des Königs. Also erwarte ich, dass er mit ihm sterben wird. Hast du die Dinge für meine Tochter?«

Donnersmarck legte alles auf den Tisch, an dem sie als Kind oft gesessen und ihrem Vater dabei zugesehen hatte, wie er Verträge und Todesurteile besiegelte. Inzwischen trug sie den Siegelring.

Eine Heilende Nadel, eine Drachenkralle und eine Wassermannhaut. Therese von Austrien trat an den Tisch und strich über die mattgrünen Schuppen, die einmal die Hand eines Wassermanns bedeckt hatten.

»Lass die Kralle und die Haut ins Brautkleid meiner Tochter einnähen«, befahl sie der Zofe, die wartend neben der Tür stand. »Und die Nadel gebt dem Arzt, der sich in der Sakristei bereithalten wird.«

Donnersmarck reichte ihr eine weitere Kralle.

»Die ist für Euch.«

Er salutierte und wandte sich um.

»Was ist mit Jacob? Hast du ihn verhaften lassen?«

Donnersmarck blieb stehen, als hätte sie ihm eine Leiche in den Weg geworfen. Aber als er sich umdrehte, war sein Gesicht ebenso ausdruckslos wie das ihre.

»Der Soldat, der vor dem Tor auf ihn gewartet hat, sagt, er ist nicht wieder herausgekommen. Im Palast haben wir ihn auch nicht gefunden.«

»Und? Habt ihr sein Hotel überwacht?«

Er blickte ihr in die Augen, aber sie konnte seinen Blick nicht lesen.

»Ja. Er ist nicht dort.«

Die Kaiserin strich über die Drachenkralle in ihrer Hand.

»Finde ihn. Du weißt, wie er ist. Du kannst ihn wieder freilassen, sobald die Hochzeit vorbei ist.«

»Für seinen Bruder wird das zu spät sein.«

»Es ist schon jetzt zu spät für ihn. Er ist ein Goyl.«

Der Zwerg kam mit ihrem Frühstück zurück. Draußen wurde es hell und die Nacht hatte die Dunkle Fee mit sich genommen. Zeit, sich zurückzuholen, was ihr Zauber ihr gestohlen hatte. Wer wollte Frieden, wenn man siegen konnte?

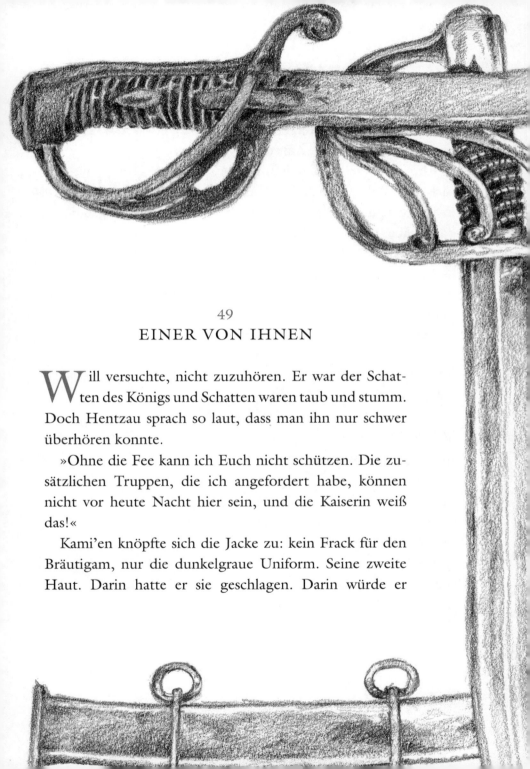

49
EINER VON IHNEN

Will versuchte, nicht zuzuhören. Er war der Schatten des Königs und Schatten waren taub und stumm. Doch Hentzau sprach so laut, dass man ihn nur schwer überhören konnte.

»Ohne die Fee kann ich Euch nicht schützen. Die zusätzlichen Truppen, die ich angefordert habe, können nicht vor heute Nacht hier sein, und die Kaiserin weiß das!«

Kami'en knöpfte sich die Jacke zu: kein Frack für den Bräutigam, nur die dunkelgraue Uniform. Seine zweite Haut. Darin hatte er sie geschlagen. Darin würde er eine von ihnen heiraten. Der erste Goyl, der eine Menschenfrau nahm.

»Eure Majestät. Es sieht ihr nicht ähnlich, ohne ein Wort zu verschwinden!« Aus Hentzaus Stimme klang etwas, das Will dort noch nie gehört hatte. Angst.

»Im Gegenteil. Es sieht ihr sehr ähnlich.« Der König ließ sich von Will den Säbel reichen. »Sie hasst unsere Sitte, sich mehrere Frauen zu nehmen. Auch wenn ich ihr oft genug erklärt habe, dass sie ebenso das Recht hat, andere Männer zu haben.«

Er schnallte sich den Säbel an den silberbeschlagenen Gürtel und trat vor den Spiegel, der neben dem Fenster hing. Das schimmernde Glas erinnerte Will an etwas. Nur an was?

»Vermutlich hat sie es von Anfang an so geplant und dich deshalb den Jadegoyl für mich suchen lassen. Und falls sie recht behält«, setzte der König mit einem Blick auf Will hinzu, »brauche ich eh nur ihn in meiner Nähe, um sicher zu sein.«

»Weich nicht von seiner Seite.« Die Fee hatte es so oft gesagt, dass Will die Worte in seinen Träumen hörte. *»Selbst wenn er dich fortschickt, gehorch ihm nicht!«*

Sie war so schön. Aber Hentzau verabscheute sie. Trotzdem hatte er Will auf ihren Befehl hin trainiert – manchmal so hart, als wollte er ihn töten. Zum Glück heilte Goylhaut schnell und die Angst hatte ihn nur zu einem besseren Kämpfer gemacht. Erst gestern hatte er Hentzau den Säbel aus der Hand geschlagen. »Was habe ich dir gesagt?«, hatte die Fee ihm zugeraunt. »Du bist zum Schutzengel geboren. Vielleicht lasse ich dir eines Tages Flügel wachsen.« »Aber was war ich vorher?«, hatte Will gefragt.

»Seit wann fragt der Schmetterling nach der Raupe?«, hatte sie zurückgefragt. »Er vergisst sie. Und liebt, was er ist.«

Und ja, das tat er. Will liebte die Unempfindlichkeit seiner Haut und die Kraft und Unermüdlichkeit seiner Glieder, die alle Goyl den Weichhäuten so überlegen machten – auch wenn er wusste, dass er aus ihrem Fleisch erschaffen worden war. Er warf sich immer noch vor, dass er den einen hatte entkommen lassen, der wie eine Ratte hinter den Wänden des Königs gesteckt hatte. Will konnte sein Gesicht nicht vergessen: die grauen goldlosen Augen, das spinnwebfeine, dunkle Haar, die weiche Haut, die all ihre Schwachheit verriet … Er strich sich schaudernd über die jadeglatte Hand.

»Die Wahrheit ist, dass du diesen Frieden nicht willst.« Der König klang gereizt und Hentzau senkte den Kopf wie ein alter Wolf vor dem Führer des Rudels. »Du würdest sie am liebsten alle erschlagen. Jeden Einzelnen von ihnen. Männer, Frauen und Kinder.«

»Richtig«, erwiderte Hentzau heiser. »Solange auch nur einer von ihnen lebt, werden sie dasselbe mit uns machen wollen. Verschiebt die Hochzeit um einen Tag. Bis Verstärkung eintrifft.«

Kami'en zog sich die Handschuhe über die Klauen. Sie waren aus dem Leder der Schlangen genäht, die so tief unter der Erde hausten, dass selbst den Goyl auf der Jagd nach ihnen fast die Haut schmolz. Die Fee hatte Will von den Schlangen erzählt. Sie hatte ihm so vieles beschrieben: die Straße der Toten, die Wasserfälle aus Sandstein, unterirdische Seen und Blütenfelder aus Amethyst. Er konnte es nicht erwarten, all diese Wunder endlich mit eigenen Augen zu sehen.

Der König griff nach seinem Helm und strich über die Echsenstacheln, die ihn schmückten. Den Menschen Federbüsche, den Goyl Echsenstacheln. »Du weißt genau, was sie sagen würden: Der Goyl fürchtet uns, weil er sich nicht hinter dem Rock seiner Geliebten verstecken kann. Und: Wir haben immer gewusst, dass er diesen Krieg nur ihretwegen gewonnen hat.«

Hentzau schwieg.

»Siehst du? Du weißt, dass ich recht habe.« Der König wandte ihm den Rücken zu, und Will senkte hastig den Kopf, als er auf ihn zutrat.

»Ich war bei ihr, als sie von dir geträumt hat«, sagte er. »Ich habe dein Gesicht in ihren Augen gesehen. Wie kann man träumen, was noch nicht geschehen, und einen Mann sehen, dem man nie begegnet ist? Oder hat sie dich herbeigeträumt? Hat sie all das Steinerne Fleisch nur gesät, um dich zu ernten?«

Will schloss die Finger um den Säbelknauf. »Ich glaube, etwas in uns kennt die Antworten, Euer Majestät«, sagte er. »Aber es gibt keine Worte für sie. Ich werde Euch nicht enttäuschen. Das ist alles, was ich weiß. Ich schwöre es.«

Der König sah sich zu Hentzau um.

»Hör dir das an. Mein Jadeschatten ist doch nicht stumm. Hast du ihm neben dem Kämpfen endlich auch das Sprechen beigebracht?« Er lächelte Will zu. »Was hat sie zu dir gesagt? Dass du selbst beim Jawort an meiner Seite stehen sollst?«

Will spürte Hentzaus milchigen Blick wie Raureif auf der Haut.

»Hat sie es so gesagt?«, wiederholte der König.

Will nickte.

»Dann wird es so sein.« Kami'en drehte sich zu Hentzau um. »Lass anspannen. Der König der Goyl nimmt sich eine Menschenfrau.«

50
DIE SCHÖNE UND DAS BIEST

Hochzeit. Eine Tochter als Bezahlung und ein weißes Kleid, um darunter all die blutigen Schlachtfelder zu verstecken. Die Kirchenfenster färbten das Morgenlicht blau, grün, rot und golden, und Jacob stand hinter einer der blumengeschmückten Säulen und beobachtete, wie die Bankreihen der Kathedrale sich füllten. Er trug die Uniform der kaiserlichen Garden. Der Soldat, dem er sie abgenommen hatte, lag fest verschnürt in einer Seitengasse hinter der Kathedrale, und zwischen ihren Säulen standen so viele Gardisten, dass ein fremdes Gesicht niemandem auffiel. In ihren Uniformen waren sie weiße Flecken in dem Farbenmeer, das mit den Gästen hereinschwemmte. Die Goyl dagegen sahen aus, als hätten die Steine der Kathedrale Menschenform angenommen. Die kühle Luft in der großen Kirche behagte ihnen sicher nicht, aber das Dämmerlicht, das auch Tausende tropfender Kerzen nicht vertreiben konnten, schien wie für sie gemacht. Will würde seine Augen nicht hinter Onyxglas verbergen müssen, um seine neue Rolle zu spielen. Der Jadegoyl. *Dein Bruder, Jacob.*

Er tastete nach dem Goldenen Ball in seiner Tasche. *Nicht, bevor die Hochzeit vorbei ist.* Es würde schwer sein, so lange zu warten. Jacob hatte seit drei Nächten kaum geschlafen, und sein Arm schmerzte von dem Biss, mit dem Fuchs ihm das Schwindschleim-Gift aus den Adern getrieben hatte.

Warten ...

Er sah Valiant mit Fuchs und Clara den Mittelgang hinunterkommen. Der Zwerg hatte sich rasiert, und selbst die kaiserlichen Minister, die sich in den ersten Bankreihen drängten, waren nicht besser gekleidet als er. Fuchs blickte sich suchend um, und ihr Gesicht hellte sich auf, als sie Jacob zwischen den Säulen entdeckte. Doch im nächsten Moment war die Sorge zurück. Fuchs hielt nichts von seinem Plan. Wie auch? Er selbst hielt nicht viel davon, aber dies war seine letzte Chance. Folgte Will dem König und seiner Braut erst wieder in die unterirdische Festung, würde die Dunkle Fee nie beweisen können, ob sie imstande war, ihren eigenen Fluch zu brechen.

Draußen wurde es laut. Es klang, als wäre der Wind in die Menge gefahren, die seit Stunden vor der Kathedrale wartete.

Sie kamen. Endlich.

Goyl, Zwerge und Menschen, sie alle drehten sich um und starrten zu dem mit Blumen umkränzten Eingangsportal.

Der Bräutigam. Er nahm die schwarzen Brillengläser ab und blieb für einen Moment in der Tür stehen. Ein Murmeln erhob sich, als Will neben ihm erschien. Karneol und Jade. Sie schienen so sehr füreinander gemacht, dass selbst Jacob sich daran erinnern musste, dass sein Bruder nicht immer ein Gesicht aus Stein gehabt hatte.

Mit Will waren es sechs Leibwächter, die Kami'en folgten. Und Hentzau.

Auf der Empore hob die Orgel an und die Goyl schritten auf den Altar zu. Bestimmt spürten sie den Hass, der ihnen entgegenschlug, trotz der steinernen Haut, aber der Bräutigam blickte so gelassen drein, als befände er sich in seinem hängenden Palast und nicht in der Hauptstadt seiner Feinde.

Will ging so dicht an Clara und Fuchs vorbei, dass sie ihn hätten berühren können, und Claras Gesicht wurde starr vor Schmerz. Fuchs legte ihr tröstend die Hand auf die Schulter.

Der Bräutigam hatte die Stufen vor dem Altar gerade erreicht, als die Kaiserin erschien. Ihr elfenbeinfarbenes Kleid hätte selbst der Braut alle Ehre gemacht. Die vier Zwerge, die ihre Schleppe trugen, beachteten den Bräutigam mit keinem Blick, aber die Kaiserin lächelte ihm wohlwollend zu, bevor sie die Stufen hinaufstieg und hinter dem Gitter aus geschnitzten Rosen Platz nahm, das links vom Altar die kaiserliche Loge umgab. Therese von Austrien war schon immer eine sehr begabte Schauspielerin gewesen.

Als Nächstes musste die Braut erscheinen.

Es war einmal eine Königin, die hatte einen Krieg verloren. Aber sie hatte eine Tochter.

Selbst die Orgel konnte das Geschrei nicht übertönen, das Amalies Ankunft ankündigte. Was immer die Menge, die die Straßen säumte, über den Bräutigam dachte, die Hochzeit einer Kaisertochter war trotzdem ein Anlass, zu jubeln und von besseren Zeiten zu träumen.

Die Prinzessin trug das puppenschöne Gesicht, das die Lilie der Feen ihr verschafft hatte, wie eine Maske, aber trotzdem glaubte Jacob auf den perfekten Zügen so etwas wie Freude zu entdecken. Ihre Augen hingen an dem steinernen Bräutigam, als hätte nicht ihre Mutter, sondern sie selbst ihn ausgewählt.

Kami'en erwartete sie mit einem Lächeln. Will stand immer noch direkt neben ihm. *Er muss an seiner Seite bleiben, bis die Hochzeit vorbei ist ...* Geh schneller, wollte Jacob der Prinzessin zurufen. Bringt es hinter euch. Aber der höchste General ihrer Mutter führte die Braut zum Altar und er hatte es ganz offensichtlich nicht eilig.

Jacob blickte zur Kaiserin hinüber. Vier ihrer Garden umringten die Loge. Außerdem waren die Zwerge bei ihr – und ihr Adjutant. Donnersmarck flüsterte der Kaiserin etwas zu und blickte zur Orgelempore hinauf. Aber Jacob begriff immer noch nicht. *Blind und taub, Jacob.*

Die Prinzessin hatte kaum ein Dutzend Schritte gemacht, als der erste Schuss fiel. Er kam von einem verdeckten Schützen auf der Orgelempore und galt dem König, aber Will stieß ihn rechtzeitig zur Seite. Der zweite Schuss verfehlte Will selbst nur knapp. Der dritte traf Hentzau. Und die Dunkle Fee fesselte eine Haut aus Weidenrinde in den kaiserlichen Gärten. *Gut gemacht, Jacob. Sie haben dich benutzt wie einen abgerichteten Hund.*

Die Kaiserin hatte ihre Attentatspläne vor ihrer Tochter offenbar ebenso geheim gehalten wie vor ihren Ministern, die verzweifelt Schutz hinter der dünnen Holzverkleidung ihrer Bänke suchten. Die Prinzessin stand da und starrte fassungslos zu ihrer Mutter hinauf. Der General, der sie hereingeführt hatte, wollte sie mit sich zerren, doch sie wurden beide mitgerissen von den schreienden Gästen, die aus den Bänken drängten. Wo wollten sie hin? Das Eingangsportal war längst verriegelt. Offensichtlich hoffte die Kaiserin, sich bei dieser Hochzeit nicht nur vom König der Goyl, sondern auch von ein paar unliebsamen Untertanen zu befreien.

Fuchs und Clara waren nirgends zu sehen, ebenso wenig wie Valiant, aber Will stand immer noch schützend vor dem König. Die Leibwächter hatten einen Ring aus grauen Uniformen um Kami'en geschlossen. Die anderen Goyl versuchten, sich zu ihnen vorzukämpfen, doch sie fielen unter den Schüssen der Kaiserlichen wie Hasen, die ein Bauer auf seinem Stoppelfeld schoss.

Und du hast ihnen die Fee aus dem Weg geräumt, Jacob. Er kämpfte sich zu den Altarstufen vor, aber als er sie erreichte, sprang ihn einer der kaiserlichen Zwerge an. Jacob stieß ihm den Ellbogen in das bärtige Gesicht. Schreie, Schüsse, Blut auf Seide und Marmorfliesen. Die Kaiserlichen waren überall. Trotzdem schlugen die Goyl sich gut. Und Will und der König waren immer noch unverletzt, wie auch immer das möglich war. Es hieß, dass die Goyl ihre Haut vor Kämpfen zusätzlich durch Hitze und den Verzehr einer Pflanze härteten, die sie eigens dafür züchteten. Offenbar hatten sie ähnliche Vorkehrungen auch für die Hochzeit ihres Königs getroffen. Selbst Hentzau war wieder auf den Beinen. Doch auf jeden seiner Männer kamen mehr als zehn Kaiserliche.

Jacob schloss die Finger um den Goldenen Ball, aber es war unmöglich, ihn gezielt zu werfen. Will war umgeben von weißen Uniformen, und Jacob konnte kaum den Arm heben, ohne dass einer der Kämpfenden gegen ihn stolperte. Sie waren verloren. Sie alle. Will. Clara. Fuchs.

Ein weiterer Goyl fiel. Der nächste war Hentzau. Und schließlich stand nur noch Will vor dem König. Zwei Kaiserliche griffen Kami'en gemeinsam an. Will tötete sie beide, obwohl der eine ihm den Säbel tief in die Schulter stieß. *Kami'en braucht ihn.* Die Fee hatte es gewusst. Der Jadegoyl. Das Schild für ihren Geliebten. Sein Bruder.

Wills Uniform war feucht von Goyl- und Menschenblut, und der König kämpfte Rücken an Rücken mit ihm, aber sie waren umzingelt von weißen Uniformen. Bald würde auch die Goylhaut ihnen nicht mehr helfen.

Tu etwas, Jacob. Irgendetwas!

Jacob sah Fuchsfell zwischen den Bänken und Valiant, der auf dem Gang schützend vor einer geduckten Gestalt stand. Clara. Er konnte nicht erkennen, ob sie noch am Leben war. Gleich neben ihnen kämpfte ein Goyl gegen vier Kaiserliche. Und Therese von Austrien saß hinter den geschnitzten Rosen und wartete auf den Tod ihres Feindes.

Jacob kämpfte sich die Stufen hinauf. Donnersmarck stand immer noch neben der Kaiserin. Ihre Augen fanden sich. *Ich habe dich gewarnt,* sagte sein Blick.

Will wehrte drei Kaiserliche gleichzeitig ab. Das Blut lief ihm übers Gesicht. Blasses Goylblut.

Tu etwas, Jacob.

Ein Kaiserlicher stolperte gegen ihn, als er nach dem Taschentuch griff, und die Weidenblätter fielen einem der vielen Toten auf die Brust. Goyl und Menschen.

Auf wessen Seite stehst du, Jacob?

Aber er konnte nicht mehr an Seiten denken, nur an seinen Bruder. Und Fuchs. Und Clara. Er schaffte es, dem Toten die Blätter von der Brust zu klauben, und schrie den Namen der Fee in den Kampflärm.

Die Rinde schälte sich noch von ihren Armen, als sie plötzlich am Fuß der Altarstufen erschien, und ihr langes Haar war durchsetzt mit Weidenlaub. Sie hob die Hände, und Ranken aus Glas wuchsen um Will und ihren Geliebten. Sie ließen Kugeln und Säbel abprallen wie Spielzeug. Jacob sah, wie sein Bruder zusammenbrach und der König ihn in seinen Armen auffing. Die Dunkle Fee aber begann zu wachsen wie eine Flamme, in die der Wind fuhr, und aus ihrem Haar schwärmten die Motten, Tausende schwarzer Leiber, die sich auf Menschen- und Zwergenhaut setzten, wo immer sie sie fanden.

Die Kaiserin versuchte, mit ihren Zwergen zu fliehen. Aber sie brachen ebenso wie ihre Garden unter dem Angriff der Motten zusammen und schließlich fanden sie auch ihre Haut.

Menschenhaut. Fuchs trug ihr Fell, aber wo war Clara?

Jacob kam auf die Füße und sprang über die Toten und Verwundeten, deren Schreie und Stöhnen das Kirchenschiff füllten. Er stolperte die Altarstufen hinunter. Fuchs stand über Claras zusammengesunkener Gestalt und schnappte verzweifelt nach den Motten. Valiant lag neben ihr.

Die Fee loderte immer noch wie eine Flamme. Jacob schloss die Finger fester um die Blätter und stolperte an ihr vorbei. Sie wandte sich zu ihm um, als spürte sie den Druck seiner Finger auf der Haut.

»Ruf sie zurück!«, schrie er, während er neben Clara und Valiant auf die Knie fiel.

Der Zwerg regte sich noch, aber Clara war bleich wie der Tod. Weiß, rot, schwarz. Jacob scheuchte die Motten fort, die auf ihrer Haut saßen, und ließ die Blätter los, um sich die weiße Uniformjacke auszuziehen. Es war genug Blut darauf, um das Rot zu liefern, aber wo sollte er das Schwarz hernehmen? Die Motten ließen sich auf ihm nieder, als er die Jacke schützend über Clara legte. Mit letzter Kraft zerrte er einem Toten das schwarze Tuch vom Hals und schlang es ihr um den Arm. Flatternde Flügel und Stacheln, die sich wie Splitter ins Fleisch bohrten. Sie säten Taubheit, die nach Tod schmeckte. Jacob brach neben dem Zwerg zusammen und spürte Pfoten, die sich auf seine Brust stemmten.

»Fuchs!« Er brachte kaum noch einen Laut über die Lippen. Sie scheuchte ihm die Motten vom Gesicht, aber es waren zu viele.

»Weiß, rot, schwarz«, stammelte er, aber natürlich verstand sie nicht, wovon er sprach. Die Blätter ... Er tastete auf dem Boden nach ihnen, aber seine Finger waren wie Blei.

»Genug!«

Nur ein Wort, aber es kam von dem Einzigen, den die Dunkle Fee in ihrer Wut noch hörte. Die Stimme des Königs ließ die Motten aufwirbeln. Selbst das Gift in Jacobs Adern schien sich aufzulösen, bis nichts blieb außer bleierner Müdigkeit. Die Fee wurde wieder zur Frau und all ihr Schrecken verschwand unter ihrer Schönheit wie ein Messer in der Scheide.

Valiant rollte sich stöhnend auf die Seite, aber Clara rührte sich immer noch nicht. Sie schlug erst die Augen auf, als Jacob sich über sie beugte. Er wandte das Gesicht ab, damit sie nicht sah, wie erleichtert er war. Doch ihr Blick suchte ohnehin nur nach seinem Bruder.

Will war wieder auf den Füßen. Er stand hinter den Glasranken der Fee. Sie wurden zu Wasser, sobald Kami'en auf sie zutrat, und zerflossen auf den Fliesen, als wollten sie das Blut von den Altarstufen waschen.

Die Motten ließen sich auf den Körpern der toten und verwundeten Goyl nieder, und viele von ihnen begannen sich wieder zu regen, während die Dunkle Fee ihren Geliebten umarmte und ihm das blasse Blut vom Gesicht wischte.

Will zerrte die Kaiserin auf die Füße und schlug einen ihrer Zwerge nieder, als er sich ihm taumelnd in den Weg stellte. Drei andere Goyl trieben die Überlebenden aus den Bänken. Jacob sah sich suchend nach den Weidenblättern um, aber einer der Goyl zerrte ihn hoch und stieß ihn und Clara auf die Altarstufen zu. Fuchs huschte ihnen nach. Ihr Fell war immer noch das schützendste Kleid. Auch Valiant war wieder auf den Füßen und in einer der hintersten Bankreihen erhob sich eine schmale Gestalt. Weiße Seide, gesprenkelt mit Blut, und ein Puppengesicht, das trotz der Angst immer noch einer Maske glich.

Die Prinzessin trat mit unsicherem Schritt auf den Mittelgang hinaus. Ihr Schleier war zerrissen. Sie raffte ihr Kleid, um über den Körper des Generals zu steigen, der sie in die Kirche geführt hatte, und ging wie eine Schlafwandlerin auf den Altar zu, die lange Schleppe feucht und schwer von Blut.

Ihr Bräutigam blickte ihr entgegen, als wägte er ab, ob er sie selbst töten oder dieses Vergnügen der Dunklen Fee überlassen sollte. Der Zorn der Goyl. Bei ihrem König war er ein kaltes Feuer.

»Bring mir einen von ihren Priestern«, befahl er Will. »Irgendeiner ist bestimmt noch am Leben.«

Die Kaiserin sah ihn ungläubig an. Sie konnte sich kaum auf den Beinen halten, aber einer ihrer Zwerge taumelte an ihre Seite und stützte sie.

»Was?«, fragte Kami'en und trat auf sie zu, den Säbel in der Hand. »Ihr habt versucht, mich umzubringen. Ändert das etwas an unserer Vereinbarung?«

Er blickte hinab auf seine Braut, die immer noch am Fuß der Treppe stand.

»Nein«, antwortete Amalie mit stockender Stimme. »Es ändert nichts. Aber der Preis ist immer noch Frieden.«

Ihre Mutter wollte protestieren, aber ein Blick von Kami'en ließ sie verstummen.

»Frieden?«, wiederholte er und musterte seine toten Männer, die die Motten nicht ins Leben zurückgebracht hatten. »Ich glaube, ich habe vergessen, was das Wort bedeutet. Aber ich mache es dir zum Hochzeitsgeschenk, dass ich dich und deine Mutter am Leben lasse.«

Der Priester, den Will aus der Sakristei zerrte, stolperte über die Toten. Das Gesicht der Dunklen Fee war weißer als das Kleid der Braut, als die Prinzessin die Stufen zum Altar hinaufstieg. Und Kami'en, König der Goyl, gab Amalie von Austrien das Jawort.

51
BRING IHN ZU MIR

Als die Braut aus der Kathedrale trat, war ihr Kleid mit Blüten bedeckt. Die Fee hatte aus dem Blut der Goyl weiße und aus dem der Menschen rote Rosen gemacht. Auf der Uniform des Bräutigams hatten sich die Flecken in Rubine und Mondstein verwandelt und die wartende Menge jubelte. Vielleicht fragten sich einige, wieso dem Paar so wenige Gäste folgten. Oder sie bemerkten die Angst auf den Gesichtern. Aber der Lärm auf den Straßen hatte die Schüsse in der Kathedrale übertönt, die Toten schwiegen, und der König der Goyl stieg mit seiner Menschenbraut in die goldene Kutsche, in der vor langer Zeit auch schon Amalies Urgroßmutter zu ihrer Hochzeit gefahren war.

Eine endlose Reihe von Kutschen wartete vor der Kathedrale, und die Dunkle Fee blieb wie eine Drohung auf der Treppe stehen, während die überlebenden Goyl ein Spalier bildeten, aus dem es kein Entrinnen gab. Nicht einer der Kaiserlichen, die die wartende Menge bewachten, begriff, dass die Kutschen sich vor ihren Augen mit Geiseln füllten. Und dass eine davon ihre Kaiserin war.

Sie schwankte, als Donnersmarck ihr in die Kutsche half. Er hatte das Blutbad ebenso überlebt wie zwei ihrer Zwerge. Einer von ihnen war Auberon, ihr Favorit. Er konnte kaum gehen und sein bärtiges Gesicht war verquollen vom Gift der Motten. Jacob wusste nur zu gut, wie der Zwerg sich fühlte. Er selbst war immer noch wie betäubt. Clara ging es nicht besser, und Valiant stolperte über die eigenen Füße, während sie die Treppe vor der Kathedrale hinunterstiegen. Jacob trug Fuchs auf dem Arm, damit die Goyl sie nicht fortscheuchten. Sie waren Geiseln und menschliche Dekoration, tarnendes Geleit für den Geliebten der Fee, dessen Truppen kaum einen Tagesmarsch entfernt standen.

Was hast du getan, Jacob?

Er hatte seinen Bruder beschützt. Und Will lebte. Mit einer Haut aus Jade, doch er lebte, und Jacob bereute nur eins: dass er die Weidenblätter verloren hatte und mit ihnen jede Hoffnung, sich und die anderen vor der Dunklen Fee zu schützen. Sie sah Jacob nach, als er Clara mit Fuchs in die Kutsche folgte. Ihr Zorn brannte ihm immer noch auf der Haut und er hatte sich nun auch die Kaiserin und mit ihr die halbe Spiegelwelt zum Feind gemacht. Alles, um seinen Bruder zu retten.

Bevor sie losfuhren, kletterte zu jedem Kutscher ein Goyl auf den Bock. Sie stießen die Kutscher herunter, sobald sie eine der Brücken erreichten, die aus der Stadt führten. Die Gardisten, die das Brautpaar eskortierten, versuchten sie aufzuhalten, aber die Dunkle Fee ließ ihre Motten los, und die Goyl lenkten die Kutschen über die Brücke, die ein Vorfahre der Braut erbaut hatte, und von dort in eine der Straßen am anderen Flussufer.

Ein Dutzend Kutschen, vierzig Soldaten. Eine Fee, die ihren Geliebten beschützte. Eine Prinzessin, die zwischen Leichen geheiratet hatte. Und ein König, der seiner Feindin getraut und von ihr betrogen worden war. Er würde sich dafür rächen. Aber Jacob wiederholte sich immer wieder nur eins, während Valiant sich dafür verfluchte, dass er es für eine gute Idee gehalten hatte, auf eine kaiserliche Hochzeit zu gehen: *Dein Bruder ist am Leben, Jacob. Nichts anderes zählt.*

Am Himmel trieben dunkle Wolken, als die Kutschen durch ein Tor fuhren, hinter dem eine Ansammlung schmuckloser Gebäude einen weiten Hof umstand. Jeder in Vena kannte die alte Munitionsfabrik – und mied sie. Die Fabrik war verlassen, seit der Fluss vor ein paar Jahren über die Ufer getreten war und die Gebäude mit Wasser und stinkendem Schlamm gefüllt hatte. Während der letzten Choleraepidemie waren viele Kranke zum Sterben hergebracht worden, aber die Goyl beunruhigte das nicht. Sie waren gegen die meisten Menschenkrankheiten immun.

»Was haben sie vor?«, flüsterte Clara, als die Kutschen zwischen den roten Mauern anhielten.

»Ich weiß es nicht«, antwortete Jacob.

Aber Valiant stieg auf die Kutschbank und lugte auf den verlassenen Hof hinaus. »Ich hab da so eine Idee«, knurrte er.

Will war der Erste, der aus der goldenen Kutsche stieg. Dann folgten der König und seine Braut, während die Goyl die Geiseln aus den anderen Kutschen zerrten. Einer von ihnen stieß die Kaiserin zurück, als sie versuchte, zu ihrer Tochter zu kommen, und Donnersmarck zog sie schützend an seine Seite. Die Dunkle Fee aber trat in die Mitte des Hofes und musterte die leeren Gebäude. Sie würde ihren Geliebten nicht noch einmal in einen Hinterhalt stolpern lassen. Fünf Motten lösten sich von ihrem Kleid und flogen auf die leeren Gebäude zu. Lautlose Spione. Geflügelter Tod.

Die Goyl aber blickten ihren König an. Vierzig Soldaten, knapp dem Tod entkommen, auf dem Gebiet ihrer Feinde. *Was nun?*, fragten ihre Gesichter. Sie verbargen ihre Angst nur mühsam unter ihrem hilflosen Zorn. Kami'en winkte einen von ihnen zu sich. Er hatte die Alabasterhaut ihrer Spione.

»Prüft, ob der Tunnel sicher ist.« Der König klang gelassen. Falls er Angst hatte, verbarg er sie besser als seine Soldaten.

»Ich verwette meinen Goldbaum darauf, dass ich weiß, wo sie hinwollen!«, raunte Valiant, als der Alabastergoyl zwischen den verlassenen Gebäuden verschwand. »Einer unserer dümmsten Minister hat vor Jahren zwei Tunnel nach Vena bauen lassen, weil er nicht an die Zukunft der Eisenbahn glaubte. Einer sollte diese Fabrik beliefern. Es gibt Gerüchte, dass die Goyl ihn mit ihrer westlichsten Festung verbunden haben und ihre Spione ihn benutzen.«

Ein Tunnel. *Es geht wieder unter die Erde, Jacob.* Falls sie die Geiseln nicht vorher erschossen.

Die Goyl trieben sie zusammen, und Jacob bückte sich nach Fuchs, damit sie zwischen all den panischen Menschenfüßen nicht verloren ging, doch einer der Soldaten packte ihn und zerrte ihn grob zwischen den anderen hervor. Jaspis und Amethyst. Nesser. Jacob erinnerte sich noch gut daran, wie sie ihm die Skorpione auf die Brust gesetzt hatte. Fuchs wollte ihm nach, aber Clara nahm sie hastig auf den Arm, als die Goyl die Pistole auf sie richtete.

»Hentzau ist mehr tot als lebendig!«, zischte sie Jacob zu, während sie ihn mit sich zerrte. »Wieso lebst du immer noch?«

Sie stieß ihn über den Hof, vorbei an dem König, der mit Will neben den Kutschen stand und sich mit den zwei Offizieren besprach, die das Massaker überlebt hatten. Den Goyl blieb nicht viel Zeit. Bestimmt waren die Toten in der Kathedrale inzwischen entdeckt worden.

Die Dunkle Fee stand am Fuß der Treppe, die zum Fluss hinunterführte. Der steinerne Arm eines Anlegers ragte ins Wasser, auf dem der Abfall der Stadt wie eine schmutzige Haut trieb. Aber die Fee blickte hinein, als sähe sie die Lilien, zwischen denen sie geboren worden war. *Sie wird dich töten, Jacob.*

»Lass mich mit ihm allein, Nesser«, sagte sie.

Die Goyl zögerte, aber schließlich warf sie Jacob einen hasserfüllten Blick zu und stieg die Treppe wieder hinauf.

Die Fee strich sich über den weißen Arm. Jacob sah Spuren von Baumrinde daran. »Du hast hoch gespielt und verloren.«

»Mein Bruder hat verloren«, gab Jacob zurück.

Er war so müde. Wie würde sie ihn töten? Mit ihren Motten? Durch irgendeinen Fluch?

Die Dunkle Fee blickte hinauf zu Will. Er stand immer noch neben Kami'en. Sie schienen mehr denn je zusammenzugehören.

»Er war alles, was ich erhofft habe«, sagte sie. »Sieh ihn an. All das Steinerne Fleisch. Nur für ihn gesät.«

Sie strich über die Rinde an ihrem Arm.

»Ich werde ihn dir zurückgeben«, sagte sie. »Unter einer Bedingung. Bring ihn weit, weit fort, so weit, dass ich ihn nicht finden kann. Denn sonst werde ich ihn töten.«

Jacob konnte nicht glauben, was er hörte. Er träumte. Das war es. Irgendein Fiebertraum. Wahrscheinlich lag er immer noch in der Kathedrale und ihre Motten stießen ihm Gift unter die Haut.

»Warum?« Selbst das eine Wort brachte er kaum über die Zunge.

Warum fragst du, Jacob? Warum willst du wissen, ob es ein Traum ist? Wenn ja, dann ist es ein guter. Sie gibt dir deinen Bruder zurück.

Die Fee antwortete ihm ohnehin nicht.

»Bring ihn in das Gebäude neben dem Tor«, sagte sie und wandte sich wieder dem Wasser zu. »Aber beeil dich. Und nimm dich vor Kami'en in Acht. Er wird seinen Schatten nicht gern verlieren.«

Jaspis, Onyx, Mondstein. Jacob verfluchte seine Menschenhaut, während er mit gesenktem Kopf den Hof überquerte. Von den überlebenden Goyl wusste bestimmt kaum einer, dass sie ihm ihr

Entkommen verdankten. Zum Glück bewachten die meisten die Geiseln oder kümmerten sich um die Verwundeten, und Jacob erreichte die Kutschen, ohne dass man ihn anhielt.

Kami'en stand immer noch mit seinen Offizieren zusammen, doch der Alabastergoyl war noch nicht zurück. Die Prinzessin trat auf ihren Ehemann zu und redete auf ihn ein, bis er sie ungeduldig mit sich zog. Will folgte dem König mit den Augen, aber er ging ihm nicht nach.

Jetzt, Jacob.

Wills Hand fuhr an den Säbel, sobald er zwischen den Kutschen hervortrat.

Wollen wir Fangen spielen, Will?

Sein Bruder stieß zwei Goyl aus dem Weg und begann zu rennen. Seine Wunden schienen ihn kaum zu behindern. *Nicht zu schnell, Jacob. Lass ihn näher kommen, so, wie du es getan hast, als ihr noch Kinder wart.* Zurück zwischen die Kutschen. An der Baracke vorbei, in die sie die Geiseln gesperrt hatten. Das nächste Gebäude war das neben dem Tor. Jacob stieß die Tür auf. Ein dunkler Flur mit vernagelten Fenstern. Die Lichtflecken auf dem schmutzigen Fußboden sahen aus wie verschüttete Milch. Im nächsten Raum standen noch die Betten für die Choleraopfer. Jacob versteckte sich hinter der offenen Tür. Wie damals.

Will fuhr herum, als er die Tür hinter ihm zuschlug, und für einen Atemzug zeigte sein Gesicht dieselbe Überraschung wie früher, wenn Jacob sich im Park hinter einem Baum versteckt hatte. Aber nichts in seinem Blick deutete darauf hin, dass er ihn erkannte. Der Fremde mit dem Gesicht seines Bruders. Den Goldenen Ball fing Will trotzdem. Die Hände hatten ihr eigenes

Gedächtnis. *Fang schon, Will!* Der Ball verschluckte ihn wie der Frosch die Fliege und auf dem Hof blickte der steinerne König sich vergebens nach seinem Schatten um.

Jacob hob den Ball auf und setzte sich auf eines der Betten. Sein eigenes Gesicht blickte ihm aus dem Gold entgegen, verzerrt wie im Spiegel seines Vaters. Er konnte nicht sagen, was ihn an Clara denken ließ – vielleicht war es der Krankenhausgeruch, der immer noch zwischen den Mauern hing, so anders und doch derselbe wie in der anderen Welt –, aber für einen Moment, nur einen kurzen Moment, ertappte er sich dabei, dass er sich ausmalte, wie es wäre, den Goldenen Ball einfach zu vergessen. Oder ihn in die Truhe in Chanutes Gasthaus zu legen.

Was ist los mit dir, Jacob? Wirkt das Lerchenwasser immer noch? Oder hast du Angst, dass dein Bruder, selbst wenn die Fee ihr Versprechen hält, für immer der Fremde bleiben wird, dem der Hass auf dich das Gesicht entstellt?

Die Fee erschien so unvermittelt in der Tür, als hätte er sie mit seinen Gedanken herbeigerufen.

»Sieh an«, sagte sie und musterte den Goldenen Ball in Jacobs Händen. »Ich habe das Mädchen gekannt, das mit diesem Ball gespielt hat, lange bevor du oder dein Bruder geboren wart. Sie hat nicht nur einen Bräutigam damit gefangen, sondern auch ihre ältere Schwester und sie zehn Jahre nicht wieder hinausgelassen.«

Ihr Kleid wischte über den staubigen Boden, als sie auf Jacob zutrat.

Er zögerte, doch schließlich legte er ihr den Ball in die Hand.

»Zu schade«, sagte sie, während sie ihn an die Lippen hob.

»Dein Bruder ist so viel schöner mit einer Haut aus Jade.« Dann hauchte sie auf die schimmernde Oberfläche, bis das Gold beschlug, und gab Jacob den Ball zurück.

»Was?«, fragte sie, als er sie zweifelnd ansah. »Du traust der falschen Fee.«

Sie trat so nah an ihn heran, dass er ihren Atem auf seinem Gesicht spürte.

»Hat meine Schwester dir gesagt, dass jeder Mensch, der meinen Namen ausspricht, des Todes ist? Er wird langsam kommen, wie es zur Rache einer Unsterblichen passt. Vielleicht bleibt dir noch ein Jahr, aber du wirst ihn schon bald spüren. Ich zeig ihn dir.«

Sie legte ihm die Hand auf die Brust und Jacob spürte einen stechenden Schmerz über dem Herzen. Blut sickerte ihm durchs Hemd, und als er es aufriss, sah er, dass die Motte auf seiner Haut zum Leben erwacht war. Jacob packte ihren angeschwollenen Leib, aber sie hatte die Krallen so tief in sein Fleisch geschlagen, dass es sich anfühlte, als risse er sich das eigene Herz aus der Brust.

»Man sagt, für Menschen fühlt die Liebe sich an wie der Tod«, sagte die Fee. »Ist das wahr?«

Sie zerdrückte die Motte auf Jacobs Brust und es blieb erneut nichts als ein Abdruck auf seiner Haut.

»Lass deinen Bruder heraus, sobald das Gold nicht mehr beschlagen ist«, sagte sie. »Es wartet eine Kutsche am Tor für dich und die, die mit dir gekommen sind. Aber vergiss nicht, was ich dir gesagt habe. Bring ihn so weit fort von mir, wie du kannst.«

52

UND WENN SIE
NICHT GESTORBEN SIND

Der Turm und die verbrannten Mauern. Die frischen Spuren der Wölfe. Es schien, als wären sie eben erst aufgebrochen. Aber die Räder der Kutsche versanken in frisch gefallenem Schnee, als Jacob die Pferde zwischen den Bäumen anhielt.

Fuchs sprang aus der Kutsche und leckte sich das kalte Weiß von den Pfoten, während Jacob vom Kutschbock stieg und den Goldenen Ball aus der Tasche zog. Die Oberfläche war kaum noch beschlagen und der bewölkte Morgenhimmel spiegelte sich darin. Jacob hatte den Ball unterwegs so oft angesehen, dass Fuchs vermutlich längst erriet, was sich darin verbarg. Doch Clara hatte er noch nichts gesagt.

Sie hatten zwei Tage zurück zu der Ruine gebraucht, und an der letzten Kutschstation hatten die Pferdeknechte ihnen erzählt, dass die Goyl die Hochzeit ihres Königs in ein Massaker verwandelt und die Kaiserin verschleppt hatten. Mehr wusste niemand.

Fuchs wälzte sich im Schnee, als wollte sie sich die letzten Wochen vom Fell waschen, und Clara stand da und blickte hinauf zu dem Turm. Der Atem hing ihr weiß vorm Mund, und sie schauderte in dem Kleid, das Valiant ihr für die Hochzeit gekauft hatte. Die blassblaue Seide war zerrissen und schmutzig, aber ihr Gesicht erinnerte Jacob immer noch an feuchte Federn, auch wenn darauf nur die Sehnsucht nach seinem Bruder zu finden war.

»Eine Ruine?« Valiant kletterte aus der Kutsche und blickte sich entgeistert um. »Was soll das?«, fuhr er Jacob an. »Wo ist mein Baum?«

Ein Heinzel löste sich aus den Schatten und sammelte hastig ein paar Eicheln aus dem Schnee.

»Fuchs, zeig ihm den Baum.«

Valiant stiefelte der Füchsin so eilig hinterher, dass er fast über die eigenen Beine stolperte. Clara sah ihnen nicht nach.

Es schien so lange her, dass Jacob sie zum ersten Mal zwischen den Säulen hatte stehen sehen.

»Du willst, dass ich zurückgehe, oder?« Sie blickte ihn an, wie nur sie es tat. »Sag es ruhig. Ich werde Will nicht wiedersehen. Du kannst es nicht ändern. Ich weiß, du hast alles versucht.«

Jacob griff nach ihrer Hand und legte den Ball hinein. Die Oberfläche war makellos blank, und das Gold schimmerte, als hätte die Sonne selbst es gemacht.

Du traust der falschen Fee.

»Du musst ihn polieren«, sagte er. »Bis du dich so deutlich darin siehst wie in einem Spiegel.«

Dann ließ er sie allein und trat zwischen die verfallenen Mauern. Will würde Claras Gesicht zuerst sehen wollen. *Und sie lebten glücklich bis an ihr Lebensende.* Falls die Dunkle Fee ihn nicht ebenso betrogen hatte wie ihre Schwester.

Jacob schob den Efeu zur Seite, der vor der Tür des Turmes wuchs, und blickte an den verrußten Mauern empor. Er erinnerte sich daran, wie er zum ersten Mal aus der Höhe herabgeklettert war, an einem Seil, das er im Zimmer seines Vaters gefunden hatte. Wo sonst?

Die Haut über seinem Herzen schmerzte immer noch und er spürte den Abdruck der Motte wie ein Brandmal unter dem Hemd. *Du hast bezahlt, Jacob, aber was hast du dafür bekommen?*

Er hörte, wie Clara leise aufschrie.

Und eine andere Stimme ihren Namen sagte.

Wills Stimme hatte schon lange nicht mehr so weich geklungen.

Jacob hörte sie flüstern. Lachen.

Er lehnte den Rücken gegen die Mauer, schwarz vom Ruß, feucht von der Kälte, die sich zwischen den Steinen fing.

Es war vorbei. Diese Fee hatte ihr Versprechen gehalten. Jacob wusste es, bevor er den Efeu wieder auseinanderschob. Bevor er

Will neben Clara stehen sah. Der Stein war fort und die Augen seines Bruders waren blau. Nichts als blau.

Nun geh schon, Jacob.

Will ließ Claras Hände los und blickte ihn fassungslos an, als Jacob zwischen den verschneiten Mauern hervortrat. Aber es war kein Zorn auf dem Gesicht seines Bruders zu finden. Kein Hass. Der jadehäutige Fremde war fort. Obwohl Will immer noch die graue Uniform trug.

Er kam auf Jacob zu, den Blick auf seine Brust geheftet, als sähe er dort immer noch das Blut vom Schuss des Goyl, und umarmte ihn so fest, wie er es zuletzt als Kind getan hatte.

»Ich dachte, du bist tot. Ich wusste, es kann nicht wahr sein!«

Will.

Er trat zurück und musterte Jacob erneut, als müsste er sich vergewissern, dass ihm wirklich nichts fehlte.

»Wie hast du es geschafft?« Er schob den grauen Uniformärmel hoch und strich sich über die weiche Haut. »Es ist fort!«

Er wandte sich zu Clara um. »Ich hab es dir gesagt. Jacob schafft es. Ich weiß nicht, wie. Aber so war es schon immer.«

»Ich weiß.« Clara lächelte. Und Jacob sah in dem Blick, den sie ihm zuwarf, alles, was geschehen war.

Will fuhr sich über die Schulter, wo der Säbel den grauen Stoff aufgeschlitzt hatte. Wusste er, dass die Flecken darauf von seinem Blut stammten? Nein. Wie auch? Es war blass wie Goylblut gewesen.

Er hatte seinen Bruder zurück.

»Erzählt mir alles.« Will griff nach Claras Hand.

»Das ist eine lange Geschichte«, sagte Jacob. Und er würde sie Will nie erzählen.

Es war einmal ein Junge, der zog aus, das Fürchten zu lernen.

Für einen Moment glaubte Jacob, eine Spur von Gold in den Augen seines Bruders zu sehen, aber wahrscheinlich fing sich nur die Morgensonne in seinen Pupillen.

»Bring ihn fort, weit, weit fort.«

»Seht euch das an! Ich bin reicher als die Kaiserin! Ach was! Reicher als der König von Albion!« Vergoldetes Haar. Vergoldete Schultern. Selbst Jacob erkannte Valiant kaum, als er hinter der Ruine hervorstolperte. Das Gold klebte an ihm wie der stinkende Blütenpollen, mit dem der Baum Jacob überschüttet hatte.

Der Zwerg lief an Will vorbei, ohne ihn auch nur zu bemerken.

»Gut, ich gestehe es!«, rief er Jacob zu. »Ich war sicher, du betrügst mich. Aber für diese Bezahlung bringe ich dich gleich noch mal in die Goylfestung! Was denkst du? Wird es dem Baum schaden, wenn ich ihn ausgrabe?«

Fuchs tauchte hinter dem Zwerg auf. Selbst ihr hingen ein paar Goldflocken im Fell. Aber sie blieb wie angewurzelt stehen, als sie Will sah.

Was sagst du, Fuchs? Riecht er immer noch wie sie?

Will klaubte einen kleinen Klumpen Gold aus dem Schnee, den der Zwerg sich aus den Haaren gewischt hatte.

Valiant hatte ihn immer noch nicht bemerkt. Er bemerkte gar nichts. »Nein. Nein, ich grabe ihn aus!«, stieß er hervor. »Was weiß ich? Womöglich schüttelt ihr ihm das ganze Gold aus den Ästen, wenn ich ihn hierlasse! Nein!«

Er fiel fast über Fuchs, als er wieder davonhastete, und Will stand da und wischte den Schnee von dem winzigen Klumpen in seiner Hand.

»Bring ihn weit, weit fort, so weit, dass ich ihn nicht finden kann.«

Clara warf Jacob einen besorgten Blick zu.

»Komm, Will«, sagte sie. »Lass uns nach Hause gehen.« Sie griff nach seiner Hand, aber Will strich sich über den Arm, als spürte er unter der Haut erneut die Jade wachsen.

Bring ihn fort, Jacob.

»Clara hat recht, Will«, sagte er und griff nach seinem Arm. »Komm.« Und Will folgte ihm, auch wenn er sich umsah, als hätte er etwas verloren.

Fuchs kam ihnen bis zum Turm nach, doch sie blieb vor der Türöffnung stehen.

»Ich bin gleich zurück!«, sagte Jacob, während Clara ihr zum Abschied übers Fell strich. »Pass auf, dass der Zwerg das Gold aufsammelt, bevor die Raben kommen.«

Zaubergold zog sie in Schwärmen an und das Krächzen von Goldraben konnte einen den Verstand kosten. Fuchs nickte, aber sie wandte sich nur zögernd um, und der besorgte Blick, den sie zurückwarf, galt Clara und nicht Will. Sie hatte das Lerchenwasser immer noch nicht vergessen. Wann würde er es vergessen? *Wenn sie fort sind, Jacob.*

Er kletterte als Erster die Strickleiter hinauf. In dem Turmzimmer lag zwischen den Eichelschalen ein toter Heinzel. Wahrscheinlich hatte der Stilz ihn getötet. Jacob schob den kleinen Körper unter ein paar Blätter, bevor er Clara heraufhalf.

Der Spiegel fing sie alle in seinem Glas, aber es war Will, der darauf zutrat und sein Abbild wie das eines Fremden musterte. Clara trat an seine Seite und griff nach seiner Hand, doch Jacob wich zurück, bis das dunkle Glas ihn nicht mehr fand. Will sah ihn fragend an.

»Du kommst nicht mit uns?«

Es war nicht alles vergessen. Jacob sah es auf Wills Gesicht. Aber er hatte seinen Bruder zurück. Vielleicht mehr als je zuvor.

»Nein«, sagte er. »Ich kann Fuchs schlecht allein lassen, oder?«

Will blickte ihn an. Was sah er? Einen dunklen Korridor? Einen Säbel in seiner Hand …

»Weißt du, wann du zurückkommst?«

Jacob lächelte.

Geh schon, Will.

»So weit fort, dass ich ihn nicht finden kann.«

Aber Will ließ Clara stehen und kam zu ihm zurück.

»Danke, Bruder«, flüsterte er Jacob zu, während er ihn umarmte.

Dann wandte er sich um – und blieb noch einmal stehen.

»Bist du ihm je begegnet?«, fragte er.

Jacob glaubte zu spüren, wie Hentzaus goldener Blick in seinem Gesicht das seines Vaters fand.

»Nein«, antwortete er. »Nein, nie.«

Will nickte, und Clara griff nach seiner Hand, aber es war Jacob, den sie anblickte, als sein Bruder die Hand auf den Spiegel presste.

Dann waren sie fort und Jacob stand da und sah nur sich selbst in dem unebenen Glas. Sich selbst und die Erinnerung an einen anderen.

Fuchs wartete dort, wo er sie verlassen hatte.

»Was war der Preis?«, fragte sie, während sie ihm zu der Kutsche folgte.

»Der Preis wofür?«

Jacob schirrte die Pferde ab. Er würde sie Chanute für das Packpferd überlassen, das er verloren hatte. Und er konnte nur hoffen, dass die Goyl die Stute gut behandeln würden.

»Was war der Preis für deinen Bruder?« Fuchs wechselte die Gestalt.

Sie trug wieder ihr eigenes Kleid. Es passte so viel besser zu ihr als die Kleider, die sie in der Stadt getragen hatte.

»Vergiss es. Er ist schon bezahlt.«

»Womit?«

Sie kannte ihn einfach zu gut.

»Ich sag doch. Er ist bezahlt. Was treibt der Zwerg?«

Fuchs blickte dorthin, wo die Ställe lagen. »Sammelt sein Gold auf. Er wird Tage dafür brauchen. Ich hatte mich wirklich darauf gefreut, dass der Baum ihn mit seinem stinkenden Pollen bedeckt.«

Sie blickte zum Himmel. Es begann wieder zu schneien. »Wir sollten nach Süden gehen.«

»Vielleicht.«

Jacob schob die Hand unters Hemd und tastete nach dem Abdruck der Motte. *Vielleicht bleibt dir noch ein Jahr.*

Und? Ein Jahr war eine lange Zeit und in dieser Welt gab es für alles eine Medizin. Er musste sie nur finden.

INHALT

1 Es war einmal   7
2 Zwölf Jahre später   13
3 Goyl   19
4 Auf der anderen Seite   27
5 Schwanstein   31
6 Verliebter Narr   39
7 Das Haus der Hexe   47
8 Clara   57
9 Der Schneider   61
10 Fell und Haut   67
11 Hentzau   73
12 Seinesgleichen   77
13 Der Nutzen von Töchtern   85
14 Das Dornenschloss   91
15 Weiches Fleisch   97
16 Niemals   103
17 Ein Führer zu den Feen   105
18 Sprechender Stein   111
19 Valiant   115
20 Zu viel   123
21 Seines Bruders Hüter   127
22 Träume   131

23 In der Falle   137
24 Die Jäger   143
25 Der Köder   145
26 Die Rote Fee   153
27 So weit fort   161
28 Nur eine Rose   165
29 Ins Herz   169
30 Ein Leichentuch aus roten Leibern   175
31 Dunkles Glas   183
32 Der Fluss   187
33 So müde   197
34 Lerchenwasser   199
35 Im Schoß der Erde   209
36 Der falsche Name   219
37 Die Fenster der Dunklen Fee   223
38 Gefunden und verloren   229
39 Aufgewacht   237
40 Die Stärke der Zwerge   241
41 Flügel   251
42 Zwei Wege   257
43 Hund und Wolf   263
44 Die Kaiserin   277
45 Vergangene Zeiten   283
46 Die dunkle Schwester   289
47 Die Wunderkammern der Kaiserin   299
48 Hochzeitspläne   307
49 Einer von ihnen   311
50 Die Schöne und das Biest   317
51 Bring ihn zu mir   329
52 Und wenn sie nicht gestorben sind   339

Tritt ein in die magische Welt!
WWW.CORNELIAFUNKEFANS.COM

Die ultimative Fan-Site für alle, die Cornelia Funkes Zauberwelt lieben: Dort könnt ihr Abenteuer und Geheimnisse der Funke-Welten online neu entdecken, Funke-Fans in anderen Ländern kennenlernen und an Wettbewerben teilnehmen!

www.corneliafunkefans.com ist die offizielle Website von Cornelia Funke für all ihre Fans weltweit. Nirgends seid ihr dichter dran!